—————— 阅读之前 没有真相

午夜文库

暗幕下的格尔尼卡

(日) 原田舞叶 著
吕灵芝 译

新 星 出 版 社　NEW STAR PRESS

La peinture n'est pas faite pour décorer des appartements. C'est un instrument de guerre offensive et défensive contre l'ennemi.

Pablo Picasso

艺术不是装饰,是攻克敌人的武器。

——巴勃罗·毕加索

目录

页码	章节
5	序章 空袭
31	第一章 造物主
61	第二章 暗幕
87	第三章 泪
115	第四章 哭泣的女人
141	第五章 何去何从
165	第六章 起航
187	第七章 访客
209	第八章 逃亡
231	第九章 沦陷
255	第十章 守护神
277	第十一章 解放
303	终章 重生
328	主要参考文献
332	协作

眼前那幅色调单一的巨大画面如同一望无垠的冰冻大海。

哭喊的女人、死去的孩子、嘶鸣的骏马、回首的公牛、倒下的士兵。

一片充斥灾祸力量的绝望画面。

瑶子只看了一眼，便在那幅画前站住不动了。她感觉自己被扔进一片深邃的黑暗中，恐惧突然涌上心头。

她想闭上眼，却不能闭上眼。那是不可看的画面，却不可不看——

瑶子一家每逢休息日就会去逛曼哈顿的美术馆。她父亲在银行工作，因工作调动，刚带领一家人搬到纽约。

父亲似乎对美术缺乏兴趣，只因为母亲想看才会陪伴前来。母亲格外喜欢印象派作品，在纪念品店买了许多莫奈和雷诺阿的绘画明信片寄给日本的朋友。至于十岁的瑶子，她虽然不认识这些艺术家，但很喜欢有可爱女孩子和漂亮花朵的画。

那天，一家人初次来到纽约现代艺术博物馆（MoMA）。

刚到门口，母亲就对瑶子说："里面有很多有趣的画哦。"

人的眼睛胡乱贴在脸上，脸的形状有方形也有三角形，就像拼脸游戏[①]一样。你一定会喜欢。

母亲说的是巴勃罗·毕加索的画。而正如母亲所说，瑶子一

[①] 日本传统新年游戏，参与者蒙着眼睛，往一张空白脸上胡乱粘贴眼睛鼻子等部位，最接近正常人脸者胜出。

下子就对毕加索的作品着了迷。

肖像画上描绘的不知是人还是怪物，看起来还有点像机器人。然而仔细凝视，瑶子却感觉那上面的东西随时都会跳起舞、唱起歌，甚至对她说起话来。

瑶子不知不觉就看得入了迷，离开父母身边，一个人往画廊深处走去。这里不仅有毕加索，还有高更、凡·高和亨利·卢梭。瑶子越看越高兴，一蹦一跳地走进了大展室，就在这时——

轻快的脚步戛然而止。

眼前出现了那幅色调单一的巨大绘画。

瑶子不知道自己在画前站了多久。她就像被磁石吸住的铁砂，一步也动弹不得。

瑶子，瑶子。

背后传来母亲的呼唤，瑶子没有回头。母亲来到她身边，把手搭在瑶子肩上。

原来你在这里呀。我们回去吧，爸爸在门口等着呢。

瑶子握住母亲的手，惊恐地问：妈妈，这幅画是什么？

母亲抬头看向巨大的画布，对她说：这幅画叫《格尔尼卡》。

过去曾经发生过战争，死了很多人。不仅有日本人，还有美国人、西班牙人……这幅画描绘的就是在战争中痛苦挣扎的人们。毕加索在用绘画向我们诉说，再也不能发动战争了。

看着被画俘获的女儿，母亲笑道：你可能还不太明白。等瑶子长大一些，我们再来看吧——现在你还不需要明白。

瑶子紧紧握住母亲的手，离开了那幅画。

不可以回头，不可以回头，瑶子在心中反复对自己说。她奋力抵抗着那幅画的强烈吸引力，可是刚走出展厅，瑶子还是忍不住回了头。

她与画中回首的公牛对上了目光。公牛的眸子在战栗,那仿佛是目睹了世界崩坏的造物主的眼。

序章 空襲　————

一九三七年四月二十九日，巴黎

一个沉甸甸的东西落在赤裸的肩膀上，让朵拉醒了过来。

仿佛塞纳河上空优雅翻飞的红嘴鸥突然失去意识，朝着她的床坠落下来。朵拉猛地睁开眼。原来，是男人翻身贴在她的背后，手臂滑落了下来。

手臂环绕脖颈，朵拉模糊的视线聚焦在那掌心上。粗糙、厚重，如同一本旧圣书的手。沾满黑白色颜料、肮脏的手。

——造物主的手。

她从那手臂的环绕中抽身而出，拾起扔在地上的睡袍，披在穿着衬裙的身体上。桌上堆满了杂志和书本，以及各种零碎物品。碎玻璃、纸堆、巧克力包装、坏掉的咖啡研磨器、火柴盒、没了底子的旧鞋。她从里面挑出香烟盒跟喇叭形的青铜烟嘴，将细烟插入烟嘴中叼住，用一只银色打火机点了火，吸一口烟，缓缓吐出来。

朵拉走到窗边，打开玻璃窗，又把百叶窗向外推开。早晨清凉的空气流入浊闷的室内。

对着眼前的风景，朵拉·玛尔用力吐出一口烟雾。

天气真好。阳光带着春天的气息，远处的街道裹在一层薄薄的雾气中。

下方传来大奥古斯丁路的车水马龙之声，车顶棚反射着清晨的阳光，让人联想到小鱼在小溪中成群游动的光景。塞纳河发出白茫茫的柔和光芒，河面上缓缓漂过一艘艘货船，船后泛起粼粼波光，如同撕裂的绸裙。西岱岛上的巴黎圣母院的尖顶直刺晴空。

朵拉靠在窗边吞吐着烟雾，回头看向房间。

这座建于十七世纪的古老房屋曾被巴尔扎克选作小说中的舞台，可谓极有来头——或者说很有问题。如今这里成了出租房，曾与朵拉关系亲密的左翼运动家在这里居住过，还经常召开集会。此处距离朵拉居住的公寓只有一个街区。后来，三楼和四楼彻底空出来，她便介绍给了那位躺在床上酣睡的"造物主"。当时他正四处寻找足够宽敞的画室，闻讯自是大喜，马上便搬了进来。而那只是短短一个月前的事情。经过这一个月，这个房间已经成了"造物主"亲手创造的宇宙。

这里毫无秩序可言，俨然一个收集了世间所有无用之物的垃圾桶。能将房间糟蹋至这等程度，反倒令人感叹。随后，朵拉想起她是唯一允许进入这个混乱宇宙的女人，不禁露出了微笑。

包裹在凌乱被单中沉睡的"造物主"，他的另一个名字是，巴勃罗·毕加索。

这个与朵拉父亲年龄相仿的男人，脸上刻满了深邃的皱纹，紧闭的眼睑背后藏着能够瞬间看透事物本质的双眼。那是一双如同暗夜般漆黑的眸子。一年多以前，那双眸子闪过光芒的瞬间，朵拉便成了他的俘虏。

看着毕加索熟睡的面孔，朵拉想起两人到巴黎郊外兜风的事情。

他们在原野上漫步，朵拉在小溪边发现了从未见过的美丽花朵。毕加索欣赏着花儿，若无其事地说了这样一句话。

——上帝一定也是如我这般的艺术家。

这个傲慢自大的人，随口说出了堪称亵渎神明的话语。尽管如此，朵拉却对他格外认同。

从那个时候起，朵拉便把毕加索视为"造物主"，对他敬畏有加，并深爱着他。

毕加索厚重的眼睑缓缓张开，一双漆黑的眼睛凝视着倚靠在窗边的朵拉。他叹息一声，用西班牙语低声道："我做噩梦了。"

朵拉吐出一口烟雾，同样用西班牙语反问："梦到什么了？"

朵拉的父亲是建筑师，因为父亲的工作关系，她从小在阿根廷长大，会说一口流利的西班牙语。这个喜怒无常的艺术家之所以对她倾心，不仅是因为她的美丽与知性，她的艺术天赋和西班牙语能力也都起到了一定的作用。

毕加索撑起上半身，对朵拉说："给我一根烟。"又说，"是个很不吉利的梦，只是我一醒来就忘了。"

"不是被年轻女子追求的梦吗？"朵拉嘲讽道。她心里想，毕加索目前一定只对自己倾心。

"那不就成了求之不得的美梦吗？"

毕加索勾起嘴角笑了。朵拉走到床边，把烟放到毕加索嘴边，再拿出银色打火机点燃。打火机是毕加索在旺多姆广场附近的登喜路给朵拉买的，上面刻有小小的女人的侧脸。

"肚子饿了，海梅怎么还没来？"

毕加索吐出一口烟，这样说道。海梅·萨瓦特斯是毕加索在巴塞罗那学画时交到的好友，目前给他当秘书。每天早上，海梅都会买好牛角面包和报纸，带到这间画室。

朵拉瞥了一眼摆在拥挤书架的间隙里的时钟，把烟掐灭在玻璃烟灰缸里。

"九点了，快到了吧。我先去冲咖啡。"

"去吧，我要特别浓的。"

朵拉走进厨房，把咖啡粉放进过滤器，点燃炉火，然后去了洗手间。她洗了脸，凝视着镜中的自己。

水珠顺着光洁的面颊滑落。富有弹性、没有皱纹、带有一丝褐色光泽的肌肤。浓密的睫毛环绕着红褐色瞳孔。形状完美的唇瓣，只消涂上口红便具丰满肉感。她忍不住用涂着鲜红指甲油的指尖轻触双唇。

与朵拉开始交往后，毕加索肖像画中的金发白肤女性——也就是他曾经的年轻情人玛丽·泰雷兹——便渐渐消失了。取而代之的，是拥有被阳光亲吻过的小麦色肌肤与黑发红唇的丽人。或是面带魅惑的微笑，用留着红色长指甲的手轻托下巴的美女。又或者是被牛头人身的怪物弥诺陶洛斯侵犯的纯洁宁芙[①]。

每天早晨对镜自照，她都会想起占据了毕加索画布的人是自己，并从中获得难以言喻的满足感。与此同时，她又感到"造物主"的手正将她变为不知名的怪物，心中油然生出一股恐惧。

朵拉把咖啡壶和咖啡杯放到托盘上，拿进卧室，毕加索却不见了。朵拉将托盘放到桌上，离开房间走到楼上的画室。

她没敲门，直接走了进去，最先看到的是红褐色的六角形瓷砖地板，以及堆积在宽阔空间里的好几百张画布。画室另一头，一张巨大的纯白画布覆盖了整个墙面。

毕加索披着晨袍、踩着拖鞋，站在瓷砖地板上，面对着那块空白的画布。隔着他的背影，还能看到香烟的蓝雾袅袅升起。

他是否在思索，该如何填满这块纯白的画布？他似乎听到朵

[①] 弥诺陶洛斯是希腊神话中的牛头人身怪。宁芙是希腊神话中的女神，也被译为精灵或仙女。

拉进来了,却没有回头。

毕加索开始作画的时机总是很唐突,他往往会在闲谈与玩笑过后,凝视模特几秒钟,然后抄起硬蜡笔或铅笔唰唰地画起来。他会在素描本、笔记本,有时甚至在餐厅的纸桌布上灵巧地舞动大手,不知不觉间便创作出一幅惊人的画作。他的画无论怎么看都不写实,却能瞬间捕捉到比写实更真实的模特特征,展现在异变的造型上。他笔下的人物画像既包含让人不忍直视的丑陋,又兼具天堂之美。

第一眼看到自己当模特的肖像画时,朵拉感到异常困惑,甚至脸颊发热。她感觉,自己埋藏在心中、避人耳目的东西都被暴露出来了。尽管如此,那幅肖像画又仅仅描绘了她的肖像而已。

虽然不如毕加索出名,但朵拉·玛尔也是一名艺术家。她的作品被归入超现实主义风格,还受到了摄影师朋友曼·雷[①]的影响,将摄影也作为自我表现的手段。

在推崇一切超现实表象的超现实主义运动中,颠覆常识的表述与活动实为常态,然而,初次接触毕加索的作品时,朵拉还是不由自主地感觉到,自己感情的钟摆动摇得比任何时候都要激烈。

朵拉静静地走向毕加索的背影。这个五十五岁男人的背影虽然短粗,却如城墙般坚实,不容任何人靠近。

"今天要我当模特吗?"

朵拉生怕搭话会使他不高兴,但还是故作无礼地问了一句。

"嗯。"那个背影短促地回答。夹在指间的香烟一点点化作灰烬,落在地板上。

---

①曼·雷(Man Ray,1890—1976),美国艺术家,创作涉及多个领域,是历史上第一个将摄影作为艺术表现手段的艺术家。

——再不开始打底稿，就要赶不上了吧？

这句话突然划过脑海，险些脱口而出，但她还是忍住了。

如同雾中湖泊一般横亘在毕加索面前的纯白画布上。

即将到来的巴黎世博会西班牙馆中将要展示这幅画作。

毕加索搬到大奥古斯丁路的三个月前，冰冷的冬日天空笼罩在巴黎街道之上。

一天，三个人拜访了毕加索位于波艾蒂路的画室兼住所。他们分别是西班牙大使馆文化代表麦克斯·欧布、加泰罗尼亚建筑师何塞·路易·赛尔特，以及超现实主义诗人路易·阿拉贡。三人一见到毕加索，就难以掩饰强烈的热情。当时也在场的朵拉从他们的态度及语气上看出，他们一心想说服这位世界知名的艺术家。

那时毕加索与朵拉刚交往半年，两人却过着足以改变朵拉的日常——日后想来甚至改变了人生——的火热生活。毕加索把情人玛丽·泰雷兹与两人年幼的女儿玛雅安置到巴黎郊外的别墅，时不时会去探望。但朵拉充分感受到，他身为"男人"的爱情，早已从玛丽·泰雷兹转向了别处。至于坚决不与他离婚的妻子奥尔嘉，他应该更加不愿想起。

纵使毕加索女性阅历丰富，这也是头一回跟女艺术家交往。出于这些因素，朵拉认为毕加索对自己着迷不已——至少现在如此。

那天朵拉也被毕加索叫到了画室，两人几乎每天都在缠绵。朵拉抛下了自己的工作，专心为毕加索当模特，跟毕加索一起出行，与毕加索一同迎客。

两人在咖啡馆用完迟来的午餐回到画室，秘书海梅便来通知欧布先生的来访。三个人一直在客厅等候毕加索归来，其中一人朵拉也认识，他是路易·阿拉贡，属于超现实主义派，同时也是左翼思想家、法国共产党党员。

海梅语速飞快地对朵拉说，他们这次来是为了商谈巴黎世博会西班牙馆的事宜。朵拉一下就洞察了阿拉贡参与其中的意义。他们是想对毕加索进行政治游说，想必跟去年爆发的西班牙内战有关。

一九三一年，毕加索的祖国西班牙因国王阿方索十三世逃亡而实现了和平革命，正式成为西班牙共和国。然而军方不满共和国政府的"左"倾路线，以弗朗西斯科·佛朗哥将军为中心发起政变，使西班牙在一九三六年再次陷入内乱。德国纳粹与意大利墨索里尼等法西斯政权支持叛军，共和国军因此陷入劣势。另外还有一支以"人民军"身份和共和国军并肩作战的队伍，但他们都是毫无战斗经验的民兵，以及周边各国前来参战的志愿军。

法国政府对邻国内战视而不见，但有部分义愤填膺的法国人（其中包括众多作家和艺术家）加入了志愿军阵营。另外，巴黎艺术家群体中还有不少像路易·阿拉贡这样的人。他们虽然没有投入战争，但一直在声援西班牙共和国。

至于毕加索，他此前从未表露过政治思想，也从未发表过政治言论。尽管如此，他并非对祖国的内战毫不关心。在战火波及马德里之前，他还试图转移普拉多美术馆的藏品。当然，他这么做与被共和国政府任命为普拉多美术馆馆长一事有着很深的关系。

毕加索似乎想用自己的方式对共和国政府提供后方支援，证据就是他创作了题为《佛朗哥的梦幻和谎言》的蚀刻讽刺画。他还公开表明要将这幅蚀刻画进行复制，用于销售，并把收益全部用以支援人民战线。

　　他虽然没有明言对佛朗哥的批判，但朵拉只消对那幅作品看上一眼，就能理解毕加索对那个纳粹分子的厌恶之情。若要人们知晓佛朗哥的罪行，比起共产主义者的千呼万唤，一幅讽刺画的效果更为显著。

　　被任命为世博会西班牙馆负责人的麦克斯·欧布解释道："五月开启的巴黎世博会由各国政府负责布置自己的展区，因此每个国家都在紧盯着彼此的动向。世博会本来是展示各国产业，彼此进行交流的场合，但很显然，这一年的世博会成了政治宣传的战场。我们想将一项极为重大的工作委托给您。"

　　对巴黎世博会做完说明后，欧布郑重其事地切入了主题。

　　"本次世博会一如既往，将是各国展示自身产业发展的机会，此外还有一个主题，就是建筑与艺术的融合。我们西班牙馆的设计已经基本完成，关键在于要在里面展示什么。"

　　建筑师赛尔特将图纸摊开。展馆是一座二层建筑，由简单的立方体拼接而成，正是迎合时代的摩登设计。赛尔特的手指在图纸上不断移动，用西班牙语飞快地说明展厅的大小和动线。毕加索抱起双臂盯着图纸，全程一言不发。

　　"最大的展示区块就是这面墙。"

　　赛尔特指向一楼展厅尽头的那面墙。

　　"走进入口斜坡后，就能看见右侧深处的这面墙。长约七点五米、宽八米。我的设计意图是，让入场观众进来不久后，就被这面墙上的画吸引。"

　　"这已经不算画了，而是'壁画'。"从后面探头看着的朵拉插嘴道。

　　"嗯，就是这么回事。"赛尔特赞同道。

随后，欧布又对凝视图纸一言不发的毕加索说："我们共和国政府想委托您的，就是这幅'壁画'。

"您是目前世界上最出名的西班牙人，因此我们想借您的手，向所有人传达祖国陷入内战泥沼的现状，以及共和国政府尚未正式成立便被叛军逼至绝路的窘境。同时，希望能借您参与西班牙馆建设一事，向人们宣告共和国政府尚未放弃坚持。"

欧布激动得手舞足蹈，拼命想说服这位伟大的画家。而毕加索自图纸摊开后就几乎没有变过姿势，抱着双臂倾听欧布的劝说。欧布和赛尔特都绞尽了脑汁，中途连阿拉贡也加入进来，想方设法要让毕加索点头。

朵拉在一旁看着，不动声色地露出了苦笑。赛尔特的设计乍一看没什么特征，甚至缺乏魅力。加上预算和时间不足，绝不可能与列强修建的展馆比肩。显然他们自己也清楚这一点，因此想靠内容来取胜。

西班牙共和国有巴勃罗·毕加索撑腰，这是德国、意大利和苏联都没有的最强王牌，也是他们唯一的希望。尽管如此，他们那不惜一切的态度还是让朵拉觉得滑稽不已。

"各位的心情我理解了。"

漫长的沉默后，毕加索开口了。欧布等人齐齐探出身子，等他接下来说的话。等他那句"我同意"。

"我本人也想支持饱受内战之苦的共和国，想为祖国尽一份力。"

欧布的表情一下亮了起来。他慌忙追问道："那么，您愿意接受这份工作了？"

毕加索既没有肯定，也没有否定。

"希望能尽快听到您的好消息。"再三相劝之后，几个人终于离开了。可是自那之后,毕加索一直寡言少语。

两人来到小酒馆用晚餐时朵拉问了一句。

"你打算接下来,对不对?不过你不愿意成为政治的工具,更何况从未创作过如此大的壁画。现在既没有充裕的时间,也没有能放下大画布的画室,就算你想接下来,心里想必还是会犹豫。"

"说得好像你知道似的。"毕加索不高兴地说,"今天我不想跟人说话了,你回去吧。"

餐后咖啡还没上,也没有道别的吻,朵拉就这样离开了小酒馆。她竖起大衣领子抵御夜晚的凉风,露出了然的笑容。

尽管如此,毕加索一定会接下这个工作,然后创造出谁也料想不到的惊人画作。

万事从否定开始,这就是他的做派。

毕加索面对的空白画布高约三百五十厘米,宽约七百八十厘米。这是他搬到大奥古斯丁路的画室后,西班牙大使馆派人送来的。

毕加索到最后都没有给大使馆明确的答复。尽管如此,路易·阿拉贡得知毕加索搬到更宽敞的画室后,马上联系了大使馆,主动送来特别定制的巨大画布。毕加索没有拒绝,大使馆方面便默认他"接受壁画创作工作"了。

只是,毕加索虽然收下了画布,却迟迟没有开始作画。他时而让朵拉当模特,创作一些交给签约画商丹尼尔·卡恩韦勒的中小幅作品,时而在素描本上用硬蜡笔画上两笔。

"壁画主题定了吗?"

朵拉摆造型时若无其事地问了一句,只得到一个心不在焉的

"嗯"。

"我打算定为'画家的工作室'。毕竟画布这么大……可以画一个一比一真实比例的工作室在上面。"

真是个平淡的主题。这样真的好吗？当然不好了。朵拉虽然这么想，却没有说出来。因为她知道，毕加索本人也不喜欢这个主题。

画布送来三周后，朵拉走进画室，猛地愣住了。

只见靠在画室墙上的巨大画布被罩上了一层深色的布。雾中湖面摇身一变，成了暗夜大海。

"它怎么了？"朵拉问。

"没什么，我觉得太晃眼了。"毕加索回答。说完他就扯掉布扔到地板上，底下的画布依旧是一片纯白。

此时朵拉明白了，毕加索竟如此苦恼。

或许，他面对这块巨大的画布时还感到了恐惧。为了支持被逼入窘境的祖国，究竟该创作一幅怎样的画？他一定感到了迷惘。

原来毕加索也是难以摆脱苦恼的凡人啊。

朵拉只见过这么一次被暗幕笼罩的画布，从那天起，毕加索每天都会独自与雪白的画布对峙很长时间。不久之后，他的心中就会生出一些意象，并开始蠢动，朵拉如此希望。

毕加索将变短的香烟在画布堆顶上的烟灰缸里掐灭，总算回过头来。

"海梅怎么这么慢，难道面包房失火了不成。"

朵拉低声笑了起来。

"有可能。咖啡冲好了，我们下去吧。"

两人来到楼下，海梅也正好来了。他把经常光顾的面包店纸袋扔到堆满杂物的桌子上，异常苍白的脸转向毕加索。

"出大事了。"

说完，他把夹在腋下的报纸递了过去。

毕加索漆黑的眸子凝视着报纸。

报纸上刊登着不知哪个城市的照片，街道变成一片焦黑的废墟。被炸毁的建筑物，数不胜数的瓦砾，以及堆积如山的……尸体。

朵拉的嗓子里发出一个声音。毕加索一把夺过海梅手中的报纸，目光几乎要在上面烧出洞来。报纸上印着特大号的标题。

格尔尼卡遭空袭
西班牙内战爆发后最惨烈的轰炸——

二〇〇一年九月十一日，纽约

冥冥中听到仿若歌声的明亮声线，八神瑶子从浅眠中苏醒过来。

跳跃、明朗而欢快，那是西班牙语。"我知道了，好的……""是啊，那就这样吧……"是丈夫伊桑断断续续说话的声音。

枕边的闹钟指向六点半。她撑起上半身，穿着T恤短裤的伊桑·贝聂特正好拿着手机回到床边。

"早安。我把你吵醒了？"

他柔声说着，轻吻瑶子的脸。

"我听见你说委拉斯开兹了，莫非有好物件？"瑶子打了个小小的哈欠问道。

伊桑笑着回答："真不愧是瑶子，你说对了。听说是委拉斯开兹的'仿作'。"

他又说："你的西班牙语听力还是这么棒，刚睡醒就能听懂，太让我吃惊了。"

"我还经常用西班牙语做梦呢。"

"真的？那平时的梦是英语还是日语？"

"不知道，两者都有吧。"

瑶子下床走到窗边，拉起了百叶窗。

窗外是一条石板路，垃圾车迎着朝阳慢吞吞地开着。路的另一头有家西班牙熟食店，不时有人进出。那里不仅有纽约必备的奶油芝士百吉饼，还有肉丸和炸鱿鱼这些小吃，十分受欢迎。结婚六年的瑶子夫妇每天早上都会到店里买一两样刚出炉的东西，再配上橙汁和卡布奇诺，就是早餐了。

"我去买点百吉饼，你要奶油芝士味的，对吧？"伊桑套上蓝色衬衫对她说。

"好早啊，还没到七点呢。"瑶子站在窗边说。

"那边突然决定开电话会议，刚才联系我的是马德里客户的秘书。我们约好八点半再联系，资料全都在办公室，我得提前赶过去。"

"我今天上午也有重要会议，还要做准备，也要提早出门呢。"

"是吗，那正好。我马上回来，你先冲咖啡吧。"

伊桑迅速开门走了出去。瑶子到洗手间洗了脸，然后走进厨房。她从橱柜里拿出两个小咖啡杯，先用新买的意式咖啡机做了意式浓缩，然后加入热好的牛奶做成卡布奇诺。把咖啡和餐盘摆上餐桌，做好了早餐的准备。然后她又回到卧室，从斗柜里拿出上衣。

斗柜上方挂着一幅裱了框的简笔画，画上是一只在空中展翅的小白鸽。瑶子一边扣上衣纽扣，一边无声地对鸽子道了早安。

每次看到这幅画，她心中都会涌出类似祈祷的情绪。希望这样平稳的生活能够一直持续下去。之所以会有这种心情，恐怕是因为现在的生活太幸福了。

二人结婚时买下了这套位于纽约东村的旧公寓。虽说建龄百年，地方也不大，但他们请来了熟识的建筑家帮忙设计内部装潢，将墙壁和地板刷得雪白，像处于立方体内部，并在房间各处装饰了许多艺术品，瑶子十分中意。两人的藏品主要以现代新锐作家的作品为主，且展示得恰到好处，来访的客人们总是兴奋地评价说这里宛如画廊一般。事实上，他们还有一幅毕加索的小画，不过出于安全考虑，挂在了两人的卧室里。只是一幅小品，他们也没对任何人说过"我家有毕加索"。

斗柜上方挂着的白鸽，就是毕加索的作品。

伊桑是客户遍及全球的艺术顾问，他在哈佛大学研究十八世纪西班牙美术，获得了美术史硕士学位，精通法语、西班牙语和德语。在美国数一数二的大型投资银行从事了十几年的艺术顾问后辞职独立，单干至今。

瑶子是出生于东京的日本人，跟伊桑结婚之后获得了美国永住权。她父亲就职于日本某大型银行，曾在纽约分社工作。瑶子小时候在纽约生活了七年，升入初中后回到日本，但感觉日本的学校生活过于压抑，大学时又独自回到了美国。

她先在纽约大学获得了美术史硕士学位，又在哥伦比亚大学取得了美术史博士学位，并且为研究毕加索到西班牙留过学。毕业后她在马德里的普拉多美术馆实习，又在索菲亚王后艺术中心开设的准备室里工作了一年，然后去旧金山现代艺术博物馆的学术部门工作了三年。三十五岁那年，她成功跳槽到纽约现代艺术博物馆（MoMA）的绘画与雕塑部门，担任策展人。

这是MoMA最热门的绘画与雕塑部门头一次任命亚洲人做策展人，不过这里并不存在性别与国籍的职场歧视，会任用实绩丰富的优秀研究者和艺术感知力强的人才。理事会也支持了这项任命，其中起到重要作用的当属女理事长露丝·洛克菲勒，在MoMA已成为全世界首屈一指的知名美术馆后，她依旧大刀阔斧地展开内部改革。她很早以前就在关注研究毕加索并取得不菲成绩的瑶子了，并亲自将她请到了MoMA。

瑶子在马德里留学时认识了伊桑。他当时已经进入银行里的艺术顾问部，正在马德里研修。两个同龄人意气相投，很快就成了恋人。伊桑住在纽约，瑶子则辗转于马德里和旧金山，虽然距离遥远，但对艺术的热情和对彼此的爱意却日益加深。最后瑶子入职MoMA来到纽约，两人便结婚了。伊桑没有给她订婚戒指，而是用一幅毕加索的作品当成定情信物。

那是一幅明信片大小的画作，描绘了一只展开羽翼的白鸽。流水般的铅笔线条勾勒出白鸽起飞的瞬间。若仔细凝视，仿佛能跳入画中，将鸽子揽入怀里。瞬间捕捉对象的本质，这是毕加索独特的卓越手法。

毕加索从小就喜欢鸽子，甚至给女儿起名叫"帕洛玛"（鸽子）。他出生于西班牙南部城市马拉加，瑶子曾无数次造访他的故居，房子门前的广场上常常聚集着一大群鸽子。年幼的毕加索时常到广场与鸽子嬉戏。毕加索晚年居住的南法古城家中也养了许多鸽子。一九四九年——帕洛玛降生那年，他为巴黎世界和平大会创作的海报中的和平鸽非常有名。漆黑的背景上有一只毛羽修长的鸽子。那跃然于黑暗中的身姿高洁而纯净，显得无比美丽。毕加索的心意、对和平的渴望，都通过那只白鸽传达出来了。

伊桑赠送"毕加索的和平鸽"的心意让瑶子非常高兴。一起幸福而和平地生活下去吧。就算没有只言片语，画上的白鸽已表达了一切。

传来关门声，瑶子匆忙走进厨房。伊桑正把纸袋里的东西拿出来装盘，还欢快地说："我今天买的是蛋饼。"

"很稀奇呀，怎么了？"瑶子边倒果汁边问，丈夫几乎每天买回来的都是百吉饼。

"没什么，就是突然想吃了。所谓'最后的早餐'啊。"

伊桑若无其事地说完，咬了一大口蛋饼。

他们曾讨论过死前最想吃什么。伊桑说想吃蛋饼，瑶子则想吃盐饭团和豆腐味噌汤。伊桑还对她说，我想吃完对面那家熟食店的蛋饼再上天堂，被瑶子笑话了一番。

在马德里刚开始谈恋爱时，瑶子经常到住所附近的酒吧吃一种叫作蛋饼的西班牙菜。现在伊桑整天跟世界各地的富翁到高档餐厅去用餐，把嘴养得特别叼，结果死前还是想吃那种简单朴素的食物啊。

"那你今晚也陪我吃'最后的晚餐'吧。"瑶子调侃道。

"好啊，记得是饭团和豆腐，对吧？"伊桑回答道。

"是盐饭团和放了豆腐的味噌汤。"

"啊，没错、没错，是味噌汤。你要做给我喝吗？"

"嗯，今晚我没什么事，可以早点回来。你想吃日本菜吗？"

"我今晚正好也有空。家庭日料！真不错，我很期待。"

厨房墙上的时钟指向了七点五十分。伊桑站起来说："我得走了。"

"对了，今天露丝也会出席会议。"瑶子突然想起来，对他说。

"啊，露丝，好久不见了。替我问候她一声。"伊桑匆忙之中也不忘用上敬重的语气。

MoMA的理事长露丝是现代美术的大收藏家，过去也曾经是伊桑的客户。然而自从瑶子到MoMA当策展人后，她就再也没通过伊桑购买作品了。毕竟引发裙带关系的谣言对瑶子不好，纵使失去一个大客户很是心疼，两人还是对露丝那种富裕阶层罕见的真诚敬佩不已。正因为有了露丝，瑶子才能回到纽约。伊桑一直对此感恩戴德，认为那是几百万美元交易都无法换来的宝贵机会。

"那我走了，八点前回来。"

伊桑轻吻到门口送他的瑶子，又拍了拍妻子的肩膀。

"知道了，十二小时后见。"

"好，十二小时后见。爱你。替我问候露丝，祝你会议成功。"

说完，他就匆忙开门走了出去。

瑶子走进书房，从书架上抽出两本展会目录，作为上午十点提交给 MoMA 理事会的资料。

两本目录都是 MoMA 过去举办过的"毕加索展"，一本是一九三九年毕加索在美国举办的第一次正式个人展览，名为"毕加索：艺术四十年"；另一本则是一九八〇年的"巴勃罗·毕加索回顾展"。两次都是 MoMA 历史上熠熠生辉的著名展览。

两者时间相隔四十一年，除了"同一位艺术家的回顾展"这一主题外，还有一点独特的共通之处。

两次展览都展出了《格尔尼卡》。

《格尔尼卡》——毕加索一生留下了十几万件作品，但若问其代表作，瑶子马上就会说出这个名字。

这是毕加索为一九三七年巴黎世博会西班牙馆创作的巨作，高约三百五十厘米、宽约七百八十厘米的大画布上展现出一片地狱图景。仓皇逃窜的人、嘶鸣的马、惊愕回首的公牛、倒地的士兵，这些都用黑白灰的单调色彩描绘出来。它曾是艺术史上受人探讨最多的作品，现在则被认为是反战的标志。

巴黎世博会结束后，这幅画作在欧洲各地巡展，后来又来到美国参加 MoMA 举办的展览。其后，毕加索提出"在西班牙恢复真正民主之前，希望能把这幅作品暂存美国"的意愿，《格尔尼卡》便在 MoMA 持续展出了四十二年，直到一九八一年才返还西班牙。这幅作品着实可谓命途多舛。

一九三七年四月二十六日，西班牙内战正酣。那天，支持叛军及其首领佛朗哥将军的纳粹德国派航空部队轰炸了巴斯克地区的小城格尔尼卡。毕加索得知这一惨状，为支持共和国政府与叛军作战，拿起画笔创作了这幅作品。这个故事可谓十分出名了。

画中没有战斗场景，也没有杀戮场面。尽管如此，它还是展现出了人间地狱的光景。然而画上描绘的并非受到上帝制裁堕入地狱的罪人，而是被人类推下地狱的人类。

瑶子二十岁在纽约大学攻读美术史时，在 MoMA 举办的毕加索回顾展上与《格尔尼卡》重逢。她十岁那年第一次见到这幅作品，从那以后就再没接触过。而那次重逢又激发了她心中强烈的战栗。

让瑶子战栗不已的有两点。一是作品《格尔尼卡》抽象化的主题与结构，尽管只有黑白灰，却栩栩如生地呈现出了格尔尼卡遭到空袭的惨状，让人感觉如同亲临现场。另外一点，就是毕加索既不是政治家，也不是思想家，更不是军人，但他以一名艺术家的身份，用最娴熟卓越的手法勾勒出了"格尔尼卡空袭"这一可怕的历史事件，让"格尔尼卡"这个无名小镇深深地留在全世界人的记忆中——

就在那时，瑶子决定要一生追逐巴勃罗·毕加索这位艺术巨人的脚步，贴近他的光辉。

没错，她的人生因毕加索而决定了方向，并不断斩获成就。至少在她人生过半，从二十岁至今这二十年间是如此。

若没有追逐毕加索，她就不会认识伊桑，也不会到 MoMA 来工作。想必也不会接到策划世界知名美术馆大型巡回展这样的重任。

瑶子决定在当天的理事会上汇报目前正在策划的"马蒂斯与毕加索展"。亨利·马蒂斯与毕加索是宿命中的劲敌,也是无间的挚友。她想通过同时展出两人的代表作,来诉说两位艺术家的友情与对抗。这个主意早在进入 MoMA 前就藏在瑶子心里,目前决定两年后正式开展。她好不容易才选出了候选展品,接下来必须得到理事会的首肯,因此今天的汇报格外重要。

她把两本厚重的目录塞进电脑包。东西格外沉重,但瑶子毫不在乎地背了起来。

出门前,她又去了一趟卧室,专注地看着斗柜上的"和平鸽"。

——请你守护我。

她闭上眼睛,用日语在心中默念,仿佛在祈祷。不知为何,她就是想这样做。穿上夏季的薄羊毛外套,套上低跟鞋,瑶子走出家门。她边等电梯边看表,八点十分了。

来到外面,她快步走向地铁站。九月的晴空湛蓝无比,曼哈顿的摩天大楼直刺云霄。

一九八〇年五月末,城中心高耸的摩天楼之上也是一片爽朗的晴空。

第五大街与第六大街之间,西五十三号的 MoMA 入口前排起了长龙。这些人都在等待进入"巴勃罗·毕加索回顾展"。展览刚刚开始,电视、报纸、杂志等媒体就争相报道,又得到知名毒舌评论家和记者盛赞,因此参观者络绎不绝。

当时还在纽约大学读三年级的瑶子也是门外排队的人中的一员。整个美术史班级都在讨论这次回顾展,迫不及待跑去看完回来的朋友还兴奋地对她诉说了一番展览如何出色，必定会推动对毕加索的重新评价，俨然一副资深评论家的模样。有些还没去过的朋友也来邀请瑶子，不过她都婉拒了。因为她想一个人去看。

彼时，瑶子已经开始考虑今后专门研究毕加索。

瑶子少女时期居住在纽约，身边有一个关系很好的西班牙移民朋友。瑶子跟她学过西班牙语，还对西班牙这个国家及其文化产生了兴趣。大学选择美术史专业时，她曾考虑过以委拉斯开兹或戈雅等十七、十八世纪的西班牙美术为研究对象，但在一番深入思考之后，她最终还是走到了毕加索面前。

尽管这个课题十分庞大，但瑶子感觉自己无法回避。若要研究美术史，就必须认真面对毕加索。同属美术史专业的朋友们都把毕加索推至十分特殊的地位，但没有人敢去研究。因为所有人都知道，对这位艺术家，一旦钻研太深，就会十分麻烦。

瑶子则相反，她认为正因为麻烦，才有研究的价值。如果不清楚，就一直深入研究到清楚为止。毕加索留下了许多作品，被世界各地的美术馆所收藏，文献也数不胜数。另外，纽约还有MoMA，这里就收藏了许多毕加索最具代表性的作品。只要想研究，任何时候都能去看——没错，包括那幅《格尔尼卡》。

瑶子十岁时第一次踏足MoMA，同时也是第一次看到《格尔尼卡》。那时她感觉自己看到了不能看却不可不看的东西，这样的心情席卷了她，母亲找过来之前，她都未从画前挪开半步。面对那赤裸裸的生与死，她感受到了强烈的混乱，以及同样强烈的吸引力。

之后，直到瑶子升上初中离开纽约，她都没再去过MoMA。因为她很害怕看见"那幅画"。

回到纽约上大学后，瑶子为了观看策划展又去了MoMA。尽管如此，她还是避开了"那幅画"的展室。

然后到了巴勃罗·毕加索回顾展这天，瑶子隔着许多参观者与"那幅画"重逢了。十年之后，她再次与那头公牛对上目光。

目睹世界崩坏的造物主的眼。

她没有感到害怕，而是感到了战栗。不知不觉间，瑶子握紧了拳头。

站在熙熙攘攘的展室一角，瑶子安静地独自战斗着，试图用全身去接纳"那幅画"。

地铁E线的列车滑入第五大街五十三号车站站台。

通勤乘客从车内涌出，车站内充满沉闷的气味，又闷又热。

瑶子背着沉重的背包，站上自动扶梯往地面而去。这道扶梯长得令人烦躁，每到此时她都会急不可耐地想呼吸到外面的空气。纽约地铁大部分线路没有安装空调，而且卫生情况堪忧，这让她不禁憧憬起冬夏都十分舒适的日本地铁。

走上通往五十三号的台阶，瑶子看了一眼手表。八点四十五分。只要三分钟就能走到美术馆门口，干脆先到出口附近的小摊去买杯咖啡好了……就在还差五级台阶就能出到地面时，一个低沉厚重的爆炸声轰然响起。这声音在摩天大楼的丛林里回响，仿佛侵蚀岩壁的波涛，扩散出令人毛骨悚然的纹路。

瑶子大吃一惊，想也不想就冲上台阶。外面的人全都面露不安，同时抬头四下张望。

"怎么了？""出什么事了？""爆炸？"

嘈杂迅速扩散开去，好几个人朝第五大道跑了起来。瑶子不明所以，只能呆站在五十三号大街，看着周围的人。

有人大喊一声，从第五大道跑出来的人都在喊叫。

"这是怎么回事!""啊,上帝啊……上帝啊!""那是什么?!火灾?在哪儿?"

一个男人疯狂嘶吼着,朝瑶子呆站的方向跑了过来。

"是空袭!世贸大厦遭到空袭了!"

瑶子倒吸一口气。

她紧紧握住双肩包的背带,也朝着第五大道一路狂奔。路上挤满了嘈杂的人群,车辆发出刺耳的鸣笛声。人们在叫喊,上帝啊,上帝啊,这不是真的,这怎么可能……

——怎么可能。

瑶子呆然注视着道路的另一头。

咚、咚、咚、咚,剧烈的心跳震撼全身。她视线模糊,耳朵里充斥着尖锐的鸣叫。她感到自己仿佛被抛在了沙尘暴肆虐的荒漠,口干舌燥。

怎么可能——

曼哈顿南端,一股黑烟截断了蔚蓝的天空。一架白色机影赫然刺入蓝天,仿佛要将它撕裂。

第一章 造物主

一九三七年四月二十九日，巴黎

西班牙内战爆发后最惨烈轰炸
希特勒与墨索里尼的空军投下数千发烧夷弹焚毁格尔尼卡

　　昨日下午，巴斯克地区最古老城镇，文化传统中心格尔尼卡，在叛军的空袭下遭到彻底毁灭。

　　此次攻击针对远离前线毫无防备的小城，持续三小时十五分钟，由德国产容克斯轰炸机、亨克尔轰炸机及亨克尔战斗机组成的强大空中部队向城镇中心投下了最大五百公斤级的炸弹，以及超过三千发一公斤铝制烧夷弹。战斗机还从城外中心部低空逼近，用机枪扫射逃往周边原野的市民。

　　朵拉·玛尔坐在圣日耳曼区一家名为"双叟"的咖啡馆的露天席位上，第无数次研读摆在桌上的报纸。

　　这份四月二十九日发行的《人类》，刊登了英国《泰晤士报》记者约翰·L.斯蒂尔的报道。

　　四月二十六日，位于西班牙北部巴斯克地区的古城格尔尼卡遭到空袭。

一九三七年，西班牙爆发内战。叛军在佛朗哥将军的指挥下发起政变，将共和国军渐渐逼入绝境。在德国和意大利法西斯政权的大力支援下，叛军企图一口气颠覆政权，最终发起了人类史上罕见的无差别攻击暴行。遭到攻击的对象，就是格尔尼卡。

法国身为西班牙邻国，却试图置身事外，一直坚持漠不关心的态度。因此，针对格尔尼卡空袭的消息，媒体并没有在发生当天积极报道。然而事态之惨烈远远超出法国政府的想象，甚至成为全世界争相报道的大事件——换言之就是，极具新闻价值。于是空袭两天后，法国各大报纸终于刊登了这个消息，《人类》还于四月二十九日转载了《泰晤士报》记者斯蒂尔的文章，进行了高调报道。

巴勃罗·毕加索看到朋友兼秘书海梅·萨瓦特斯拿来的报纸，通过文字知晓了降临在故国古城的惨剧。那个瞬间，朵拉就在旁边，她看到了毕加索转眼变得僵硬的表情。

报纸用一整个版面报道此事，印有"格尔尼卡空袭"的特大标题，还有化作废墟的城镇和累累尸体的照片。朵拉彻底失去了声音，愣愣地看着照片，而毕加索则相反。

毕加索从海梅手中夺过报纸，目不转睛地端详片刻，随后无言地将报纸撕为两半。光这样好像还不够，他继续将报纸扯碎，甩到地上，踏了一脚又一脚。整个过程他都一言不发，朵拉和海梅也只能在旁边默默看着。

毕加索的表情如同岩石般僵硬。事实上，那张完全失去血色的脸看起来与扭曲的岩石没有两样。感觉就像他刚刚接到一通电话，说不知从哪儿冒出来的混蛋把他父母给杀了。

踩够了报纸碎片又将其踢散之后，毕加索猛吸一口气，用沉痛的声音说："海梅……我要报纸，你再去买一份回来。"

海梅慌忙又买了一份同样的报纸回来，毕加索站在房间里把报道从头到尾仔细读了一遍，再次将它撕碎，甩到了地上。不过，这次他只是一脚将报纸碎片踢散，便一言不发地进了画室，连早饭都没吃。

然后毕加索就再没离开过画室。

朵拉感觉到，他体内正在酝酿无比强大的力量——发生着剧烈的化学反应。

而海梅那天买了三次同样的报纸。拿着第三份报纸，朵拉总算把报道读完了，一个字母都没跳过。

朵拉也没有胃口吃早饭，便一个人到"双叟"，想吃一顿迟来的午饭，顺便把报纸又细读了一遍。读完报纸，她又感到一阵反胃，几乎没碰自己点的法式三明治。

回到毕加索的寓所，她发现海梅坐在起居室里的扶手椅上，一副手足无措的样子。看见朵拉进来，他露出迷路少年般的表情说："我们该怎么办？"随后他又说，"你出门后，路易·阿拉贡来问过毕加索的情况……"

海梅告诉他，今天无论等多久，他恐怕都不会离开画室，于是阿拉贡便露出一脸咬碎咖啡豆般的表情，长叹一声回去了。

朵拉哼了一声。

"真是辛苦他了。路易最近不是每天都来吗？"

海梅仿佛被阿拉贡附身，也长叹了一声。

"是他把毕加索介绍给了西班牙大使馆，想必也觉得自己责任重大吧。到现在了，要是好不容易送过来的画布上却连条线都没有一根，他会坐立不安也正常吧。"

"你不也一样吗？"朵拉嘲讽道。

"你也是啊。"海梅顶了回去。

"我可不在乎。"

朵拉从桌上的杂物里翻出一盒吉坦尼斯烟，插进金色烟嘴里，说："海梅，那个人可跟外面一般的画家不同，不是吗？那个人从头到脚都是彻头彻尾的毕加索，一旦时机成熟，他就会做自己该做的事。一定是这样。"

她很想说，就像造物主创造天地不会懈怠一样。

朵拉用银色打火机点燃香烟，缓缓吸入一口，朝着桌上的杂物吐出烟雾。

"海梅，你跟他都是多少年的交情了？心里其实很明白那个人是毕加索吧？"

毕加索年轻时在巴塞罗那有过一段放荡不羁的生活，海梅从那时起便是他的挚友。

大约两年前，毕加索在妻子奥尔嘉·科克洛娃和刚为他生下女儿玛雅的年轻情人玛丽·泰雷兹的夹缝间，过着郁郁寡欢的日子。他不对任何人提起自己的苦恼，只对海梅诉说。他会给海梅写信，倾诉自己的孤独。海梅认为朋友精神状态堪忧，便与妻子一道匆匆赶回了巴黎。从那以后，他便成了毕加索的参谋和秘书，一直守护并支持着他。

那段时间，毕加索陷入了"人生最大的低谷"。在目睹过挚友常年旺盛的创作精力后，海梅与毕加索身边的人一样，都对眼下的状况感到难以置信。因为这个全世界最知名的艺术家，几乎要放弃绘画了。

此前，毕加索一直埋首创作，没日没夜地作画，让所有人都坚信，就算世界迎来末日，也无人能令毕加索停下画笔。对毕加索来说，"绘画"这 行为就像自己的心跳一样，是难以主动停歇的自然之理。

而这样的毕加索，竟连画笔都不愿拿起……

"这我明白。"朵拉的态度让海梅有些烦躁，但他还是回答道，"不过，毕加索也有画不出来的时候。你可能不知道，我可是目睹过他在低潮期的痛苦。他不是不画，而是完全画不出来。将近两年时间，连一张速写都画不出来！"

"我知道啊。"朵拉平淡地回应，"因为画不出来，才写了那些超现实主义风格的诗作，不是吗？遗憾的是，我没读过那些诗。"

遇到朵拉时，毕加索正处在苦恼之海的最深处，指尖已经触及海底。直到邂逅了新的缪斯，毕加索才总算想起了如何呼吸。

于是，毕加索浮出了波光摇曳的海面。他绝不是那种直到溺死都画不出来的蠢货。

"你真够悠闲的，我已经要急疯了。壁画期限快到了，格尔尼卡又遭到空袭……唉，我真想丢下这一切回巴塞罗那去。"

海梅说完便倒在了沙发上，那上面还胡乱摊着报道格尔尼卡遭到空袭的《人类》报。

朵拉把烟掐灭，不动声色地叹了口气。

海梅是在巴塞罗那出生的加泰罗尼亚人，为了支持毕加索才来到巴黎。然而在此期间，祖国爆发内乱，使他陷入了深深的忧虑。他似乎很想回国，但最终还是选择留下来继续照顾毕加索的生活。虽然海梅曾经在巴塞罗那同毕加索一道放浪形骸，如今却成了比毕加索成熟许多的普通人。

他责任感很强，一边想尽力让毕加索专注工作，一边又暗自担心巴黎世博会西班牙馆的壁画无法完成。那毕竟是深陷内战之苦的共和国政府驻法大使馆发来的委托，在他看来，管理好毕加索这边，多少也是为祖国效力了。

与之相比，朵拉在海梅眼中或许确实挺悠闲。无论共和国政府胜败与否，都不会给朵拉造成直接伤害。硬要说的话，一句"与我无关"便能结束话题。

只是——

"海梅，叛军为什么要轰炸格尔尼卡？那里不是什么军事重地吧？格尔尼卡到底有什么？"

朵拉拾起海梅身边的《人类》报，提出了最简单的疑问。

报纸上说，支援叛军的纳粹航空部队"秃鹰军团"对小镇进行了无差别攻击。

德国和意大利的法西斯政权向西班牙内战叛军提供了军事援助，想必是为了获胜之后大谋其利。

虽说如此，格尔尼卡这个目标也太小了。这里的居民毫无还手之力，他们竟然袭击没有武装的普通人，未免太不理智。

不过，被西班牙国内保守右翼煽动造反的佛朗哥将军，以及纳粹德国统帅希特勒，已经发起过无数次超出常识的军事行动，怕是早已失去了理智。

与之相比，或许可以认为法国政府脑子还算正常。一开始，法国政府还对共和国政府进行过经济支援，后来签订了针对西班牙内战的不干涉协定。法国之所以这样做，是不希望对西班牙出手支援一事，到最后成为德国入侵本国的借口。

德国和意大利应该也加入了这一条约。然而法西斯的厉害之处就在于出尔反尔，他们大张旗鼓地参与进去，仿佛只为了证明自己只将那协定视作废纸。总之，无论怎么想，那都是丧失了理智的行为。

"不明白……我真的不明白。"海梅无力地咕哝道。

随后,他又看着朵拉快速翻动报纸的手,自言自语地说:"毕尔巴鄂是港口城市,又有钢铁工厂,若袭击那里倒是好理解……他们搞不好是想借格尔尼卡示威,让人们拱手交出完整的毕尔巴鄂。"

他顿了顿,又继续说道:"也可能因为两座城市都在巴斯克,随便袭击哪个都无所谓……"

朵拉抬头看向海梅。

"随便哪个都无所谓?什么意思?"

"格尔尼卡和毕尔巴鄂都属于巴斯克地区,那一带在西班牙地位特殊,一直向中央强硬主张自治权,又拥有自己的语言,去年还选出了巴斯克第一任总统。"

说巴斯克语的人自称"欧斯卡尔杜纳克人",在比斯开湾南岸的巴斯克地区独立生活了上千年。十六世纪,南、北巴斯克分别被西班牙和法国吞并,但巴斯克人一直坚持自治。即使在南巴斯克地区全部被归入西班牙帝国之后,他们依旧坚持着自己传统的立法和征税等自治权。内战爆发后,更是成立了巴斯克自治州政府。自治州政府第一任总统是三十二岁的退役足球运动员何塞·安东尼奥·阿吉雷,他全面支持共和国政府,加入了对抗叛军的战斗。

在佛朗哥和纳粹眼中,巴斯克人的独立之心最为棘手,若不尽早解决,将来显然会变成大麻烦。

"我们加泰罗尼亚人也讲加泰罗尼亚语,同样充满了旺盛的独立精神,不过巴斯克人真的……怎么说呢,可以说他们不是西班牙人,而是彻头彻尾的巴斯克人。"

海梅说,他在巴塞罗那生活的那段时间,结识了一个来自巴斯克地区比斯开省的朋友。那人平时性格温和,可一旦讲到故乡，目光就会霎时凌厉起来。他时常口沫横飞地说，巴斯克应该从西班牙独立出来。

他听那个朋友讲过"格尔尼卡橡树"的故事。比斯开省议会过去设在格尔尼卡，换言之，格尔尼卡自古就是巴斯克地区的精神中心。几个世纪以来，比斯开议会都在城中心的大橡树下召开。橡树枯萎过许多次，每次人们都会重新种上新橡树，重新聚集到树下。

橡树对巴斯克人来说是永久自治的象征，也是自由的标志。然而，它极有可能在这次空袭中被摧毁了。

"毕加索知道这个故事吗？"朵拉问。

"嗯……我不清楚。"海梅无力地回答。

结果，那天毕加索一直窝在画室里，始终没有到楼下来。

朵拉并没有像往常那样，毫不客气地闯进画室。

看到格尔尼卡空袭消息的瞬间，毕加索心中翻卷起激烈的情绪。憎恶、癫狂、苦恼、愤恨，这位艺术家心中正在爆发强烈的负面感情。如同面对喷发的火山，朵拉本能地选择了不去靠近。

海梅还是很担心闭门不出、废寝忘食的毕加索，起身说要去附近的咖啡厅打包餐食，却被朵拉拦住了。

"你不用干那种多余的事，要是想吃东西，他自己就会出来。"

海梅欲言又止，最后还是听了朵拉的话。

海梅回家后，朵拉又在起居室沙发上坐着发了一会儿呆。她点燃好几根香烟，又不断掐灭，心中终于涌出一股烦躁。夹在杂乱书堆里的闹钟走到十点时，她起身决定回去。

戴上深绿色无檐帽，朵拉又拿起沙发上的《人类》报，把那篇文章从头到尾逐字逐句看了一遍。

无论看多少遍，都没有关于"橡树"的报道。

回家路上，朵拉又去了一趟"双叟"。

她一整天只咬了几口中午的法式三明治，尽管如此，胸中的烦闷还是让她毫无食欲。朵拉来到露台上坐下，点了红酒和橄榄。

她取出香烟盒，把香烟插在烟嘴上点燃。胸闷难耐，她却还是忍不住想吸烟，因为她实在无法坐着不动。

圣日耳曼德佩修道院在眼前高耸入云，宛如怪物的石砌修道院脚下，咖啡厅露台的灯光氤氲着一层水汽。

那天晚上也是这样——朵拉把视线转向如同冥府使者的修道院黑影，仿佛回想起刚做过的梦一般，脑中闪过她与毕加索邂逅的瞬间。

那天晚上，她也像现在这样独自坐在咖啡厅露台上，对枯燥的人生充满厌倦。

当时，朵拉正与哲学家兼作家乔治·巴代伊交往。巴代伊家中已经有了美丽的妻子和女儿，但两人并不在意这些。与这个孜孜不倦追寻"死亡"与"爱欲"的年长文学家谈恋爱，让不到三十岁的朵拉觉醒了女性身份。

朵拉不是那种待在家中相夫教子、奉献全部时间与精力的贤惠女性。她拥有自由的思想，大胆恋爱，毫不犹豫地与喜欢的人上床。即便被人四处议论性格奔放，她也毫不在意。过自己想过的生活有何不妥？谁也没资格对我的人生说三道四。这就是她的看法。

然而，那个"谁也没资格说三道四的人生"在她眼中突然变得无比苍白，原先让她感到新奇刺激的超现实主义运动也渐渐失去了魅力。这场运动确实汇集了许多才华横溢的艺术家，只是她觉得，自己并没有遇到卓越的天才。不仅如此，她甚至感觉周围出现了越来越多凡庸无力的人。

她跟巴代伊的关系似乎也渐渐走上了没有出口的绝路。每次与他缠绵，两人都会尝试各种新奇游戏，沉醉于爱欲之中，结果却留不下什么东西。她从中得到一个结论：爱欲就像食欲跟睡眠，同样存在极限。

太可笑了。真是太无聊了。

她不知道自己在愤恨什么，只是回过神来，口中已经嚼碎了如同诅咒的话语。

那天晚上，朵拉与巴代伊激情过后，不仅没有满足，反倒对一切产生了厌倦。她实在不想直接回家，便裹着大衣独自坐到了"双叟"的露台座位上。三月的夜晚还远没有春天的气息，只是店里充斥着廉价酒精和烟草的味道，她实在不想进去。

吃掉烤羊排后，朵拉戴上有蔷薇刺绣的优雅白手套，吸了一根烟。随后她拿起餐盘上的肉刀，开始玩超现实主义同伴们教她的"游戏"。

朵拉右手持刀，张开左手按在桌上，用刀尖迅速刺向拇指和其余四指间的空隙。拇指食指、拇指中指、拇指无名指、拇指小指……嗒、嗒、嗒、嗒嗒、嗒嗒、嗒嗒、嗒嗒嗒、嗒嗒嗒、嗒嗒嗒……她逐渐加快速度。一旦乱了节奏，就会刺中手指。两个人玩时，人们还会赌一点小钱，刺得最快最准的人便算赢。

朵拉学会这个危险的游戏后，感到了久违的兴奋。她反射神经敏锐，玩起这个来比谁都快。看到她那只留一道残影的动作，男性朋友们全都被吓坏了。朵拉，你怎么胆子这么大？

后来她又试了好几次，神奇的是，一次都没有弄伤过手指。

于是，想品尝一点惊险滋味时，就算没有对手，朵拉也会一个人玩这个"游戏"。每当这种时候，她都能暂时忘却那些令人厌烦的事情，让自己有个好心情。

朵拉将戴着白手套的左手按在桌上舒展开来，首先把小刀贴在拇指根部外侧，与桌面垂直。她将精神集中在刀刃上，嗒、嗒、嗒、嗒，一开始动作缓慢……随后逐渐提速。

嗒嗒、嗒嗒、嗒嗒、嗒嗒、嗒嗒嗒、嗒嗒嗒、嗒嗒嗒嗒嗒嗒嗒嗒嗒……

"喂，朵拉，快住手。都出血了。"

朵拉猛地回过神来，停住右手。

白手套渗出了鲜红的血色。她仿佛从噩梦中惊醒，额头上冒出一阵让人很不舒服的冷汗。朵拉缓缓抬起没有血色的脸。

眼前站着两个男人。一个是与她一同参与超现实主义运动的诗人，名叫保罗·艾吕雅。另一个人则是——

一双漆黑深邃的眸子里闪烁着好奇的光芒，那个男人目不转睛地看着她，报上了巴勃罗·毕加索这个姓名。

一来到露台上，毕加索的目光就被这个沉浸于危险游戏的女人吸引了。一听说那是艾吕雅的熟人，他就马上请朋友引荐。凭毕加索那敏锐的嗅觉，不可能分辨不出坐在那里的女人格外有趣。

她散发着各种气息。淫靡、悖德、傲慢的气息；成熟肉体的气息；自由奔放精神的气息；背叛与爱欲的气息；以及任谁也无法玷污的崇高艺术气息——

那天夜里，毕加索与朵拉在"双叟"饮酒畅谈，随后并肩走在圣日耳曼大道上。路旁的瓦斯灯将两人的影子投射在石板上，不断拉长。

毕加索没有邀请朵拉到自己家去，甚至没有索求朵拉的吻。他只要来了那只染血的白手套。

朵拉脱掉一直戴在左手的手套，递给毕加索。摘掉手套的瞬间，被刀割开的伤口传来一阵刺痛。毕加索接过手套，放到唇边轻吻。那一刻，朵拉感到身体深处传来钝痛。

那就是一切的开端。

她啜饮一口葡萄酒，抬起指甲涂成鲜红色的手，对准圣日耳曼德佩修道院。

那时的伤口已经消失了，但朵拉有个预感。

今后，她恐怕还要面对更多伤痛。绝不可能痊愈的、血淋淋的伤口。

因为那个男人，那个怪物，那个造物主——

二〇〇三年二月一日，纽约

针对伊拉克的军事行动——联合国就美国总统见解展开讨论

目前，美国对伊拉克发动军事行动只是时间问题。伊拉克虽接受了联合国大规模杀伤性武器调查团，却对解除武装的劝说明确表现出不合作态度。

美利坚合众国总统约翰·泰勒表示："邪恶轴心国"是恐怖主义的温床，而伊拉克就是其中之一。该国政府不顾联合国再三劝说，一再拒绝放弃大规模杀伤性武器，以美国政府为中心的各个国家将不得不对此采取军事行动，并表明了下周三将派遣美利坚合众国国务卿科尼利厄斯·鲍尔前往欧洲的意向。国务卿鲍尔将肩负与联合国安理会交涉，令美国对伊拉克展开的军事行动正当化的责任。

华盛顿最受信赖的鲍尔，将在美国政府内部收集意见，带到联合国进行讨论，对此，各国政府都表示了赞同。各国政府都认为，为制止伊拉克"暴徒"总统易卜拉欣·福斯曼的暴行，需将其驱逐出境，在必要情况下必须行使武力。

极少政府对美国即将采取的行动提出异议。目前，各国最重视的并非战争，而是战后处理问题。联合国将成为执行善后政策的最高舞台。冷战结束以来，联合国五个常任理事国——美国、中国、俄罗斯、英国、法国只在科索沃战争与海湾战争决议上有过明显冲突，此次五国能否协调一致，将成为最大的关注焦点。

国务卿鲍尔作为泰勒总统代言人，必须尽量以理性平稳的方式劝说持有疑问的国家加入美国的阵营。这并非易事，可一旦失败，美国的军事行动就会变成一意孤行，在国际社会埋下祸根。

国务卿鲍尔将如何应对这一艰难课题？想必美国总统绝不会接受鲍尔将"同意"之外的结果带回白宫。

——凯尔·亚当斯《纽约时报》记者（※）

瑶子着迷地看着摊在餐桌上的《纽约时报》社论。

桌上除了报纸，还有喝了一半的咖啡。只咬了几口的吐司被她扔在餐巾纸上，剩下那半瓶矿泉水三天都没挪过窝。

瑶子把手垫在报纸上撑住下巴，用英语咕哝道："真是的，他们到底想怎么样。莫非这个国家的总统觉得发动战争就能解决问题吗？你怎么想？"

然而，餐桌另一头并没有人给她回应。房间里一片死寂，只能隐约听到窗外传来远处汽车鸣笛的声音。

瑶子叹了口气，叠好报纸，起身走进了卧室。

拉开斗柜抽屉，她取出渐渐变成自己身份标记的黑色高领毛衣。脱下家居服，套上毛衣，脑袋从领口钻出来的瞬间，她的目光停留在墙上的和平鸽画作上。

那是丈夫伊桑送给她代替订婚戒指的礼物——毕加索的画作。

虽是随意的简笔画，却洋溢着随时都要飞出小小画面、停在瑶了怀抱中的跃动感。那是毕加索在某天的某个时候，或许在某人的请求之下，抑或一时兴起，在纸上赋予了生命的画作。那幅画就挂在瑶子眼前。从她决定与伊桑共同生活的那天起，经历了伊桑毫无征兆、突如其来的死亡，直到现在。

为什么？那天，瑶子对和平鸽说，为什么你没有保护他。为什么要夺走那个人。

告诉我，为什么？

画中的白鸽怎么可能夺走丈夫的性命。然而那一刻，除了这只白鸽，瑶子无处宣泄那种撕裂身体的痛苦。

两年前的九月十一日。那天以后，瑶子无数次质问这幅曾被她当作至宝的和平鸽画作。告诉我，为什么？

两人婚后搬到这座东村公寓里生活，这里到处都充斥着她与丈夫的回忆，让人感到窒息。独自一人待在这里，会让瑶子感到万分恐惧。即便是白天，她也要把浴室、洗手间和衣橱的灯全部点亮，播放热闹的音乐，尽量忘却自己是孤身一人。除此之外，瑶子还经常自言自语。

她不想开电视。那天，电视画面上反复播放客机冲撞世贸中心，以及双子塔崩塌的画面。那令人难以置信的一幕早已烙印在记忆中，难以抹除。瑶子感觉，一旦打开电源，屏幕上就会出现那个画面，于是她用布帘盖住电视，尽量不去注意它。

她还反复做噩梦。那天过后的很长一段时间，她每晚都被噩梦纠缠。

摩天大楼伴随着一阵地动山摇的颤动，裹挟着黑烟轰然倒塌。瓦砾如同雪崩般落下，她拉着丈夫全力奔逃，可他却不知何时已被黑烟吞没，消失得无影无踪。

——伊桑！

瑶子在梦中嘶吼着，随即惊醒过来。泪水濡湿了脸颊，额头沁满汗水。

是梦。可是……

如果是梦，该有多好。可是……

瑶子被迫回到噩梦般的现实中，泪水依旧流淌，从不干涸。

是谁，杀死了他？

不仅是他。究竟是谁，为了什么，要夺走三千多条无辜的性命？

美国政府发出"与恐怖主义战斗到底"的宣言，与NATO合作，对拒绝引渡恐怖主义头目及其组织的塔利班实际控制的阿富汗实施了空袭。这次空袭也将许多无辜市民卷了进去，结果还是没有发现那个头目。

刚被选为美国总统第一年，约翰·泰勒就不得不面对这前所未有的严重事态。他刻意反复使用"我们会反击"这种表达，大量国民因为这句话沸腾起来，表示出狂热的支持，决心"紧紧跟随"总统强有力的领导。他们认为是对方先干了如此残忍的事，因此我们有反击的权利。许多对美国遭遇表示同情的国家也赞同针对阿富汗发起攻击。

但瑶子反对。只要看到美国被怒火催动做出暴行，她就会感到难以接受。

世上不存在"正当的暴行"。一切暴行都无关正当。

不仅是瑶子，许多纽约市民在日后被称为"9·11"的大规模恐怖袭击中都留下了深深的创伤。

他们不想再伤害任何人。不希望引发坏的连锁反应。受伤的只有他们自己就足够了——

饱受打击的瑶子，想到愤怒和复仇这种负面感情和行动，只能感到痛苦。

失去最爱的丈夫，她今后的人生还有什么意义？

在这个让她深受伤害的城市生活下去，还有什么意义？

当瑶子坠入悲伤的谷底时，是 MoMA 的伙伴、亲密的挚友，以及艺术的力量拯救了她。

同事们用温暖的拥抱鼓励沉溺悲伤的瑶子。朋友们搂着瑶子的双肩，任她宣泄。

MoMA 的理事长露丝·洛克菲勒见到强忍泪水的瑶子，张开双臂给了她一个充满关切的拥抱，还在她耳边小声说：你要用一辈子守护好伊桑给你留下的东西。

伊桑留下的东西，就是一颗热爱艺术的心。

瑶子卖掉了与伊桑共同生活过的公寓，搬到了曼哈顿切尔西区。她的新公寓在一栋二十层旧公寓楼的最顶层，并刻意选了窗户朝北的房间。因为她害怕住在朝南的房间里，看到双子塔不复存在的空虚，内心会感到寂寥。

她把斗柜安置在窗边，又把和平鸽的画挂在了斗柜之上。那是"9·11"之后，瑶子安排的第一次"展览"。

她不再向从不作答的白鸽抛去疑问，也不再对它祈祷。

可是每天上班前，她都会静静凝视那幅画，唯有这个习惯没有改变。但此时面对和平鸽，瑶子的心境却与以往不同。

我会保护你。拼尽全力，用尽一生。

她心里突然涌出这样的想法。瑶子不知道这种心情究竟是针对谁或什么东西，可是这种心情已渐渐成了决心。

瑶子穿上羊毛夹克，再披上羽绒大衣，走到厨房拿起《纽约时报》夹在腋下，离开了公寓。

午餐时间，坐在皇后区新开的咖啡厅"典范"的一角，瑶子再次打开《纽约时报》。

她又把上午已经仔细读过一遍的报道重新看了一遍。

想必每个读了这篇暗含讽刺的报道的读者都会认为，美国针对伊拉克发起军事行动一事已经进入倒数读秒阶段了。

"你还是我们的热心读者啊，瑶子，真是太感谢了。"

摊开的报纸另一端传来声音。只见《纽约时报》的记者凯尔·亚当斯穿着厚重的大衣站在那里，极具代表性的圆眼镜上布满白雾。瑶子忍不住笑了。

"凯尔，好久不见了。"

她站起来，两人拥抱。

"你还好吧？多久没见了？"瑶子问。

"年底你跟我们夫妻不是在切尔西的画廊派对上见过吗？那应该是最后一次见面吧。"

凯尔摘掉眼镜，用皮手套的指尖擦拭镜片。随后又重新戴上眼镜，环视店内一圈。

"哦，这家店不错啊。"他感叹道，"自从MoMA搬来这里，皇后区出现了不少变化啊。"

"是吧？有了几个艺术空间，还有几位艺术家把工作室搬来了，看来美术馆搬迁确实起到了一定的效果。我们也高兴坏了。"

MoMA于一九二九年设立于曼哈顿，经过三次搬迁，在十年后搬到了西五十三街，之后几经扩建及修缮。二〇〇二年六月，为进行全面重建，MoMA暂时搬到位于长岛的皇后区。之所以决定搬到治安并不算好的皇后区，是因为这里与原址可乘坐地铁E线直达，交通十分方便，同时也考虑到借MoMA吸引各种设施，提高该地区活力。

MoMA还在这里并设临时展馆,展示主要藏品,并举办策划展。到二〇〇四年新美术馆大楼建成前,MoMA将一直在皇后区开展活动。

随着美术馆搬迁,馆长及全体员工也都搬到了皇后区的临时办公室。这座办公室由旧仓库改造而成,与以前俨然大企业的高档办公室相比多了点人情味,不过室内装潢依旧延续了MoMA的风格。

场馆重建和临时迁移是早就计划好的事情,能够暂时到另一个环境里工作,对瑶子来说反倒有点好处。换了居住环境和工作环境后,她总算整理好了心情,可以投入工作了。随后,她以策展人身份参与了"MoMA QNS"这一前所未有的超大型企划展。一切时机纯属巧合,却衔接得无比完美,让她无法一直沉浸在悲痛中。

"我今早那篇报道怎么样?刚才站在入口,我发现你看报纸的时候……脸上这个地方都皱起来了。"

凯尔说着,指向自己的眉间。

瑶子又笑了一声,接着一本正经地说:"反正美国是打定主意要袭击伊拉克了。为此,政府会想方设法拿到联合国安理会的首肯。"

凯尔扬起一边眉毛,不太高兴地说:"对,他们会想尽一切办法。"

凯尔是《纽约时报》的知名记者,以辛辣的报道闻名。他与伊桑是哈佛的同学,毕业后也一直是亲密的友人。瑶子失去伊桑后,最用心安慰并鼓励她的人便是凯尔。

凯尔自己也为失去朋友而悲痛失落,然而他还是对沉浸于悲伤的瑶子说:瑶子啊,不如我们重新振作起来,做留在这个世上还能做的事情吧。

我今后会紧盯美国政府。他们或许会借反恐这面大旗，对自己看不顺眼的国家发动战争。当然，恐怖主义不可原谅，夺走了伊桑和众多人性命的行为必须谴责。可即便如此，牺牲无辜市民的单方面武力行动同样不可原谅。

能直接阻止美国政府付诸武力的，只有联合国安理会。所以我打算用比刀剑威力更大的笔向世界诉说，美国及联合国成员国正在利用反恐这一借口，试图发动任何人都难以说"不"的轻率战争。我要向世界质问：我们真的要容忍这一暴行吗？为了不让伊桑的死白白浪费，我相信，这是我唯一能做的事情。

瑶子，你也有一样比刀剑更具威力的"武器"，那就是艺术。

艺术的力量，可以鼓励深受伤害的纽约市民，鼓励全世界。艺术的力量，还能为我们点亮前进的方向。

我希望你意识到，你所处的立场能够完成这样的壮举。因为，你可是大名鼎鼎的 MoMA 的策展人。

艺术的力量能够改变世界，而你掌握着这一力量。

伊桑一定也希望你这么做——

"目前最大的关注点，就是常任理事国是否会全票赞成美军对伊拉克发起进攻。"

凯尔点了一份熏牛肉三明治和姜汁汽水，小声对她说："俄罗斯跟中国恐怕很难说服，英国无疑会赞成。法国很难说，毕竟他们卖了不少武器给伊拉克……"

"真的吗？"瑶子忍不住凑了过去。

"嘘，小声点。"凯尔赶紧竖起食指，说，"两伊战争时美国也卖了不少武器给伊拉克，现在却指责人家拥有大规模杀伤性武器，未免太那个了。"

美国对伊拉克发起战争，其实还有另外的理由。凯尔压低声音继续解释。

"伊拉克拥有世界储量第三的油田，正在面临能源危机的美国自然对它垂涎欲滴。伊拉克正准备把石油出口的通用货币从美元改为欧元，如果那样，美元在世界通货市场上的价值就会受到打击。而只要打倒伊拉克现政权，再令其民主化，就可能引起周边阿拉伯国家民主化的连锁反应……"

"那还能叫'反恐战争'吗？完全是为了自己的利益行使武力。"

瑶子差点儿忍不住提高了音量。凯尔又一次竖起食指。

"战争就是这样，实际就是各国利益争端。看看过去就知道了。早在纪元之前就一直是这样，从未改变过。"

"9·11"以后，美国的做法让人无法忍耐。在这一点上，瑶子与凯尔意见一致。

遭到恐怖袭击后，愤怒的泰勒政权开始了排山倒海的"反击"。政府对阿富汗发起进攻，俘获了大批敌方士兵和疑为恐怖分子的人，将他们关进关塔那摩监狱。但此举也卷入了许多无辜人士，同时很难确认被逮捕的嫌疑人是否享有正当人权。

尽管如此，"9·11"之后，泰勒总统的支持率还是上升到了惊人的高度。不仅如此，民意调查显示，足有六成人认为"9·11"的主谋及践行者"是伊拉克人"，尽管早已查明那架客机上一个伊拉克人都没有。凯尔说，正因为泰勒总统企图对伊拉克行使武力，才会控制人们的认知，让人们认为恐怖分子都是伊拉克人，进而认定伊拉克人都是恐怖分子。

"大多数国民都希望美国是正义的一方，现状如此。"

泰勒总统还对在"9·11"中失去了至亲的人们发表了与恐

怖主义全力抗争的宣言。然而，从一开始，瑶子就对总统的这一做法心存怀疑。

这不是以牙还牙、消灭坏人这样单纯的事情。冷战结束后，或者说海湾战争结束后，美国在世界舞台上都做出了什么，世界又是如何看待美国的？若不对此自我反省，反倒轻率地诉诸武力，只会造成负面的连锁反应，无法从根本上解决问题。

一旦行使武力，不仅敌国士兵，连本国士兵也会牺牲。同样，平民也不能幸免。尽管如此，他们却能用"这是战争"做借口，得到原谅。

瑶子再也不想看到无辜的生命被夺走。她会忍不住想，伊桑的死被用作了丑陋战争的导火索。

凯尔没有动服务员送来的熏牛肉三明治，而是眼看着瑶子的表情渐渐阴沉下来。

"《格尔尼卡》还是要不来吗？"

他问了一句。

瑶子猛地回过神来，抬头看向凯尔，然后长叹一声，喃喃道："是啊，也就这样了。我已经尽了最大的努力，却只得到这种结果，想必是没有希望了。"

随后她又说："收藏《格尔尼卡》的索菲亚王后艺术中心馆长是我实习生时代的恩师，又对我的毕加索研究给予了极高评价……她也非常理解此次展览的深意，所以我还以为她会点头。结果……难度还是太大了。"

瑶子目前正忙于 MoMA QNS 展览的最终调整。三个月后就要开展了，本来早就应该定好所有展品，但直到几天前，瑶子还在为其中一件作品奋力交涉。

她本来策划了大胆比较毕加索与马蒂斯的展览，还预定到伦敦和巴黎进行巡展。就在她凭着这个想法着手准备时，以"那天"为界，一切都变了。

我自诩毕加索的研究者，若问现下应该做什么样的毕加索展——

自然是让人们看到毕加索如何凭借艺术的力量，与荒谬的战争进行对抗。除"毕加索的战争"之外，别无其他主题。

毕加索能够创造一切，甚至创造新的美学标准。他恣意张扬天才之名，即便称其为造物主，恐怕也不会有人提出异议。因为他就是纯粹的"造物主"。

这样的毕加索，对从不停止自相残杀的人类，展示了凝聚全身心力量的作品——《格尔尼卡》。

人类本是上天最美丽、最聪慧的造物，却犯下了最丑陋的罪行。毕加索以《格尔尼卡》敲响警钟：人类啊，认清自己的丑恶，绝不要移开目光。

瑶子幼年时在MoMA邂逅《格尔尼卡》，成年后与之重逢。当时感到的战栗仿佛一双冰冷的大手紧紧攥住了她的心脏，让她如坠冰窟。越是凝视，那种冲击就越像熊熊火焰，包裹全身。

《格尔尼卡》——改变了我命运和人生的作品。

她想在MoMA重新展出那幅作品。因为现在最需要它的，就是纽约市民和美国国民。

我们必须警醒。意识到以为"9·11"复仇之名行使武力是件多么愚蠢的事情。以暴力对抗暴力，受苦的最终还是芸芸众生。

《格尔尼卡》最直接、最明了地传达了这一信息。

两年前的九月十一日，那个清晨，MoMA最高决策机关——理事会——本应通过"马蒂斯与毕加索"的策划案。结果，会议被整整延期了一个月。

终于等到会议重开那天，瑶子发给理事长露丝·洛克菲勒及各位理事的策划案却不再是"马蒂斯与毕加索"。封面上的标题改成了——

Picasso's War: Protest and Resist Through the Guernica
（毕加索的战争：《格尔尼卡》表达的抗议与抗争）

"是吗，果然想借《格尔尼卡》不是件容易事啊。"

看到瑶子脸上放弃的神情，凯尔说道。

"其实我早就知道了。"瑶子寂寥地笑了笑，"但尽管如此，我还是想尝试。我早已下定决心，哪怕赌上自己的整个职业生涯，也要努力交涉。亚达——索菲亚王后艺术中心的亚达·科梅利亚斯馆长十分理解我的心情、我的目标，以及这次展览的重要性。可她还是说不能借出《格尔尼卡》。"

瑶子策划的"毕加索的战争"在MoMA内部也有许多反对意见。"9·11"的记忆尚历历在目，此时展示《格尔尼卡》及类似的毕加索作品未免有些让人为难，更何况《格尔尼卡》已经返还西班牙，再次借展绝无可能。而且这种时候举办政治色彩如此浓厚、刻意刺激白宫的展览不太妥当，等等。

瑶子自己也清楚，能把《格尔尼卡》借出来的可能性非常低，所以事先安排了《格尔尼卡》草图、朵拉·玛尔拍摄的毕加索创作过程、展出过《格尔尼卡》的巴黎世博会西班牙馆模型、第二次世界大战中毕加索创作的一系列作品等作为备选方案。同时，她依旧坚持自己的想法：展览必须在这个时间点举办，因为自"9·11"以后，全世界形成了混乱的憎恨连锁，为了斩断这个连锁，让每一个人思考和平的意义，我们必须重新见证毕加索眼中的战争以及他的战斗。

站出来支持瑶子的策划,并在现实中替她开路的人,是理事长露丝·洛克菲勒。她断言这正是 MoMA 现在应该做的展览,并公开宣布洛克菲勒财团将提供特别赞助,以落实此次展览。

面对露丝的决策,其他理事和 MoMA 内部都难掩惊讶。甚至有人谣传,洛克菲勒家族与瑶子之间有某种不可告人的关系。

不过露丝却坚定地对瑶子说——我明白,这是你不惜赌上人生也要完成的事。同时也为了伊桑……对不对?

为了报答露丝的支持,瑶子要想尽办法让《格尔尼卡》再次来到 MoMA。于是她与索菲亚王后艺术中心的亚达·科梅利亚斯馆长展开了严谨的交涉,然而结果却得到一句"绝对不可能"。

一九三七年巴黎世博会结束后,《格尔尼卡》又到欧洲各地巡展,随后来到 MoMA 参加"毕加索:艺术四十年"展览。最后为了躲避战火,被迫选择了"流亡"生涯。MoMA 作为《格尔尼卡》的"流亡地",从一九三九年到一九八一年,将其保存并展示了整整四十二年。依照毕加索的委托,这幅作品"直到西班牙成为真正的民主国家"前,都没有返回他的祖国。毕加索死后,长年支配西班牙的佛朗哥将军离世,西班牙重新成为民主国家,《格尔尼卡》才回到了祖国的怀抱。

瑶子第一次看到《格尔尼卡》,是在 MoMA 的常设展厅。上大学第二次看到它,正值《格尔尼卡》被返还西班牙之前,MoMA 举办了"毕加索诞辰百年大回顾展",那是"纽约最后一次展出这幅作品"。第三次相见,画作已经被转移到了马德里的普拉多美术馆。

结束博士课程后,瑶子的第一个工作地点就是离普拉多美术馆不远,专为收藏《格尔尼卡》兴建的索菲亚王后艺术中心。她曾预感自己的命运会与这幅作品联系在一起，果然，瑶子一直陪伴着《格尔尼卡》，直到它进入为它而建的新"家"。

纵观整个二十世纪艺术史，《格尔尼卡》是最具政治批判性、形象刻画了战争之愚蠢和人类之绝望的大作。虽说已经实现民主，西班牙国内却依旧存在叫嚣独立的激进派，欧洲也出现了自我标榜为新纳粹的年轻人。《格尔尼卡》再也不能毫无防备地曝光于人前，只得藏在厚重的防弹玻璃之后，并由两名警卫人员守护。不仅如此，所有入馆者都必须在入口接受安检。

瑶子想带回纽约的，正是这幅"世纪问题作品"——因此她也知道会困难重重。

"是吗……不过这样也好。我觉得你已经奋力而战了，从目前为止的采访中，我感觉到了那种热情。"

凯尔隔着桌子伸出手，轻拍瑶子的肩膀。瑶子露出无力的微笑。

瑶子不惜在MoMA内部卷起风浪，也要顶着压力将展览主题从"马蒂斯与毕加索"改为"毕加索的战争"。凯尔感受到她的决断并不简单，主动提出在开展前对她进行长期采访。此次策划的最大焦点在于能否借出《格尔尼卡》，凯尔寸步不离地追踪到了现在。不过这段时间正值交涉的最敏感时期，他很久没有见到瑶子了……

得知《格尔尼卡》借展交涉不成功，凯尔本应感到遗憾，可他丝毫没有表现出来，而是反过来激励瑶子。

可能因为瑶子一直沉着脸，凯尔说了句出人意料的话。

"若马德里不行，那就去联合国借吧。我觉得这条路可能也行得通。"

瑶子抬起头，不可思议地看着凯尔。

"你说……去联合国借？"

凯尔扬起一边眉毛，愉悦地说："亏你还是个专家，居然忘了吗？联合国大厅里也挂着一幅《格尔尼卡》啊。"

二月五日下午五时三十分，瑶子早早离开MoMA QNS，往住所走。因为她收到了一封来自凯尔的意味深长的邮件，让她务必留意今天的头条新闻。

今天我在联合国安理会取材时，看到了十分奇特的场景。
我希望你先用自己的双眼见证。请留意今晚七点的新闻，无论哪个电视台都能看到。

瑶子凭直觉认为，一定是与《格尔尼卡》有关的事。

四天前午饭时，凯尔说的"联合国的格尔尼卡"，是指《格尔尼卡》挂毯。挂毯制作于一九五五年，构图和尺寸与真正的《格尔尼卡》别无二致。当时露丝·洛克菲勒的父亲、时任美国总统最信任的尼尔逊·洛克菲勒，专门找到毕加索，希望"委托他制作一幅《格尔尼卡》的精巧复制品"。于是，这幅挂毯便在毕加索的监制下，由专业挂毯手艺人杜尔巴克制作完成。尼尔逊死后，他的遗孀，也就是露丝的母亲，于一九八五年将挂毯赠予联合国，至今仍挂在安理会大厅。

瑶子自然知道它的存在，只是从未见过实物。不过，一般安理会会议结束后，主要成员都会在大厅接受媒体采访，瑶子便在电视和照片上看到过作为背景的《格尔尼卡》。

挂毯十分精细地复原了原版画作，仅从图像上甚至难以辨认那是一幅挂毯。杜尔巴克仔细分析了当时展示在MoMA的《格尔尼卡》的构图和色彩，在草图阶段几经毕加索修改，好不容易才完成了这件逼真的复制品。凯尔对她说"那就去联合国借吧"，不得不说，这确实是个好主意。

六点五十五分，瑶子回到家中。她打开电灯，连外套都没脱就径直走进起居室，打开了电视机。没过多久，CNN头条新闻就出现在屏幕上。

连日来，对是否向疑似拥有大规模杀伤性武器的伊拉克行使武力一事，联合国安理会的各国代表展开了激烈的探讨。

美国国务卿科尼利厄斯·鲍尔暗示，若在今日会议上获得行使武力的许可，美军有可能立刻对巴格达实施空袭。亚当·奥克纳在联合国安理会大厅向您播报。

镜头从演播室切换到联合国安理会大厅。那是会议结束后，记者采访各国相关人员的地点。瑶子屏息静气地盯着画面。

美国国务卿科尼利厄斯·鲍尔快步走到大厅中央的演讲台前。数量惊人的闪光灯和记者霎时包围了他。国务卿开始了发言，眼神冷漠。

"我在这里向各位报告今日联合国安理会的决议结果，经过讨论，我们认为必须向伊拉克行使武力——"

瑶子瞪大了眼睛。

国务卿鲍尔的背后——没有《格尔尼卡》。

《格尔尼卡》所在的地方悬挂着一方暗幕。那是仿佛掩盖悲剧舞台的幕。

第二章 暗幕

一九三七年五月十一日，巴黎

打开禄莱福莱 6×6 双反相机后盖，将胶卷滑入转轴，装填到位。

关上后盖，转动右侧曲柄，把胶片卡上。透过相机上方的取景窗，调节焦距和光圈。

大奥古斯丁路一栋老建筑的四楼，毕加索的画室。整面墙上覆盖着深色幕布。巨大的幕布在相机取景窗中呈现出一个漆黑的长方形小块。

"准备好了，随时可以拍摄。"

朵拉看着取景窗，头也不抬地说。她的声音有点发颤，因为她此刻难以抑制内心的激动。

毕加索站在朵拉背后。他将指尖夹着的香烟扔到地上，用脚踩灭，缓缓走过固定相机的三脚架前方。

朵拉直起身子，目光追逐着毕加索走向幕布的身影。

毕加索来到墙边，右手抓住幕布一角，用力扯下。

朵拉瞬间屏住了呼吸。

幕布下现出了与纯白画布对比鲜明的黑色线条。

——这是……

几乎覆盖画室一整面墙，高约三百五十厘米，长约七百八十厘米的巨大画布。上面画着人与动物的群像，充斥着惊愕、挣扎与苦闷。

一幅地狱画卷占据了整块画布。怀抱着死去的孩子大声哭泣的女人、长着男人面孔的公牛、紧握断剑倒地的士兵、奄奄一息挣扎的骏马、仓皇逃窜的女人，还有不知发生了何事，从二楼窗后伸出灯火好似查看又好似求助的人。而那人脚下的房子正被火焰吞噬。

画面中央是高高刺向虚空的拳头。那是濒死的士兵拼尽最后一口气扬起的拳头。仿佛在抵抗，仿佛在坚持，他的生命之火尚未熄灭。

——这是格尔尼卡。

顿悟的瞬间，朵拉如同被疾风侵袭，浑身颤抖。

不会有错。毕加索在这块画布上重现了西班牙巴斯克地区的小镇，重现了格尔尼卡两周前遭到空袭的瞬间。

对，重现。这是不折不扣的重现。画布上看不见飞机，也看不见爆炸；既没有被摧毁的建筑，也没有鲜血。甚至让人难以判断这是否是战争。

然而，这确实是对如同噩梦的事实的重现。

西班牙驻法大使馆送来的巨大画布被涂上底色，再用木炭描绘线条。这是朵拉第一次看见准备送到巴黎世博会展出的大作的全貌。

早晨，毕加索往朵拉的寓所打去电话，让她带上爱用的禄莱福莱相机，过来拍摄有趣的东西。朵拉顾不上化妆，抓起相机和胶卷就冲出了房间。

他一定是完成了那幅大作的草图。她要趁善变的毕加索改变主意之前，拍下决定性的瞬间。

就像被恋人百般挑逗，即将展开情事的前一刻，她感到体内聚集着熊熊火焰。朵拉仿佛成了一支燃烧的蜡烛。

来到画室，毕加索正吸着香烟等待她。巨大的画布上蒙着幕布。

毕加索对她说，准备拍照吧，等你准备好，我就把幕布揭开。

然后，便是现在。

禄莱福莱的镜头将暗幕下显现的草图尽收其中。

朵拉依旧屏着呼吸，从取景窗里凝视着那幅惨剧。随后，她心无旁骛地按下快门。

咔嚓。

右手转动曲柄卷走胶片，调整曝光度，再次按下快门。

咔嚓。

毕加索站在相机旁，抱着手臂，一言不发地凝视画布。

快门又响了第三次、第四次，朵拉感到全身寒毛直竖。

……太令人震惊了。

太令人震惊了，这将是惊世杰作。

这预感如同热浪包裹全身，她任凭身体发热，痴迷地按着快门。

毕加索已经创作出了无数杰作。

"蓝色时期"，他描绘人类的悲苦，"粉红色时代"则描绘被温暖色彩包裹的幸福肖像。另外还有让人大吃一惊、热议不止的划时代问题作品《亚维农的少女》，以及因此发端的立体主义。

进入二十世纪不到十年，巴勃罗·毕加索这个怪物就掀起了一场直捣艺术价值根基的革命。他给"美"赋予了新的定义，提示了艺术的无限可能。

艺术是什么，绘画是什么。每一个看到他的作品的人，都要面对这些看似单纯却极为复杂的问题，人们注定无法从这些质问中逃脱。凝视着毕加索的作品，朵拉坚信"这就是美""这就是艺术"，却也能感受到来自脚下的震颤。

他撕碎了既存价值观，并在上面创造了自己的王国。

巴勃罗·毕加索——他正是创造全新之美的造物主。不，是既有观念的破坏者。

他高举感性之剑，众人即使被那长剑刺穿，亦不能移开目光。

因为一旦目光躲闪，便是认输。

他不断对美发起大胆挑战，强迫所有目睹这一挑战的人成为"共犯"。这正是毕加索的"办法"。

这次，他的作品似乎又在挑衅，让所有人都来当"目击者"，成为"见证人"。

你们都看见了吧？这就是法西斯对格尔尼卡犯下的罪行。

你想移开目光吗？你能移开目光吗？

要是你能，大可以试试。

要是你站在这幅画前，真的能那样做——

"这是《格尔尼卡》吧。"

朵拉对着取景窗呢喃，仿佛在确认她的猜测。

毕加索又点燃一根香烟，沉默了一会儿，然后问："你为何这么想？"

"我觉得，这个标题很适合世博会西班牙馆。"

咔嚓，清脆的快门声过后，朵拉回答。毕加索哼了一声。

"适合吗？"

"嗯……独一无二。你也这样想吧？"

即将开放的世博会西班牙馆由西班牙共和国政府承办。展馆隔壁是德国馆，对面是意大利馆和苏维埃馆。与列强对峙，西班牙共和国该如何发出最强烈的信息？那是西班牙政府的最大悬念，也是最高使命。

显然，各国都打算利用本应是和平庆典的世博会，进行自己的政治游说。既然如此，饱受内战之苦的共和国政府，以及公开支持共和国政府的毕加索，也要借这次机会向世界打出最强烈的信号。

——开始了。

朵拉不断转动胶卷，心里想着。

这幅画是毕加索的宣战通告，是毕加索战争的开端。

它与《亚维农的少女》不同，与立体主义不同，也与超现实主义不同。它一定能挑起彻底改变艺术意义的"战争"。

毕加索在这块画布上描绘的究竟是不是格尔尼卡的惨剧，他并没有明说。

然而朵拉直觉敏锐，而且她那句"很适合西班牙馆"的话似乎很得毕加索的欢心。

毕加索在"接受"朵拉意见时从不会多说什么，而是如同雨水渗入大地般悄无声息。难以接受时他倒是会勃然大怒，进行赤裸裸的否定，俨然不相容的油与水。

朵拉专注在相机取景窗上，低声呢喃。

"我看到颜色了。"

"颜色？"毕加索问，"什么颜色？"

"单色。各种色调的黑、白、灰。"

画布上只有白色底色和黑木炭描线。毕加索将在未来几天（恐怕花费时间会比以往短得多）在画布上涂抹颜色。就在这时，朵拉突然有了灵感。

她凝视着取景窗里的草图，眼中突然浮现出单色的画作。

涂抹这幅格尔尼卡的"惨剧"时，毕加索恐怕也不会用上鲜血的红、火焰的橙、焦黑的肤色，以及伤口和尸体的血肉之色。

得知格尔尼卡遭到空袭那天，毕加索曾经两度撕碎带有现场照片的报纸，扔到地上反复踩踏。他一言不发地宣泄愤怒，最后把自己关进了画室。

那张照片上的光景一定在他心中不断膨胀，恣意延伸。换言之，这幅画就是"照片"上格尔尼卡的惨状。

这幅画是针对现实中纳粹的无差别攻击进行的"报道"，它是纪念碑，也是墓碑。

刻意涂上单调的颜色，让残忍逼真的色彩沉淀到绘画内侧，他借此重现了铺满报纸整个版面的"格尔尼卡"的惨状，向人们发出"不准忘却"的警告。

黑与白。充斥着死亡、痛苦、悲伤和愤怒的画面。他将那天传遍世界，让所有人战栗不已的新闻报道扩大，进行了升华，展现在画布中。

很快，这个画面就要代替那篇报道，占据报纸的整个版面。

毕加索并没有反驳朵拉的意见，而是抱起双臂，沉默地凝视着画布。

朵拉早已明白，他的沉默便是肯定。

从那天起，朵拉便不间断地记录着毕加索"为巴黎世博会创作画作"的过程。

老实说，她并不明白毕加索为何把如此重要的记录工作交给自己。

对毕加索来说，跟他有亲密关系的女人无非妻子、模特或恋人,是满足他欲望的花瓶。女人甚至连助手都称不上,更加不被允许踏入他的工作领域。

尽管如此,毕加索还是把"记录"工作交给了朵拉。

他从未公开过自己的创作过程,那一直是幕布遮盖下的秘密世界,没有人能够窥见。

可是,这回他却叫朵拉"拍张照片"。显然,《格尔尼卡》让毕加索改变了——揭开了暗幕。

决定以照片形式记录创作过程后,朵拉既欣喜又困惑。同时还有一种感觉比这两者都强烈,那就是兴奋。

以往跟毕加索发生关系的女性,都以为毕加索当模特、化身为伟大画家的缪斯而满足。

但朵拉不一样。单纯摆出慵懒或诱惑的姿势让画家捕捉,并不能让她感到满足。她一直在思索,是否存在其他女人绝对做不到,唯独朵拉·玛尔能做的、与创作关系更为直接的事情。

然而,就连把颜料挤到调色板上这种事,毕加索都绝不假手他人。无论多么琐碎的工作,只要与创作相关,便是他的绝对圣域。

将那一圣域记录在照片中——这正是朵拉一直在等待的"事情"。

她绝不会愚蠢到放过这个大好机会,于是果断抛下自己手头的工作,切断一切外部联系,日夜蜗居在大奥古斯丁路上毕加索的寓所兼画室中。

四月二十九日,毕加索在报纸上看到"格尔尼卡遭到空袭"的消息,一整天一步都没离开过画室。

过了一天,又过了一天,朵拉一直没去大奥古斯丁路。因为本能在对她发出警告，不要去，不能去。

毕加索自身内部正在发生难以想象的化学反应，总有一天她会知道真相。并且她确信，那一刻不远了。

五月二日傍晚，朵拉走向大奥古斯丁路。已经过了三天，不去打扰他的心情此时变成想亲眼见证变化的心情。她还有种科学家要去查看重大实验结果的感觉。

进屋一看，毕加索正坐在餐桌旁大啖海梅从附近咖啡厅买来的带骨烤肉。他看见朵拉，露出桀骜不驯的微笑，对她说："总算起床了？睡了好久啊。"

那天，毕加索好像画了几幅素描，但没让朵拉看。朵拉故意轻描淡写地应了一声，也没有强求。事实上，兴奋已让她感到胸口一阵钝痛。她知道，终于开始了。

既然已经开始素描，那么画草图就只是时间问题了。毕加索内部的爆发将会如何体现在画布之上，她想先用自己的眼睛见证。朵拉强行压抑不断膨胀的心情，就这样过了十天。

因为不能打断画家的注意力，因此只要那边不打电话来，朵拉就一直待在自己的住处。可无论是工作还是进食，沉睡或是清醒，她都一直惦记着毕加索。

她突然想，莫非自己真的爱上那个人了。

不，不对。那不是爱，是强烈的欲望。

她一开始就没想过将那个人据为己有。她只想时刻沉浸在他令人惊恐的才能和无限喷涌的创作之泉中。她只想参与到那个人的创作里，踏入其他女人绝对无法触及的领域。

正是这种欲望让她感到焦灼。

朵拉躺在床上，裹着被单，吐出无数声痛苦的叹息。她想要他，想要名为巴勃罗·毕加索的艺术。

五月十一日早晨，电话响了。是毕加索。

朵拉一把抓过禄莱福莱和胶片，顾不上换衣服便冲出寓所，奔跑在石板路上。

气喘吁吁地来到画室门前，那扇紧闭了整整两周的门再次向朵拉敞开。

毕加索抱着双臂，叼着香烟，等候在其中。

画家等待的，并不是在他怀抱里倾吐灼热呼吸的情人，也不是画布另一头故作姿态的模特，而是为即将诞生的世纪之作留下记录，被赋予这一命运的摄影师朵拉·玛尔。

走进画室，展现在朵拉眼前的，是覆盖整面墙壁的幕布。

毕加索对她说，准备拍照吧。等你准备完毕，我就揭开幕布。

那个瞬间，朵拉恍然大悟。

幕布之下，藏着让人绝对无法挪开目光的真实。

二〇〇三年二月六日，纽约

地铁E线列车悄然滑入第五大道五十三号车站站台。

车门一开，人潮霎时涌出。身穿羊毛大衣的瑶子也在其中。

乘坐了不知多少年的线路，踏足过不知多少次的站台。车门打开的同时，人群便涌上通往地表的漫长电梯。攒动的人头，浓烈的油烟味，潮热的空气。这是从未改变的通勤光景。

可是自从那天，那个清晨以来，瑶子每次踏上这个站台，都会忍不住感到毛骨悚然。

十七个月前的九月十一日，她走上地铁站内的台阶，像平时那样来到五十三号街。那个瞬间，曼哈顿的高楼深谷里突然回荡起地动山摇的巨响。不一会儿，南方飘来一股骇人的黑烟，遮挡了初秋晴朗的天空。

一个人的叫声如疾风般穿过惊愕的人群。

——是空袭！世贸大厦遭到空袭了！

那个叫声，又在鼓膜深处复苏。

是空袭。听到那个声音的瞬间，瑶子毫无抵触地相信。相信美国发动了战争——

然而她做梦都没想到，自己的丈夫竟会被卷入那场"战争"。

瑶子走出地铁站，来到五十三号街，几乎要把耳朵冻掉的冰冷空气让她忍不住浑身一颤。她竖起大衣领子,准备走向办公楼,但又马上停下了脚步,并不禁露出苦笑。

啊,又干蠢事了。

眼前竖立着一道工程围墙,起重机和挖掘机隆隆忙碌着。瑶子少女时期便深深喜爱的现代艺术殿堂,如今已被彻底拆毁,准备在来年下半年完成重建并对外开放。

瑶子现在工作的地点也在地铁E线附近,名为"MoMA QNS"。八个月前就完成了搬迁,可瑶子还是经常"像平时一样"在五十三号街下车。

长年养成的习惯很难改变。

明明来到这个地方会让她心里一颤……回想起那个早晨,她就会呼吸困难。

尽管如此,她还是会不由自主地回到这里。

正要转身走回车站,托特包里却传出了手机铃声。她有预感这是一通紧急电话,便按下了接听键。

"瑶子吗?你在哪里?"

是MoMA广告部的娜塔莉·海伊兹。果然,她的语气中带着一丝急切。

瑶子暗自祈祷不是坏消息,嘴上解释道:"啊,娜塔莉,我又干蠢事了,我正站在五十三号街上呢。真是的,我现在还会一不小心就跑到这儿来。"

"别在意,我三天前也干了同样的事。"娜塔莉飞快地说,"你马上打车,十分钟内能到办公室来吗?"

她的语气不容反驳。

瑶子朝向她驶来的出租车抬起右手,用同样飞快的语速问道:"打到车了……出什么事了?"

"你看新闻没？知道联合国那件事吧？"

"嗯，你等一等。"她坐进出租车后座，关上车门，对司机说，"去皇后区的 MoMA。"接着对着电话那边的同事说，"你是说暗幕下的格尔尼卡吧？"

"没错，暗幕下的格尔尼卡。"娜塔莉把瑶子的话重复了一遍，接着说道，"昨天夜里，各大媒体就纷纷来电询问，今早电话更是没停过。连 MoMA 的咨询邮箱都被塞满了，收不到新邮件了。我昨晚跟今早都给你打过电话，可你没接……这边现在简直是天下大乱啊，就算你顺利来到 QNS，说不定也会在入口被记者围住，进都进不来。"

昨晚瑶子跟《纽约时报》的记者凯尔·亚当斯聊了很长时间的电话，之后就把手机关机了。她万万想不到 MoMA 会闹出如此骚动。

"等等，我为什么会被记者围住？他们不是应该去围鲍尔国务卿吗？或者联合国发言人……"

"你胡说什么呢，这也敢说自己是毕加索研究者？"娜塔莉无可奈何地说，"现在这个国家中，谁最了解毕加索的《格尔尼卡》？那不就是你吗。而且 MoMA 马上就要举办主题极为敏感的展览，你又是策展人。'毕加索的战争：格尔尼卡表达的抗议与抗争'，你不觉得时机凑巧得吓人吗？"

她心里一惊。

——诚然，娜塔莉说得没错。

瑶子又回想起昨晚电视新闻里的画面。

联合国安理会通过了美国向伊拉克行使武力的决议。会后，美国国务卿科尼利厄斯·鲍尔在各国记者的见证下，语气平淡地汇报了决议被采纳一事。当时，他背后挂着——

没错，平时，安理会大厅"媒体采访点"背后，应该挂着巴勃罗·毕加索的《格尔尼卡》挂毯。然而，昨天却不一样。

鲍尔国务卿背后，挂着一方"暗幕"。

在美国国务卿面向世界宣布美国将对伊拉克行使武力的现场，有人遮盖住了《格尔尼卡》。

其意图再明显不过。

在宣布即将实施空袭的现场竟挂着描绘人类史上第一起无差别空袭的画卷，《格尔尼卡》的惨状与新闻内容实在太不相称。

不，已经超越了不相称，而是达到了反讽的境地。美国宣称要为了世界和平和秩序，作为正义化身，与邪恶轴心国，也就是恐怖主义展开战斗。但若此时出现那幅画，不就仿佛在暗示，他们的行为与对普通市民发动无差别攻击的纳粹差不多吗？

怎么能让堂堂美国国务卿背负那名为《格尔尼卡》的十字架——

"总之你马上到蒂姆的办公室来，他已经在等着了。"娜塔莉再次飞快地说。

蒂姆·布朗是 MoMA 绘画雕刻部门的策展主任，也就是瑶子的上司。这事把他也卷进来了吗？瑶子阴郁地想着，挂断了电话。

电视早间新闻节目和《纽约时报》早报都塞满了"联合国安理会批准美国对伊拉克行使武力"的报道，头条新闻赫然印着鲍尔国务卿的照片。照片和报道都捕捉到了国务卿紧绷的面容，以及背后那片暗幕——

天生敏感的媒体自然议论起了"暗幕的意义"。

本应挂在那里的画不见了，这究竟意味着什么？

美国行使武力，也就是空袭巴格达，绝非对《格尔尼卡》的重现。莫非这就是暗幕想表达的意思？

若果真如此，以幕布遮掩难道不会起到反效果吗？那样仿佛是在对全世界宣称，美国意图再现《格尔尼卡》的悲剧，所以才故意将其隐去。批判最为犀利的人，自然是凯尔·亚当斯。

"究竟是谁挂上了暗幕？"

昨晚看完新闻后，瑶子马上给凯尔打了电话。

"我得知此事后马上联系了联合国宣传部，但还没得到答复。因为反响远超预料，他们好像也吃了一惊。"

"是联合国宣传部的人所为吗？"

"当然，做那种事必须得到宣传部的批准，所以不难想象。但问题不是谁挂上了暗幕，而是谁指使做这件事的。"

"白宫？"

"应该是。不过他们的想法太肤浅了。白宫那帮人可能觉得，不过是盖住区区一幅挂毯而已，能有什么大事。他们低估了艺术传达信息的能力，真应该去听一次你的讲座。"

瑶子很难赞成凯尔的意见。

"你错了，凯尔。完全相反。他们深知毕加索《格尔尼卡》的意义。《格尔尼卡》……即便是复制品……也一直在表达着反战信息，他们对此知道得特别清楚。正因为如此，才要覆上幕布。"

听了瑶子的话，凯尔咕哝了一句："那也就是说，他们也不是笨蛋啦。

"如果像你说的那样，给区区一幅挂毯盖上暗幕的行为就很有问题了。换言之，这相当于……白宫宣称即将对伊拉克实施纳粹对格尔尼卡做过的暴行啊。"

随后，凯尔换上了挑战的口吻。

"我要查出暗幕下的黑手是谁。"

穿过东河上的皇后区大桥，瑶子乘坐的出租车终于来到曼哈顿东侧皇后区的 MoMA 临时办公室。

果真如娜塔莉所说，门口挤满了电视台的摄影师和新闻记者。瑶子甩掉向她涌来的记者阵营，快步走进办公楼。

她乘电梯上到四楼，大衣都没脱就径直走向蒂姆·布朗的办公室。

"早上好，蒂姆。我不小心跑到五十三号去了……迟到这么久真抱歉。"一进门，瑶子就诚恳地说道。

蒂姆正盯着办公桌上的笔记本电脑的屏幕，听到瑶子进来便抬起了头。他有一头掺着白发的整齐褐发，身穿紫罗兰色衬衫，系着一条布克兄弟牌斜纹领带。平时一进办公室便会脱掉的黑色上等羊毛外套，今早却整整齐齐穿在身上。他看到瑶子毫无血色的脸，就开口道："你怎么一脸喘不过气的表情。瑶子，你先喘口气。"

瑶子闻言，反射性地呼出一口气。

蒂姆摘掉银边眼镜，轻按眼角，随后安静地问了一句。"再怎么想，指使那边给《格尔尼卡》盖上幕布的人也不是你，对吧？"

"当然不是。"瑶子忍不住露出苦笑，"是别人。"

"我知道。不过，这个世界上不明事理的人数不胜数。"

蒂姆叹息一声，合上电脑。

"娜塔莉从门口那些记者那儿收集了提问内容，可以粗略分为两种。一是为什么《格尔尼卡》被盖上幕布，希望'毕加索的战争'的策展人八神瑶子能对这一行为的背景和意义进行评论。二是——希望你推测是谁盖上了幕布。"

"第一个问题我可以回答，第二个回答不了。我不能胡乱猜测。"瑶子马上回答。

蒂姆双手撑在桌上，凝视着瑶子，声音却很平静。

"瑶子，你不能不回答。"

随后他又说："现在好像已经有各种揣测了——当然，媒体认定挂幕布之举为白宫指使。而我也是这么想的，你应该也是吧？"

瑶子点点头。

"对。毕竟是美国国务卿宣布将对伊拉克行使武力的地点，要是背景中出现那幅挂毯，无论怎么说都很糟糕——不管是谁都能看出这一点。能在短时间内命令联合国的工作人员盖上幕布，这样的机构除了白宫不可能有第二家。"

"我的想法跟你一样。"蒂姆目不转睛地看着瑶子说，"然而，这个世界上还有很多思想格外扭曲的人——外面还流传着一个说法，说指使的人是你。"

瑶子瞬间僵住了。

她不明白蒂姆的话是什么意思。为什么她要指使联合国给《格尔尼卡》盖上幕布？

"你的表情仿佛在说：我根本不明白这是什么意思。"蒂姆依旧冷静地说，"就是这么回事：MoMA 的策展人八神瑶子目前正在策划'毕加索的战争：格尔尼卡表达的抗议与抗争'。她深谙《格尔尼卡》的象征意义，一早就意识到《格尔尼卡》挂毯不能出现在美国国务卿宣布将对伊拉克行使武力的现场背景中，于是马上联系了联合国，让他们撤走挂毯，若来不及就盖上幕布——总之不能让它出现在镜头前。"

"怎么可能。"瑶子忍不住笑了起来，"怎么可能有那种事，开玩笑吧。我哪儿来的权限——"

"瑶子,你要知道,这个国家有一群人专门向外传输虚假情报,为的就是不往白宫引火。"

仿佛为了安抚情绪激动的瑶子,蒂姆又说:"而且……被毫无依据的谣言化作'替罪羊'的人好像并不只有你……你当然知道联合国那幅《格尔尼卡》挂毯的主人是谁吧?"

"嗯……"瑶子长叹一声回答道。她想保持冷静,却难以抑制内心的焦躁。"它是受尼尔逊·洛克菲勒委托、毕加索监制,最后由挂毯工匠杜尔巴克制作而成的……尼尔逊死后,挂毯被'寄存'在了联合国。因此,它名义上的拥有者至今仍是洛克菲勒家族。"

"完美的回答。"蒂姆说,"根据你的回答……也就是说,是洛克菲勒家族成员指使联合国盖上幕布的推测同样成立。反过来也可以理解为,没有洛克菲勒家族的允许,任何人都无法挂上幕布。这样一来,能在千钧一发之际对联合国职员下令'用幕布盖住《格尔尼卡》'的人,在洛克菲勒家族中就只有艺术造诣最深的——"

嘟嘟、嘟嘟,桌上的电话响起内线呼叫专用铃声。蒂姆立刻拿起听筒说了一声"你好"。

方才跟蒂姆的简短对话已让瑶子的心情异常沉重,如陷泥沼。

她有种可怕的预感,《格尔尼卡》一事会发展到难以想象的程度。

"是吗,知道了,马上过去。"

结束短暂的对话,蒂姆用力放下听筒,站了起来。

"你跟我来,另一位'替罪羊'到了。"

瑶子跟蒂姆一起快步走向理事长办公室。

虽是临时办公室，格调却依旧高雅。MoMA理事长露丝·洛克菲勒并没有坐在阿莱西牌的皮沙发上，而是伫立在窗边等待两人。她一头白发优雅地挽起，正好衬出香奈儿白西装勾勒的纤细体态。她踩着莫罗·伯拉尼克高跟鞋，向走进办公室的两人踏出一步。

"蒂姆，这究竟是怎么回事？"

她的声音略带怒气，又充满张力，让人很难想象来自一个七十五岁的人。不等蒂姆回应，她继续道："我今天一早就让秘书联系了联合国宣传部，毕竟母亲把挂毯寄存在联合国，不是为了让他们盖上。这到底是谁干的……"

"露丝，我们都明白。"

面对理事长时蒂姆一向笑容满面，他异常冷静地做出回应，又紧接着问道："联合国如实回答你的问题了吗？"

露丝马上回了一句"没有"。

"他们从头到尾都在敷衍，说目前事情还在调查中，希望我耐心等待。还借口说盖上幕布只是临时之举，马上就会揭掉，不会有问题的——他们竟说不会有问题？瑶子，你怎么想？"

露丝是一位恬静优雅的女性，但有种让人难以忽视的存在感。瑶子听说，一旦触了她的逆鳞，无论对方是多么位高权重的人物，恐怕都难以招架。因此，MoMA的馆长艾伦·爱德华和蒂姆·布朗向来非常小心，保证露丝能高高兴兴地完成理事长的工作。

在全世界最大的石油信托公司标准石油的创始人约翰·D.洛克菲勒，以及花旗集团创始人之一、约翰的胞弟威廉·洛克菲勒的共同努力下，洛克菲勒家族成了如今的世界级财阀。露丝的父亲尼尔逊·洛克菲勒是曾任美国副总统的不凡人物。

MoMA与洛克菲勒家族的关系，要一直回溯到一九二九年博物馆创建之时。约翰·D.洛克菲勒的长子小约翰·D.洛克菲勒之妻，艾比·奥德里奇·洛克菲勒，与当时社交界第一名流莉莉·P.布里斯夫人共同提出"在纽约创建一座现代艺术殿堂"的想法，这就是后来创建MoMA的契机。其后，洛克菲勒家族成员代代担任MoMA要职，支撑其发展，直到今日。

露丝是洛克菲勒财团董事，同时在MoMA担任理事长一职近十年。她一直对MoMA施以有形和无形的支援，在资金援助方面也毫不吝啬。因此，将露丝留在MoMA，就成了馆长艾伦最重要的工作。

此外，露丝拥有很深的艺术造诣，平时她也会跟策展人直接进行细致的交流，因此策展部主任蒂姆也无比信任露丝。只要她一句话，哪怕身在世界尽头，他也会飞奔回来。至于瑶子，自然也是同样的态度。

瑶子所熟知的露丝·洛克菲勒，是一位富有知性、气质高贵、性格温和的老太太。幸运的是，露丝对瑶子的毕加索研究给予了高度评价，还一反犹太富人与同性恋者主宰艺术界的主流认知，大力支持瑶子这位"日本女性"。

露丝的丈夫已经去世，膝下又无子孙，她便将全部资产和热情都投入到艺术、文化及教育活动中，同时极力推进反歧视运动。此外，她还是一位著名的自由主义者。基于这些理念，露丝特别看重瑶子。

由于露丝对瑶子评价极高，又多次对她的研究和企划给予积极的援助，便有人谣传两人有不可告人的关系。但为了回报露丝的慷慨支持，瑶子能做的只有策划优质展览，以及不断深入地研究毕加索。两人的无邪气质让那些恶毒谣言传了不久便消失了。

露丝生在美国首屈一指的名门洛克菲勒家，宛如文化和艺术的女神。瑶子在与她结识后，才见识到了真正高贵的女性的凛然气质。

另外，她还难以忘记，当自己不顾周围反对，决定策划"毕加索的战争"时，露丝说的那句话。

——我明白，这是你不惜赌上人生也要完成的事情。同时也为了伊桑……对不对？

对此瑶子坚定地点了点头。也是为了报答这句话，她才更加全身心地投入到展览的筹备工作中。

而此时，露丝因为"暗幕下的格尔尼卡"一事，明显表现出愤怒和动摇。自从来到MoMA，瑶子还是第一次看到她这个样子。

"《纽约时报》的记者凯尔·亚当斯是我的好朋友，事情发生后，他也马上联系了联合国宣传部，询问是谁、出于什么目的，给《格尔尼卡》盖上了幕布。但也没得到明确的回答……"瑶子和蒂姆一样，尽量冷静地说道。因为她明白，此时如果表现得跟露丝一样激动，结果会很糟糕。

露丝抿着嘴，垂下眼，唇边的皱纹投下阴影。三人同时陷入了沉默。

不一会儿，露丝抬起头，目光锐利地说道："听说有人谣传，是我让人把《格尔尼卡》盖起来的。"

瑶子忍不住屏住了呼吸。她看向蒂姆，发现蒂姆也看着她。

——原来……我和露丝就是替罪羊啊。

蒂姆仿佛听见了瑶子的心声，默默点了一下头。

"那幅挂毯原本为我父亲所有，如今被我继承。但只有洛克菲勒家的私人律师和联合国行政司职员才知道这一情况……

当然，现在又多了你们两位。"露丝用极其疲惫的口吻说，"露丝·洛克菲勒表面上宣称自己是自由主义者，实际上暗中劝说白宫对伊拉克行使武力。她认为国务卿讲话时背后若挂着自己的《格尔尼卡》，会造成负面影响，于是发出了盖上幕布的机密指示。这就是网上流传的谣言。虽然还没达到值得被报道的程度，但我的秘书看到之后可是发出了惨叫……"

露丝长叹一声，无力地坐到沙发上。

"竟然……"瑶子的声音在颤抖。

这谣言未免太过分了，露丝分明一直在高调反对美国行使武力。

"太过分了。荒谬到这个份上，MoMA也不能坐视不管了。"蒂姆哑着嗓子说，"我马上请馆长联系白宫宣传部，绝不能放纵那种谣言继续流传。"

蒂姆抓起桌上的内线电话听筒，却被露丝拦住了。

"不用，别管了。蒂姆，你费心了。我们跟共和党参议员、总统心腹、FBI都有专线，只要想，短短几个小时就能查出是谁放出了那种谣言。不过我对此毫无兴趣。"

露丝几分钟前还罕见地一脸憔悴，现在却已恢复如常。

她用一如往常的坚定目光轮番看着蒂姆和瑶子，随后斩钉截铁地说："立刻把那幅挂毯从联合国拿走，从今以后，我再也不会将它交给那个地方。"

瑶子霎时僵住了。

露丝真的发怒了。为了报复联合国未经她允许就给《格尔尼卡》盖上幕布，她竟决定把它拿走。不过这也许是理所当然的做法。

可是，此时此刻撤走挂毯，或许并不妥当。

因为人们又会开始猜测是谁拿走了《格尔尼卡》。一旦得知下令者是露丝·洛克菲勒,可能就会有人说,她嫌盖上幕布还不够,干脆整个儿拿走了,果然,想抹除《格尔尼卡》的真凶是露丝·洛克菲勒以及她背后的 MoMA,万万不可仓促行事。

"露丝,请等一下,你这样解决不了任何问题。"瑶子下定决心开口道,"在撤走挂毯前,应该先弄清楚它为什么被遮住,是谁发出了指示。我们必须先摆脱嫌疑——"

"我们早就知道是谁发出指示的了,难道不是吗?"

露丝用格外沉着的语气打断了瑶子。

"指示来自白宫,把我设计为替罪羊的也是他们的人。媒体对此自然也是再清楚不过。只是既然政府已经决定对伊拉克行使武力,此时就不宜向大众揭露真相。因此,媒体和大众都需要一个转移矛头的替罪羊。"露丝凝视着瑶子说,"你不用担心,我完全可以保护好自己。只是……瑶子,他们的真正目标——可能是你。"

露丝的预料正中靶心。

洛克菲勒家与白宫关系匪浅。传播谣言的"奸细"自然也知道,若对露丝过分抨击,极有可能遭到报复。因此,必须准备一个更适合的替罪羊,那就是背负着"日本女性"这一少数派身份,且身为"毕加索的战争"策展人的八神瑶子。

八神瑶子有理由支持美国政府对伊拉克行使武力,因为她丈夫是"9·11事件"的牺牲者。她比任何人都希望美国政府对恐怖分子实施报复,于是展开了秘密行动,让《格尔尼卡》沉没于暗幕之下——

"这……"瑶子好不容易才挤出的声音听起来干燥而沙哑,"那、那就意味着……这样下去,连展览都有可能泡汤……对吗?"

蒂姆沉吟道:"很有可能。给《格尔尼卡》盖上了幕布的人,如何有资格策划'毕加索的战争'呢?"

怎么会——怎么能这样?

那是我赌上一生也要完成的事情啊。同时也为了伊桑。

我能坚持到今天,全因为有这次展览啊。

露丝从沙发上站起来,走到脸上已完全失去血色的瑶子身边。

她用力握住瑶子颤抖的双手,这样说道:"瑶子,振作一点。你要把这件事当成自己的使命,投入全部精力去完成它。明白吗?"

瑶子转向露丝,目光涣散。

露丝坚定地对瑶子说:"瑶子,到马德里去。别管什么挂毯,去把真正的《格尔尼卡》带到纽约来,在 MoMA 展出。"

瑶子,战斗吧!跟毕加索并肩作战。

第三章 泪

一九三七年六月五日，巴黎

　　朵拉·玛尔坐在"双叟"咖啡厅露台的角落座位，一张一张仔细查看刚冲洗出来的照片。

　　早晨九点。毕加索与画布彻夜相对后，终于在一小时前倒在床上睡着了。朵拉则在睡了三个多小时后被惊醒，以为一棵大树栽倒在了床上。她吓得扭头一看，只见毕加索已经打起了呼噜。

　　近一个月来，朵拉除了回家在暗房冲洗照片，其余时间都待在大奥古斯丁路毕加索的画室里，不分昼夜地旁观创作过程。那是即将成为巴黎世博会西班牙馆点睛展品的巨大画作《格尔尼卡》。旁观之余，她还用相机记录了整个过程。

　　如今叠放在咖啡桌上的照片就是其中的一部分。作品尚在制作阶段，但离完成已经不远。取景器中的画布正在完成惊人的进化。

　　进化——对，她只能称其为进化。

　　诞生在画布上的图景仿如生物，是从一根线条开始，急剧变幻形态、不断进化的生物。五月上旬诞生的素描很快便拥有了血肉，正慢慢变成一头惊人的怪物。

　　不知从何时起，毕加索和朵拉开始用《格尔尼卡》来称呼这幅作品。

毕加索从未给作品起过名字，为作品命名都是画商的工作。

他只管不断创作，偶尔制作雕像，从不忘记加入署名和日期。安布鲁瓦兹·沃拉尔和丹尼尔·卡恩韦勒这些画商会频繁造访画室欣赏新画作，定下名称的同时，连同制作日期一起写入列表。画家则对画的名称毫不关心，画商们也深谙其意，从来不问"起个什么名字好"？

对毕加索来说，所谓名称，仅仅是方便画商记录，用以区分以前的画与刚完成的画，不存在比这更深刻的意义了，因此他毫不重视。

然而，这次的作品不一样。

从朵拉说出"格尔尼卡"的瞬间，这幅画就成了《格尔尼卡》。除此以外没有更合适的名字。

第一眼看到白色画布上的草图，第一次将那些线条纳入镜头，朵拉就已预感到这将是一幅单色调的巨幅作品。唯有刻意抹去骇人的血腥画面，才更能表现强加在格尔尼卡的百姓身上的绝望和悲痛。

正如朵拉所料，毕加索的画板完全被黑白颜料占据。色调微妙的黑中混入少量的蓝，白中则微微发黄。他以绝妙的调色技法创造出了绝对不显单调，反而富有深度和感性的黑与白。

画布上描绘的"格尔尼卡惨剧"，一天天变换着容颜。

从她第一次拍下草图，到三周后的现在，画布上的几个主要人物和动物一直没变。怀抱孩子尸体恸哭的母亲，横躺在地的士兵，回首的公牛，嘶鸣的骏马，飞奔的女人，探出窗户悬挂油灯的女人，仰天长啸的女人。这些人物和动物徐徐变换着形态和表情，在画布中痛苦地挣扎。

另外，也有一开始在草图上，中途却又消失不见的东西。草图中心原本有一只朝天伸出的拳头，作为画面明显的纵轴，但这条手臂在朵拉第三次用镜头对准画布时消失了。象征着共产主义的拳头消失后，这幅画就没有了政治色彩。

改动最大的地方是中心上方的太阳。草图阶段尚未出现太阳，第二次拍摄时，太阳挂在高举的拳头的背后，散发出耀眼光芒。然而到第三次拍摄时，它失去了太阳的形态，变成杏仁状的眼睛。既可以将其看作在空中爆炸的炸弹，也可以理解为俯瞰一切悲剧的神明之眼，又或者是照亮这个残酷世界的巨大灯泡。

位于画面中心的那匹奄奄一息的骏马也发生了极大的变化。草图阶段是一匹看起来随时会脱力倒地的马，随后它撑起了身子，现在则朝天张开大嘴，仿若正发出尖厉的嘶鸣。另外黑暗处似乎还藏着一只从大张的马嘴中飞出的鸟，也在发出濒死的鸣叫。

画面下方横躺着的士兵，脸从右边转到了左边，俯伏的身体变为仰卧，仿佛正经历死亡。

第六次和第七次拍摄时，单色调的画布上贴着奇怪的拼贴物，是多彩的墙纸——红色千鸟格的、有明艳花朵图案的、紫色的与金色的、格子纹的……这些东西莫非是想让人联想到撕裂的衣服或桌布？朵拉对着取景器暗想，这个创意有点不妙，但并没有说出来。过了一段时间，那些拼贴物又消失得无影无踪了。

然后就是——今天。

《格尔尼卡》离完成只差一步之遥。自打毕加索那天把自己关进画室，他已经与这块巨大的画布对峙了六百个小时。

朵拉将作品几次脱胎换骨的变化一一收入镜头，同时也拍摄了毕加索创作中的身影。

若把画布比作大海，毕加索的身体和双手就是在海中以惊人的气势游走。描画、涂抹、擦除、粘贴、撕掉、堆砌、打破、摊开、冲散，渐渐成型。画面乍一看凌乱不堪，却始终保持着某种秩序。那上面有完美的平衡和严格的规则。对于亲自创造的绘画作品，毕加索无比看重其中的秩序、平衡与规则。

朵拉甚至感觉毕加索发出了蝙蝠才有的超声波，在画布上空滑翔。若非如此，他又是如何以一人之躯挑战三点五米高、七点八米宽的巨大平面的呢？

总之还差一步——或许今日之内，划时代的巨作《格尔尼卡》就能完成。

没错，毕加索心中应该也很焦急，想赶在今天完成。因为巴黎世博会已经开始了。

五月二十五日，世博会正式开幕。几乎所有参展国的场馆都已完成，并高调亮相，只有西班牙馆还在进行开馆前的最后冲刺。深陷内战的共和国政府接连遇到资金困难和人员不足等问题，实在无法赶上在开幕日开馆。另一个关键原因也在于巴勃罗·毕加索的压轴大作尚未完成。

尽管如此，负责联络的西班牙驻法大使馆并没有来猛烈地催促。他们知道毕加索正全身心地投入创作，并且很肯定这将是一幅杰作，便决定既然如此，干脆安下心来静待完成。

昨夜，朵拉听到毕加索给西班牙馆的设计师何塞·路易·赛尔特打了一通电话。毕加索说画作基本完成了，可是他的声音听起来并不明朗。片刻沉默过后毕加索又说，他还不确定这样算不算完成……

毕加索陷入了迷惘。

朵拉感到不可思议，同时又有一丝愉悦。

在艺术方面，毕加索一直如同造物主般桀骜不驯、不容置疑、不知畏惧。他的自信让人咬牙切齿，他从不驻足，更不会回首。

这本是毕加索对待艺术的一贯态度。

可唯独对《格尔尼卡》，他变得截然不同。

在那幅作品面前，巴勃罗·毕加索成了"一个人"。

意识到这一点，朵拉心中猛然涌出令她窒息的怜爱。

品味完此前拍摄的照片，朵拉将所有照片整理好，一口喝干了已经冷掉的咖啡。

她准备回自己的公寓去取新胶卷。

今天可能会是个值得纪念的日子，是我用镜头记录《格尔尼卡》完成的纪念日。

朵拉正要站起来，目光却突然停留在斜前方座位的青年身上。

"双叟"的露台上共有三排座位，青年坐在最靠近通道，也就是圣日耳曼德佩修道院正对面的座位上。

光滑的黑发梳理得整整齐齐，左腕上戴着的卡地亚"桑托斯"手表闪闪发光。他身穿浆得笔挺的白衬衫和做工上乘的亚麻外套，袖口若隐若现的袖扣嵌着漆黑玛瑙。那端正的侧颜仿佛刻意躲开了初夏的明媚阳光，低垂的脸上带着阴郁的表情。他的视线前方，正是毕加索每天都会阅读的《人类》报。

《人类》刊登了许多西班牙内战的后续报道和令人震惊的战场照片，自格尔尼卡遭到空袭以来，该报就以近乎无情的态度报道了共和国军被叛军日益紧逼的情况。那些消息与巴黎世博会开幕的喜讯并列在同一个版面上，曾让毕加索露出咬牙切齿的表情。

从衣着来看，青年出身富裕阶层。他的黑发、浓眉与浓密睫毛，让人不禁猜测他有拉丁血统。

他的容貌和绝望的神情吸引了朵拉的注意。她放弃了离开的想法，重新坐在藤椅上，一边思索要不要跟他搭话，或许会有有意思的发展，一边带着难以抑制的调皮心情，仔细观察着他。

就在这时——

朵拉看到一颗泪珠滴落在报纸上。

哎呀，这可叫人尴尬了。

孩子，你在哭吗？莫非跟留在故国的母亲分开，心中寂寞？

真没办法，我得去安慰他。

"你好，先生，能借个火吗？"

朵拉不动声色地走到他背后，用西班牙语说了一句。

青年回过头，似乎吃了一惊。一双湿润漆黑，与毕加索有几分相似的眸子看向朵拉。

朵拉夹着香烟问："我可以坐下吗？"不等回答，她便坐在了青年旁边。

"你怎么知道我是西班牙人？"

青年递过金色卡地亚打火机，问了一句。

"因为我的情人就是西班牙人。"

让青年给她点上烟，朵拉回答道。

"那位先生也是流亡到法国来……逃避战火吗？"青年一本正经地询问。

"虽不算是流亡……但他说，如果今后西班牙落入佛朗哥之手，他就不回去了。"

青年沮丧地耷拉着肩膀，仿佛听到了叛军已经占领西班牙全土的新闻。

"你是流亡者吗？"朵拉反问。

"不，不是。我只是……跟家人暂时过来避难。"青年依旧一本正经地回答。

"哦，是吗？"朵拉故意漫不经心地应了一声，又刻意刁难了一句，"那你就是……没有选择留在祖国与法西斯抗争。"

青年咬着嘴唇，重新低下头。

朵拉叹息一声，吐出一股青烟。

"反正你已经回不去西班牙了，如果不想生活在法西斯的政权下。"

格尔尼卡遭到空袭后不久，巴斯克最后的据点毕尔巴鄂就沦陷了。叛军正在一点一点控制西班牙的领土。这番话听起来虽然残酷，但朵拉预感，它很快就要成为现实。

"你说得对，或许我已经回不去了……不，不可能回得去……我抛下了她，如何有颜面回去呢？"

看来他是把恋人留在了祖国。朵拉托着腮，嘴角勾起微笑。

没办法，那就再听这孩子说几句吧。

"你有恋人啊？"朵拉柔声问道，"为什么没带她到巴黎来？"

"因为我们是瞒着父母交往的。"青年无力地回答，"父母已经替我谈好了亲事……而我却爱上了别的女人。"

青年名叫帕尔多·伊格纳西奥。

帕尔多的恋人叫蕾娜，其父是西班牙人，母亲是英国人。蕾娜是伊格纳西奥家在马德里聘用的英语家庭教师。

十六岁的帕尔多深深迷恋着比自己大四岁的蕾娜。明知不可能得到允许，两人还是深爱着彼此。帕尔多对蕾娜发誓爱意永不改变，蕾娜却一直告诉他，两人没有将来，总有一天会不得不分开。她对帕尔多说，我爱你，可我没有任何奢求。他们对彼此的爱意越深，绝望就越深。而越是绝望，渴求对方的心情也越强烈。

秘密关系开始一年后，西班牙爆发内战，帕尔多的父亲立刻决定到法国避难。他父亲是资本家，在欧洲各地都持有不动产，举家迁至巴黎并非难事。

帕尔多当时只有十七岁，是全家唯一的男孩，今后将要继承家业，因此无法反抗父亲的决定。然而一旦离开西班牙，他可能就再也见不到蕾娜了。帕尔多希望她至少跟父母一同到英国去避难，但蕾娜的回答却让他感到难以置信。

"我要成为士兵加入人民战线，这是唯一的选择。"

她意识到此生再难与帕尔多重逢，便决定将自己的生命献给西班牙共和国。

"帕尔多，你还有将来。忘了我，无论如何都要活下去，要获得幸福。"

永别了，我的爱人——

坦诚一切之后，帕尔多从口袋里掏出白色手帕，拭去眼角的泪水。

"她正不顾安危在前线奋战……而我却在巴黎安然度日。我无法原谅自己，恨不得现在就回西班牙。但我做不到。我竟是如此软弱的人，真想就此一死了之。"

朵拉用夹着香烟的手托住脸颊，一直静静地听青年说话，心中感慨自己又发现了如此上等的货色。她不禁感叹，自己总能遇见不平凡的男人。

帕尔多·伊格纳西奥。眼前这个带着脂粉气的俊俏男子，不正是西班牙首屈一指的望族，伊格纳西奥公爵家的公子吗？

伊格纳西奥家族承袭了欧洲顶级名门哈布斯堡家的血脉，与西班牙王族也有亲缘。帕尔多方才漫不经心地说父亲是资本家，事实上，他父亲是实力惊人的大资本家。

永远无法成就的恋情；几乎失去生活希望的大资本家的长子；恋人正以士兵的身份在人民战线奋战，连身在何方都无法得知——

那个人对这种背景特别感兴趣呢。

"你家在巴黎的宅邸里都有什么画作？"

朵拉突然问了一句。帕尔多再次抬起湿润的眸子看向她。

"你家至少挂了几幅画吧，都是哪些画家的作品？"

帕尔多一脸疑惑，但还是回答道："确实有几幅画。有戈雅、贝拉斯克斯和穆里略的……还有塞尚和莫奈。"

他的语气仿佛在说，那没什么特别的。朵拉也假装淡然地应了一声："哦，是吗。"随后继续问道，"有没有巴勃罗·毕加索的？"

帕尔多此时露出了无力的微笑。

"当然了，他是我最敬重的画家。"

大奥古斯丁路的画室里响起"咚咚"两下敲门声。

朵拉正准备把禄莱福莱相机从三脚架上拆下来，听到敲门声后转过头去。

"他来了。"

毕加索伫立在墙边，叼着香烟说："让他进来。"

高跟鞋的脚步声靠近门口，朵拉并未询问来访者的身份，便直接转动门把将锁打开。一阵合页的嘎吱声后，门外现出帕尔多·伊格纳西奥西装笔挺的身影。

"你好，朵拉。感谢你的邀请。"帕尔多用西班牙语说道。他发抖的声音让朵拉露出微笑。

"我们都在等你呢,快进来吧。"

帕尔多一脸紧张地步入画室,随即宛如中了美杜莎的魔法,瞬间僵住了。

画室尽头的墙上挂着一幅巨大的画作。

那是人类有史以来感情最为强烈的画作,充斥着激昂、憎恨与悲伤,让所见之人无一不为之震撼。

莱昂纳多·达·芬奇的《最后的晚餐》、拉斐尔的《雅典学院》、大卫的《拿破仑一世加冕大典》、戈雅的《一八〇八年五月三日的枪杀》,艺术史上存在许多巨幅画作。然而眼前这幅作品却与它们都截然不同。

这是一幅在单色调舞台上展现的战争惨剧。上面没有军队,没有战车,没有武器,也没有厮杀,尽管如此,那依旧是无可否认的战争图景。

怀抱孩子尸体哭喊的母亲,战栗中回首的公牛,手握断剑死去的士兵。

腹部撕裂、痛苦嘶吼的骏马,挑起灯火探出窗外的女人,惊吓奔逃的女人,高举双手仰天长啸的女人,熊熊烈焰中半掩的房门。

闪光——仿佛将一切惨剧收归眼底的神眼,仿佛照亮无情杀戮的明灯,仿佛太阳,仿佛空中炸裂的炮弹。

公牛眼中滑下一滴赤色泪珠,那是血泪。公牛转过头,仿佛看见了不忍目睹的东西。赤色泪珠是受伤灵魂流的血。暗黑世界中的一点鲜红,令人痛心。

爆炸轰鸣,痛苦哀号,以及随后笼罩一切的静默。所有生命都被夺去,城镇沦为墓地。

这究竟是哪里？谁夺走了众人的性命？

是生，是死，难以分辨。

这是地狱。是人类亲手创造，将人类埋葬其中，没有神明，没有最终审判的地狱——

"帕尔多，快喘口气。"朵拉说。

如同雕像般僵住的帕尔多下意识地吸了一大口气。这种感觉就像潜入深海，在断送性命前突然回到水面。

站在墙边的人——此时他才注意到创作了这幅作品的西班牙天才画家。

"您好……能见到您是我的光荣。"

帕尔多摇摇晃晃地走向画家，用更加压抑不住颤抖的声音发出问候。毕加索叼着烟，跟帕尔多握了握手。

帕尔多涨红了脸，笔直看向毕加索。他似乎想说什么，却无法说出口。那双眼睛泛起丝丝泪光。

"对不起，我……"帕尔多终于挤出了带着哭腔的声音，"该怎么说才好……我实在太激动……"

"你什么都不用说。"毕加索回答，"看到它那一瞬间的沉默，就是你的感想。不是吗？"

说着，他朝那幅巨大画作大步走了过去。

《格尔尼卡》终于完成了。朵拉刚刚拍完最后一张照片。

明天，西班牙大使馆的人、画廊的人，以及亲朋好友都会赶到画室来。他们会简单庆祝一番，随后拆除画布的木框，将其卷起，送到世博会西班牙馆展出。

这恐怕是毕加索五十六年的人生中，也是整个创作生涯的全部作品中最杰出的画作。此外，它也将是美术史上对战争与和平的意义发出最强烈质问的作品。

它不是利剑，不是任何武器。

它只是一块涂满颜料的画布，区区一幅画作而已。

然而，它比利剑更锋利，比任何武器都强大，更能深深刺入人心。

这张画，蕴含了改变世界的力量。

毕加索和朵拉选择帕尔多作为第一个目睹这幅画的人。

永远不能结合的恋人正在前线奋战——帕尔多的故事打动了毕加索。这跟他是伊格纳西奥家继承人，跟他家中藏有许多毕加索的作品，都毫无关系。

毕加索站在巨大的画布前，抬头凝视。随后，他仿佛在等待这个瞬间，将画面上粘贴的贴片——随意贴上的千鸟格、花朵图案、彩色壁纸，一块一块撕了下来。

朵拉与帕尔多屏住呼吸，看着他的行动。

几小时前，毕加索宣称画作已经完成，把朵拉叫进了画室。毫无破绽的绝妙构图，充斥画面的紧张感，让朵拉如同初次目睹草图那般，感到足底蹿起一股震颤。

但有一点她无法理解。曾经两次出现在画面上，最终都被撕去的贴片，又一次出现了。

那欠缺平衡感的生硬添加之物，让朵拉意识到这是毕加索刻意为之。他恐怕想等到明天公开画作时，当着所有人的面将其撕去吧。毕加索着实热衷于这种只有画家才能完成的恶作剧。

公牛的眼泪，纸片做的红色泪珠，在一片布满阴霾的单色调画面中显得格外抢眼。像是感伤过度的编排，是一目了然的感动。可以说那颗泪珠有如废墟中残存的一朵鲜花。

正如朵拉所想，贴片最终全被撕掉了。但有一点与她想象的不同，原来那并非为了明天的公开展示，而是为了她与帕尔多两人。这让朵拉感到胸口一阵抽痛。

如同血色鲜花的红色泪珠最后也被毕加索撕了下来，塞进裤子口袋。

眼前只剩下一片静谧的单色调之海。

没有了红色泪珠，画布上便是一片没有边际的滔滔绝望。

"完成了？"朵拉问了一句。

她双臂交叉，紧紧抱住自己的身体。

朵拉感到全身起了一层鸡皮疙瘩，仿佛要被狂风吹倒。那是画布中生出的狂风。

毕加索点燃香烟，长吸一口后缓缓吐出，然后说："来拍最后一张照片吧。"

朵拉走向尚未从三脚架上取下的禄莱福莱，兴奋得几乎要尖叫起来。

帕尔多呆立在画作前，一言不发，一动不动，仿佛彻底沦为它的俘虏。

"喂，到这边来。"

毕加索回到墙边站定，叫了他一声。

"继续站在那儿，你也要变成作品的一部分了。"

帕尔多猛地回过神来，慌忙走向毕加索。朵拉屏住呼吸，抓住帕尔多离开取景器的瞬间按下快门。

咔嚓。

帕尔多屏息静气地凝视画作，毕加索突然掏出插在口袋里的手，向帕尔多伸出握紧的拳头。

"这个给你吧。"

帕尔多难以置信地看向毕加索。只见他叼着香烟，歪嘴笑了笑。

"等这幅画在世博会上展示出来,你就带着这个到那里去。趁别人不注意时,偷偷贴到公牛眼睛底下。"

帕尔多手心里,放着毕加索用纸片做的小"作品"——一颗红色泪珠。

二〇〇三年三月二十日，马德里

　　纽约。二十一时十五分准时从肯尼迪国际机场出发，前往马德里的美国航空公司五九二次航班客舱内十分空旷，甚至让人误以为这是一架私人喷气机。

　　瑶子在经济舱独占了中间四个座位，可以很宽松地躺下来。她叠起三个枕头，用两条毯子将身体裹得严严实实，戴上眼罩，准备睡下。飞机将在第二天十点三十五分到达马德里，她只要睡上五六个小时就能下飞机了。每次从肯尼迪机场飞到马德里，瑶子都会选择这趟夜间航班。一觉醒来，眼前就是充满回忆的城市——马德里。她很喜欢这种感觉。

　　结束工作后马上赶来机场，把机内餐吃得干干净净，接下来只剩睡觉了。尽管如此，她却迟迟睡不着。瑶子干脆摘掉眼罩，打开了读书灯。

　　平时搭乘这班飞机她总能睡得很香，但此时此刻，她却因为两个理由而睡不着。

　　客舱内实在太空旷了。包含瑶子在内，机上只有五名乘客。人数如此稀少，她反倒静不下心来。

　　机内为何如此空旷呢？因为这架飞机属于美国航空。由于惧怕恐怖袭击，飞往海外的人一般都会避免使用美国航空的航班。"9·11"恐怖袭击案中，被恐怖分子当作凶器的客机就属于美国航空和联合航空。

就在三月十九日,以美军为中心的联军部队终于对伊拉克展开了攻击。美国总统约翰·泰勒将其斥为"邪恶轴心国",指出其有藏匿大规模杀伤性武器的嫌疑,不待联合国安理会作出决议,便于三月十七日对伊拉克发动了空袭。美国认定伊拉克总统易卜拉欣·福斯曼是独裁者,令其四十八小时内撤出伊拉克国境,发出了全面攻击的最后通牒。福斯曼对此没有做出回应,联军便发动了"伊拉克自由战"。

此次进攻遭到了法国、德国、俄国、中国等国家的强烈反对,英国、澳大利亚、韩国、荷兰、意大利等国则加入了联军。西班牙也是联军成员之一。是善是恶,是反恐还是恐怖本身。将世界一分为二的"战争"导火索终于被点燃了——尽管美国极为谨慎地避开了"战争"一词,一直坚称是"反恐"。

在这样的背景下,美国航空的纽约—马德里航线就变得空空无人了。

瑶子睡不着的另一个理由,在于她到达马德里后,马上就要参加一个极为重要的会议。

十小时后,瑶子将造访西班牙的索菲亚王后艺术中心,那是展示并保存毕加索的《格尔尼卡》的美术馆。女馆长亚达·科梅利亚斯是瑶子实习生时期的恩师,瑶子后来还在她开设于该馆的准备室工作过,是上下级的关系。此人是毕加索研究领域第一人,更是瑶子最为敬爱的美术史学家。

瑶子每次到马德里,不管有事没事,都会与亚达碰面。工作遇到困难时,亚达也会给出建议;瑶子之所以能当上MoMA的策展人,多亏了亚达的大力支持。在"9·11"惨案中失去丈夫伊桑时,亚达第一时间打来电话,跟她一同悲伤,并用心鼓励了她。对瑶子来说，无论何时与亚达相见都十分喜悦。

然而，这次却与往常不一样。

这次与亚达的会面，瑶子肩负着过于沉重的使命。因为尽管此前已经多次被断然拒绝，她还是想再次尝试借出《格尔尼卡》。

瑶子策划的展览"毕加索的战争：格尔尼卡表达的抗议与抗争"，两个月后就要开展。瑶子给这次展览做出了这样的定位：反抗由"9·11事件"诱发、将全世界卷入其中的暴力与连锁反应。

一九三七年，格尔尼卡空袭之后，毕加索凭借一支画笔与法西斯展开对抗。瑶子希望通过这次展览，向人类社会展示毕加索曾关注到的无差别攻击的荒诞。这就是此次展览的真正目的。

以暴力对抗暴力，只会引发更多暴力。正因为瑶子在"9·11"惨案中失去了丈夫，她才希望自己（以及众多纽约市民）能够打断这条遍及全世界的"负的锁链"。

从一开始，瑶子就知道这个想法实现的可能性不大，尽管如此，她还是希望能借到《格尔尼卡》。她的交涉对象当然就是亚达·科梅利亚斯。亚达十分理解瑶子这个策划的深意，也知道当下所有国家、所有都市中，纽约最需要《格尔尼卡》。然而，她还是给出了否定的答案。

既然馆长说"不"，瑶子只能放弃。尽管非常遗憾，但她心里很清楚，自己无法更改亚达的决定。

只是——

眼下瑶子接到命令，要再次尝试借出《格尔尼卡》。发出命令的不是别人，正是瑶子的另一位恩人，MoMA的理事长露丝·洛克菲勒。

——借出？现在不是说那种漂亮话的时候。要去夺过来。

你要带着这种念头，再次与科梅利亚斯馆长交涉。

瑶子从脚下的行李包里拿出一本书，是亚达·科梅利亚斯执笔的《朵拉眼中的毕加索》（Picasso Por Dora）。自学生时代初次阅读后，瑶子就将其视为珍宝，时时拿出来翻阅。

众所周知，毕加索不允许任何人观看他的创作过程。然而，唯独《格尔尼卡》是个例外。

为给巴黎世博会西班牙馆提供点睛之作，毕加索创作了《格尔尼卡》。创作过程耗时三十五天，当中的每个昼夜，都被当时毕加索的情人——摄影艺术家朵拉·玛尔收进了胶片中。

瑶子十八岁在纽约大学学习美术史时，见到了这本书的英译版。那也是她与亚达·科梅利亚斯这位毕加索研究家的邂逅。

十岁那年，瑶子在MoMA第一次看到《格尔尼卡》，当时她就产生了一种奇妙的感觉，仿佛自己"看到了不能看的东西"。其后，即便再去MoMA，她也再也没有踏足《格尔尼卡》的展厅。

瑶子被毕加索深深吸引，却一直回避着《格尔尼卡》，后来在亚达的著作中，她第一次了解到那幅作品的整个创作过程。朵拉·玛尔镜头下的画面虽不具备浓厚的艺术气息，但在揭露毕加索的秘密这一行为上却极为大胆。一张张黑白照片，散发出惊世杰作诞生过程中朵拉感到的紧张和兴奋。

瑶子感到，朵拉拍摄的一连串照片和亚达诚恳又热情洋溢的文字，让《格尔尼卡》前方紧锁的铁门豁然敞开了。门的另一头，放射出不可思议的光芒。

要是没有亚达的书……要是没有朵拉的照片……

自己或许就会走上截然不同的人生道路。

这两位女性向瑶子展示了毕加索的无限潜力以及艺术的美妙。朵拉·玛尔与亚达·科梅利亚斯，是她们引导了自己的人生。

她决定将这种心意再次传达给亚达。

与亚达见面，表明心意——这种耿直的方法，与世界级美术馆身经百战的策展人身份极不相符。

然而，现在的瑶子除此以外别无办法。

二月七日，傍晚。

瑶子与《纽约时报》记者凯尔·亚当斯一同来到联合国总部的宣传中心。

出入联合国的人需要经过严格审查，凯尔身为负责联合国报道的记者，自然持有记者专用入场证明。此外，他还一早就准备好了瑶子用的来客通行证。

"这里虽然是联合国，但终归由人组成。常年出入这个地方，要搞到访客证易如反掌。"

凯尔把通行证递给瑶子，同时挤了挤眼睛。

瑶子小学时跟家人住在纽约，曾在课外活动中参观过联合国总部，但此次是头一回踏足禁止无关人士出入的宣传中心。

其实她想到两天前被盖上幕布的《格尔尼卡》挂毯所在地——安理会大厅去看看，但"暗幕事件"之后，那个地方就成了热门场所，此时同样处在话题中心的MoMA"毕加索的战争"策展人八神瑶子若出现在那里，必然会成为驻扎在大厅的记者们的上等猎物。所以凯尔提议，他已经确认过幕布已被摘除，那就不去那里，先进宣传部一探究竟吧。于是，两人决定造访凯尔平日相熟的宣传部成员，莎拉·泰森。

凯尔做完介绍，莎拉与瑶子握了手，尚未等她提问便主动承认道："是我给《格尔尼卡》盖上了幕布。"

这答案来得太突然，瑶子一时竟不知如何反应。

"你好坦白啊。"凯尔苦笑着说。

"既然你都把MoMA的策展人带到这里来了，我不用想也知道你们想问什么问题。"莎拉笑着回答，接着说，"从前天开始就不断有人来问，我个人也感到责任重大啊。此前可没想到会引起如此大的反响。"

幕布早已被摘除，挂毯依旧保持原状。联合国宣传部似乎打算以亲手盖上幕布的当事人真诚应对所有质询，以期尽快让这次事件"落下帷幕"。

"原来如此，所以是你爬到梯子上，给挂毯遮上了那块黑幕……吗？"

凯尔一副恍然大悟的样子说完，莎拉却纠正道："这么说可不对。准确来说，是两名维修养护人员，使用两架梯子，在我的指示下挂上了深蓝色的幕布，不是什么黑幕——"

"现在的问题不是谁做了那个动作。"瑶子打断了莎拉的话，"而是谁下的命令，又是出于何种目的要在那个时机下给《格尔尼卡》遮上幕布。我们——全世界在电视上看到那一幕的人，想知道这个答案。"

"莎拉，是你主张的吗？如果是，那又是为什么呢？"凯尔间不容发地追问道，"《格尔尼卡》前的暗幕只在鲍尔国务卿讲话那几分钟存在，如果那是你的命令，我想请问下达这个命令的缘由是什么？那幅作品展示在那里这么久了，从未被盖过幕布，这可是闻所未闻之事。想必你也明白，正因为这样，事情才会闹大吧？"

莎拉一时词穷，但很快面色一沉，道："你们的劲头挺大啊。不过，你刚才说'作品'，但那并非毕加索的原作，而是挂毯工匠制作的复制品。在那上面盖一张布，有很大的问题吗？"

"那你就想错了。"瑶子立刻反驳，"那张挂毯是尼尔逊·洛克菲勒向毕加索本人发出委托，由毕加索亲自监制完成的，几乎完美重现了原作。那幅挂毯是这世界上独一无二的，几乎堪比'原作'。如果说因为毕加索没有动手参与制作，或因另有原作画作，它就不能被称为'作品'，那你可就错了，那是一幅堂堂正正的艺术作品。"

莎拉似乎无法反驳。

"面对 MoMA 的策展人，又是毕加索专家，形势对我很不利啊。"

莎拉说完耸耸肩，飞快拿起内线电话，按了几个按钮。

"我是莎拉，能请你过来一下吗？《纽约时报》的记者凯尔·亚当斯和他请的客人正在我这里……是 MoMA 的策展人八神瑶子……对，因为'挂毯'的事……"

结束了短暂对话，莎拉放下听筒，对他们说："宣传部长杰克·霍华德同意三十分钟后与你们会面。但是只给你们五分钟。你们应该知道，他目前很忙。"

她的语气仿佛在暗示，如今世界正面临紧急事态，哪有时间管什么挂毯的事。尽管如此，凯尔和瑶子还是感谢她帮忙联系了上司，随后便离开了莎拉的办公室。

联合国宣传部长杰克·霍华德的办公室并不在总部内部，而在隔着几个街区的一栋办公楼的七楼。

瑶子和凯尔三十分钟后准时拜访，却被安排在前台附近的长椅上又等了三十多分钟。好不容易被领到办公室，杰克却一直在接办公桌上响个不停的电话，于是两人又在那里等了十几分钟。最后他总算放下电话，转向坐在办公桌对面的两人，对他们打了声招呼。

"欢迎啊。"

"您好,我是《纽约时报》的记者凯尔·亚当斯。"

"我是MoMA的八神瑶子。此次劳烦您百忙之中抽出时间,真的非常感谢。"

两人与杰克握了手。他身穿蓝色衬衫,系着深红色领带。宣传部长不耐烦地撩起混着银丝的刘海,这样说道:"时间有限,有话直说吧。"

"那我就单刀直入地问一个问题。"凯尔立刻开口道,"命令莎拉·泰森给《格尔尼卡》挂毯盖上幕布的人,是您吗?"

杰克长叹一声,仿佛在说怎么又是这个问题。随后,他给出了简短的回答。

"对,就是我。"

"为什么?"凯尔立刻追问。

"你不是只有一个问题吗?"杰克反问。

"那么换我来提问。"瑶子马上接过话头,"那幅作品为本馆理事长露丝·洛克菲勒所有,由她长期寄放在联合国。若要移动或处理该作品,必须事先获得所有人洛克菲勒夫人的许可。那么,您在下令覆盖暗幕前,是否完成了这一手续?"

杰克顿时无言以对。就在此时,他眼前的电话再次响起。宣传部长拿起听筒,说了一句"我过会儿打给你",便重重地挂断电话,抬眼看向瑶子。"我当然知道要事先获得许可。然而当时事态紧急……我就在情急之下发出了指示。对此我表示由衷的歉意。我出于个人判断,认为必须马上盖一块布……这是考虑到公共影响做出的判断。想必洛克菲勒夫人也能理解……"

说到这里,他就没了声音。

"事态紧急？"凯尔反问了一句，"您是指鲍尔国务卿即将发表'对伊拉克行使武力'的报告时，背景里不能出现《格尔尼卡》，对吗？也就是说，堂堂联合国宣传部，竟给美国提供了特殊照顾，对不对？"

杰克并没有理睬凯尔的挑衅，而是万分尴尬地看向瑶子，突然问了一句。

"你是专门研究毕加索的学者吗？"

"是的，没错。"瑶子回答。

"那你是否能详细回忆起那幅画——《格尔尼卡》，描绘了什么？"

瑶子看不出杰克的真意，一时有些惊讶，但还是肯定地回答道："当然。无论构图，画中的人物、动物，还是背景和配色，我都熟记于心。"

瑶子此言不虚。只消闭上眼——不，哪怕睁着眼，她也能清楚回忆起那幅高三点五米、宽七点八米的巨大画作上的每一处细节。

"那么请你马上回想一下，位于《格尔尼卡》中部的'马'。"

杰克双手撑在桌面上，一副善辩律师的模样。

"联合国安理会大厅悬挂的《格尔尼卡》挂毯的正前方，就是用作新闻发布会的演讲台。因此，画中的那匹'马'，几乎位于演讲台的正后方。发布人会站在讲台之后，换言之，就是站在那匹'马'前——你明白吗？"

"是的，我明白。"

瑶子回忆起长方形画卷中颇为有力的中轴，那匹"马"。有许多研究者认为，《格尔尼卡》中的"马"，象征着毫无反击之力的百姓。身体被撕开，只能嘶声鸣叫的马。那因恐惧而瞪圆了的小眼睛，就代表了面对突然的空袭时茫然无措的百姓。

杰克目不转睛地盯着瑶子，这样问道："那你是否明白，马身上描绘了很不体面的部分？"

"不体面？什么不体面？"凯尔反问。

"我正在问这位专家，没有问你。"杰克尖锐地回击，"不过这种问题恐怕不该抛给这位女士……就算你知道，可能也无法回答。"

哼，瑶子嗤笑一声，随后面不改色地给出了回答。

"你是说肛门和性器吧。"

"正是如此。"杰克摊开两手，故作姿态地说，"不愧是 MoMA 的策展人，果真对画了如指掌。那你想必也知道，那匹'马'是一匹公马。"

"你等等——"凯尔插嘴道，"那匹马身上有不体面的肛门和性器又如何？这跟鲍尔国务卿的讲话有关系吗？"

"确实没什么关系。"杰克面无表情地说，"只是，鲍尔国务卿身为代表国家的人物，脑袋后面竟光明正大地挂着如此见不得人的动物器官，这恐怕……无论是美国国务卿还是法国外交部部长，无论什么人在台上发表讲话，若那人脑后赫然挂着一个屁眼，在电视上看就过于不体面了。甚至关系到联合国形象，不是吗？"

这是诡辩，瑶子很快就领悟了。那幅挂毯一直挂在那里，讲台位置也从未移动过，此前可从未因为讲话人背后就是马的肛门而闹出过问题。

"既然如此，只要移动讲台不就好了？"凯尔穷追不舍。

"我们当然也考虑过这个方案。只是那幅挂毯面积巨大，内容奔放，无论把讲台移动到哪个位置，总会有不适合的部分出现在摄像机镜头里。往左边移动是公牛的睾丸，往右边移动则是女性裸露的乳房。难道不是吗，八神小姐？"

瑶子感到怒火在体内熊熊燃烧。

杰克的借口相当于对毕加索艺术的侮辱。无论是人类、公牛，抑或马匹，毕加索在描绘生物时，都会将性器、肛门和乳房抽象化强调出来。尤其是性器，它对毕加索而言是与眼和口一样，该毫不掩饰地描绘出来的重要身体部位。不过毕加索笔下的性器绝不是淫秽的，而是作为有生命之物的象征，极为自然生动地融入绘画中。

堂堂联合国宣传部长，竟拿画家的表现手法作为借口，做出如此生硬的辩解，这让瑶子忍无可忍。

咚咚，外面响起敲门声，一名秘书探头进来说："下一位访客到了。"杰克闻言，顿时露出如释重负的表情。

"不知这次会面是否给两位提供了足够的帮助？面对专家，我的解释可能略显单薄。"

杰克说着，站起来跟瑶子握手。瑶子面露苦笑，无言以对。

"真是欺人太甚。"

一走出办公楼，凯尔就咂舌道。外面已经彻底被夜幕笼罩。

"不过这下清楚了，无论怎么想，给联合国宣传部施压的都是白宫方面。绝对没错。"

瑶子一言不发。凯尔吐着白色雾气继续道：

"不过他们准备的借口竟如此低劣……简直把我们当猴耍。要是毕加索听到，肯定会嗤之以鼻。什么不体面，那玩意儿不也长在你身上吗，喊！"

凯尔刻意说得轻浮。

瑶子的心情依旧难以平复。没想到直接询问过联合国宣传部领导后，竟让《格尔尼卡》暗幕的疑问越来越深了。

但无论得到的是怎样的答案，她都要向露丝·洛克菲勒汇报。

不知露丝会作何反应。

露丝曾主张从联合国收回挂毯，但她的怒火显然不会因此而消退。

该怎么做，才能让那个给自己和毕加索的艺术抹黑的人无力回击。露丝的此番命令也让瑶子有机会意识到，拥有无限财富与力量的人，在考虑复仇时全无仁慈。

为配合"毕加索的战争"，你无论如何也要把真正的《格尔尼卡》从马德里借过来。

——不，借出？现在不是说那种漂亮话的时候。要去夺过来。你要带着这种念头，再次与科梅利亚斯馆长交涉。

你要证明，无论是联合国，还是白宫，抑或任何国家权力，都无法将艺术遮挡在暗幕之下。

对，这是当然。要让他们见识到艺术的真正力量。

听好了，瑶子，去把它夺过来——务必要成功。

第四章 哭泣的女人

一九三七年七月三十日,穆然

小屋建在小小村落边缘,端坐于小山丘之上。

这里是南法小镇穆然,距离戛纳不远。小镇以教堂为中心,周围环绕着古老的石头房屋,蜿蜒的街道如蜗牛壳上的纹路一般。夏天,百花盛开,走在石板小路上可以闻到空气里难以言喻的芳香。村民们几乎全部互相认识,擦肩而过时都会交换一句"Bonjour""Ça va?"①等问候。

透过朝南的窗户可以看见远方的蔚蓝海岸。傍晚,朵拉伫立在凉风习习的窗边,指甲涂成红色的手指夹着香烟,她用银色打火机点燃。

这是她跟毕加索一起度过的第一个夏天。朵拉头一次来到他在穆然的家。

房子的外观十分现代,内部简约,柱子和壁炉上的装饰物也都颇有情调。朴素乡村风格的椅子和仿佛来自古董店的洛可可餐桌摆在一起,看来竟十分融洽,体现出屋主的极佳品味。房间里虽然凌乱,却荡漾着艺术女神圣殿般高雅的氛围。

不管是在巴黎还是其他地方,毕加索选择的住所都充满这种

---

①意思分别为"你好""你怎么样?"。

艺术气息，让人觉得不可思议。

去年夏天，还是那个女人坐在这扇窗边吧。

朵拉吐出一口烟雾，无声呢喃道。

远方海平线处仿佛浮现出那个女人的脸。年轻饱满的面庞、富有光泽的金色短发、带着一丝青蓝色泽的灰色眼眸……此时，那双美丽的眸子里摇曳着憎恶之火。

给我出去！

女人冲着朵拉尖声喊叫，如同快被拧断脖子的母鸡。

你怎么在这里？这里是毕加索的画室，别人不能随便进入！

马上给我出去！你那是什么表情？你到底是什么人？

你问我是他的什么人？很好，那我就告诉你。我不是他的妻子，可我是他女儿的母亲！

"原来你在这里啊，我还以为你还在散步没回来呢。"

敞开的房门外响起毕加索的声音。朵拉没有回头。

毕加索一大早就进了画室，只在午餐时间到餐厅坐了将近一小时，把临时雇来的乡村厨师准备的午餐全部吃掉，跟朵拉说了几句话，便又回到了画室。下午朵拉无事可做，便到村中散步，拍几张照片玩。但很快她就厌倦了，于是回到小屋，呆呆眺望窗外的风景。

他们从巴黎来到穆然避暑已经一个星期了。此前每天都有客人来访，朵拉忙于扮演女主人的角色，今天突然没了客人，又让她感到格外无聊。

来自世界各地的名士聚集在这栋消夏别墅中，将毕加索围在中央，她这个"天才艺术家的缪斯"则端坐在他身旁。这一开始让朵拉感到十分兴奋，同时很自豪。可是，渐渐地，她的心中开始涌出莫名的焦躁。

访客们竞相对那位伟大的艺术家献媚,听到毕加索说谁的坏话就纷纷追随,毕加索轻浮调侃他们就夸张哄笑。所有人都毫不掩饰自己的欲望,那就是渴求毕加索赠予一幅带签名的画作,哪怕只是在餐巾纸上随手画下的裸露着性器的公狗也行。对此,朵拉越来越无法忍耐。

她在偶然间听到一位画廊老板、一位诗人和一位评论家在露台上闲聊。

"那个女人的鼻梁太突出了,我感觉不怎么样。"

"就是啊,毕加索怎么会喜欢那种女人呢。"

"还整天把自己当成艺术家,简直让人受不了。还是玛丽·泰雷兹更惹人喜爱。前年玛丽生下女儿时他明明高兴得很。"

"他一定是又被与玛丽截然相反的女人吸引了。据说那女人是超现实主义派的,还真当自己是艺术家了。瞧她扛着相机时趾高气扬的样子。"

"在毕加索面前,无论拍出什么杰作都难以望其项背啊。真是可怜她了。"

把整段对话听完,朵拉才大摇大摆地走上露台。三个男人都吓了一跳。而她对那三张表情僵硬的脸这样说道:

"各位,今天夜色真美啊。不如你们叫上毕加索一起去散步吧?没了陪他散步的狗,毕加索一直觉得很孤单。"

"晚饭还没好吗?"毕加索走向朵拉,边走边说。

"对,还没好。这里的厨师不怎么样,一点都不利索。"

朵拉用莫名尖锐的声音答道。毕加索在她裸露的后背上印下一吻。

"那在晚饭做好前,我先享用你这道前菜吧。"

他挑起白色背心裙两边的肩带,裙子顺着朵拉的手臂滑落,露出形状姣好的乳房。

"我不是前菜,是主餐。"

朵拉说着,眼中闪过魅惑的光芒。毕加索的嘴角露出坏笑。

去穆然别墅避暑前几周,一个六月末的下午。朵拉与毕加索一起在大奥古斯丁路的画室里等待搬运工人。

世纪大作《格尔尼卡》终于完成,只有内部人士参加的展示会也已结束。展示会邀请了巴黎世博会西班牙馆设计师何塞·路易·赛尔特,被任命为副馆长的西班牙大使馆代表麦克斯·欧布,以及十几位亲密朋友,共同庆祝可能是艺术史上最大的话题之作的诞生。

客人们一踏入画室,就被那幅几乎压垮整面墙壁的巨大画作惊得失去言语。所有人似乎都在焦急地思索,想找出恰当的赞赏之词,却都词穷。不知该如何赞赏,甚至不知是否该赞赏,众人深陷苦闷之中——这就是人们第一眼看到这幅作品时的反应,也是这幅画作天生的气质。

看到来客的惊讶、困惑和失语,毕加索十分满意。

作品刚完成后,筋疲力尽的毕加索倒在床上昏睡了整整两天。之后需要两周时间等颜料自然干燥,于是他打电话给麦克斯·欧布,让他两个星期后尽量多派些搬运工到画室来。再然后,他便往画架上摆上新的画布,开始创作新作品的草图。

他切换状态的速度让朵拉内心感到震惊,但看了一眼画布,她发现新作中有仿若从《格尔尼卡》上移植下来的主题。怀抱死去的婴儿彷徨失措的女人,哭喊的女人——朵拉意识到,就连毕加索本人也没能彻底抹除《格尔尼卡》的残影,这更让她进一步体会到了这幅作品的强大力量。

此时已经距离五月二十五日世博会开幕过去了将近一个月，《格尔尼卡》终于要被送到西班牙馆展出了。

这幅前所未有的巨大画作无法直接装上卡车，只能拆掉画框，将画布像地毯一样卷起来，固定在拖车上，运送到展出地点。正因如此，搬运必须要等颜料干透以后才能进行。

毕加索伫立在作品旁边，叼着香烟仔细检查颜料状态。朵拉则架好了三脚架，忙着检查曝光，准备将拆除画框、将作品从画室搬走的过程全部收入禄莱福莱相机的镜头。

画室外传来急切的敲门声。朵拉看一眼手表，离搬运工约好的时间还有二十分钟。怎么来早了，她边想边打开房门，却看见一个留着金色短发的年轻女人。

朵拉瞬间便猜到这个女人是谁了。

是毕加索的情人玛丽·泰雷兹。在毕加索与朵拉相识前，甚至相识后，她都不断出现在画布上。雪白的肌肤、金色短发、带着一抹青蓝的灰色眼眸，娇嫩饱满的身体摆出诱惑的姿态。这正是毕加索作品中的女主人公。

看见门里现出一个陌生女人，玛丽·泰雷兹面色一冷。

玛丽·泰雷兹在"毕加索的情人"这一宝座上坐了十年，也是毕加索的女儿，今年两岁的玛雅的母亲。

毕加索家中有结发妻子，名叫奥尔嘉·科克洛娃，两人为离婚一事闹了整整十年都没离成。在此期间，玛丽·泰雷兹为毕加索生下孩子，毕加索又与朵拉发生了关系。

朵拉十分忌讳自己被当成毕加索经历过的女性中的一人，极度厌恶被人当作"好色艺术家不断更换的情人之一"。尽管如此，她还是强烈地意识到，如今自己占据了离毕加索最近的席位，是睡在他身边的人。同时她也很想相信，这个"毕加索身边的特等席"能永远属于自己。

朵拉知道,玛丽·泰雷兹跟女儿生活在巴黎郊外的波舍鲁古堡,毕加索时常去那里探望二人。他没有刻意隐瞒此事,而且若无法接受他就是这样的男人,朵拉也得不到在特等席落座的权利。只是,直到那天打开画室大门的瞬间,朵拉一直不知道玛丽·泰雷兹是个什么样的女人。

"你是谁?这里不是毕加索的画室吗,为何会有个我不认识的女人?"玛丽·泰雷兹用冷若冰霜的目光看着她,这样问道。

朵拉屏住呼吸,以同样冰冷的目光回敬。她不想让这个女人踏入画家的圣域半步。

"原来是玛丽啊,怎么这么突然。快进来吧。"

背后传来毕加索异常优哉的声音。

玛丽一脸厌恶地绕过挡在门前的朵拉,大摇大摆地走进画室。她对占据整面墙壁的大作不屑一顾,径直对毕加索说:"我说你最近怎么不到波舍鲁来了……原来是把女人带进画室了。负心汉!"

毕加索叼着香烟,面不改色。

朵拉踩着高跟鞋走向玛丽,语带怒气地说:"请你出去,马上有人来搬运画作,你在这只会碍事,赶紧回去吧。"

玛丽猛地转过来,回击道:"哎呀,要出去的那位是你才对吧?我是这人孩子的母亲,他跟我的关系很特殊,他在的地方就是我的地方。因此,我在这里不是理所当然的吗?一个不知来路的女人竟然把这里当成自己的地盘了,这也太没规矩了。该出去的人是你。好了,赶紧给我出去。"

朵拉哼了一声,嗤笑道:"你在开玩笑吧。我待在这个画室里的理由比你更充分。不过,对着你那轻飘飘的小脑袋,就算我解释了想必你也听不懂……有孩子又如何？你可能是位'母亲'，但已经不是'女人'了。你只是他曾经的情人之一，他现在倾心的是我。"

"你胡说什么，狐狸精！"

玛丽尖叫一声，朝朵拉扑了过去。

电光火石间，朵拉一掌掴向玛丽失去血色的脸。玛丽惊叫一声，马上打了回去。

两人纠缠在一起，互相撕扯头发、摇晃肩膀、大声咒骂。而毕加索则一言不发，静静旁观两个女人的争斗。骨节明显的手指夹着的香烟已完全烧为灰烬、掉落在地，而他还是一动不动，专注地凝视着两个女人的争执。

"巴勃罗，你别光站在那里，快说点什么啊！"玛丽打累了，对毕加索说，"我跟这个女人，你要选谁？马上回答我。否则我就……"

蓝灰色的眸子里一下子涌出了泪水，一直拼命压抑的眼泪终于决堤，玛丽像个少女似的哭了起来，并扑到毕加索的怀里不肯离开。毕加索无奈地轻抚玛丽的双肩，朝朵拉瞥了一眼，露出尴尬的苦笑。

朵拉实在看不下去，便歪着头，凝视《格尔尼卡》。

画面左侧怀抱死去的婴儿哭喊着的女人突然映入眼帘。

悔恨的泪水涌了出来。可是她不能哭——朵拉咬紧牙关不断告诫自己，泪水不能在这种时候流。

在以"现代生活的艺术与技术"为主题的巴黎世博会上，各国展馆鳞次栉比，分列在连接塞纳河右岸特罗卡德罗花园与左岸埃菲尔铁塔的宽敞步道两侧。本次世博会有四十四个国家参展，而与苏维埃馆、德国馆、意大利馆等列强展馆比肩、由赛尔特设计的西班牙馆也终于敞开了大门。

苏维埃馆与德国馆的设计都极尽张扬威压之势，仿佛在互相挑衅。相比之下，西班牙馆显得十分朴素。赛尔特是一位三十五岁的年轻建筑师，以巴塞罗那为大本营，参与设计了许多建筑作品，在西班牙国内享有一定声誉。赛尔特支持共和国一方，为坚定抗议佛朗哥将军旗下叛军和支援叛军的纳粹德国的蛮横行径，他为展馆设计了质朴的外观，将重点放在突出展品的舞台装置上。西班牙馆建成后，在一众列强的展馆中显得毫不起眼，朴素得甚至略显冷清。

然而展馆相关人员很有自信，认为西班牙馆内展示的作品远比其他展馆丰富、有价值。参与展品制作的人有画家胡安·米罗、雕刻家胡里奥·冈萨雷斯、阿尔贝托·桑切斯，还有米罗的朋友、公开支持共和国的美国雕刻家亚历山大·考尔德。然后就是巴勃罗·毕加索……

开幕一个月了，最初的混乱已缓和许多，但带着想看新奇稀罕事物的好奇心的参观者每天还是挤满了各国展馆。

此时，西班牙馆终于开馆了。虽说因为等待毕加索的作品而一直拖延开馆时间，但大使馆的工作人员都情绪昂扬，他们觉得延迟开馆反而能吸引人们的关注。

六月末，终于迎来了《格尔尼卡》公开展出的日子。

朵拉匆匆赶向世博会主题会场，夏乐宫。

这一天，她穿着一件紫罗兰色低胸雪纺连衣裙，搭配大颗珍珠项链。一头黑发挽起，戴上装饰着羽毛的黑帽，脸上化着比平时更显眼的眼线和浓烈的大红色唇膏，再加上一双黑色蕾丝手套，离得很远都格外显眼。

帕尔多·伊格纳西奥系着白领带，身穿燕尾服，心神不宁地站在宫殿门前。听见一声"久等了"，他抬起头来如释重负地微笑，露出一排洁白的牙齿。

"太好了，我还以为你不来了……你今天看起来比平时还要美丽。"

说完，他便以正统豪门子弟之姿，极其自然地伸出手臂。朵拉轻笑一声，右手轻轻勾住他的臂弯。

"我出门前发现丝袜破了，便赶紧去买了双新的……"

"哦，原来因为这件事耽搁了。"帕尔多看了一眼朵拉纤细的双腿，不由得涨红了脸。那青涩的样子在朵拉眼中显得无比新鲜。

十六岁便与年长的家庭教师交换永恒的爱情誓约，看来他尚未接触过别的女人……实在可惜。

朵拉明明渴望将毕加索的身心牢牢套住，此时心中却闪过一个想法，想对这个不谙世事的年轻人百般调戏。然而，若与其他男人玩火，一旦大意，就有可能马上被玛丽·泰雷兹夺回毕加索——唯独这点，她定要慎之又慎。

"那么大幅的作品，展示起来想必很麻烦吧。"走向西班牙馆的路上，帕尔多低声道。

"对，特别麻烦。"朵拉答道，"不过经过这次，我知道了一件'好事'。"

"'好事'？是什么？"

朵拉呵呵笑了起来。

"那么大的作品，只要拆掉画框，就能像地毯一样卷起来搬运。"

两人沿着一直延伸到埃菲尔铁塔脚下的步道行至西班牙馆

门前。

展馆预定下午向公众开放,此时门前挤满了相关人士、特邀嘉宾和媒体记者。正式开馆仪式很快就要开始了,毕加索作为主宾,应该已经在会场内部了。

朵拉请帕尔多充当自己的护花使者,共同参加这次值得纪念的活动。毕竟帕尔多是继朵拉之后,第二个目睹过《格尔尼卡》成品的人物。

"那个小伙子将来一定能派上用场。"

帕尔多造访毕加索画室的那天夜里,朵拉对毕加索说。

帕尔多打从心底里憎恨恋人的敌人——佛朗哥政权。同时,他也醉心于猛烈批判叛军暴行的毕加索。另外,他迟早会继承到怎么用都用不完的庞大资产。可以说,他是将来必定能孕育出最甜美果实的树苗,必须趁现在将其栽种到自己的庭院中。

然而毕加索却很不高兴地说:"别说这种俗气的话,随他去吧。"

毕加索并非对帕尔多毫无兴趣。他不是在刚完成的《格尔尼卡》跟前,将那滴"血泪"——准确来说是泪珠形状的红色纸片——交到帕尔多手上了吗?

"对了,你把那个带来没?"

二人走进人头攒动的展馆,正朝着展出《格尔尼卡》的展厅前进。途中朵拉偷问了一句,帕尔多尴尬地笑了笑。

"嗯,带了……可是……我觉得我做不到。就算那是毕加索本人的委托,我也不敢对那幅作品动手脚啊……而且,冷静下来想想,那可是名副其实的'犯罪'啊。"

"哦,是吗?"朵拉有点扫兴地说。

那是犯罪?在公牛眼底贴上血泪竟是犯罪?

那佛朗哥和纳粹对格尔尼卡做的事情又是什么?

《格尔尼卡》坐镇通往前庭的一楼展厅,占据了一整面墙壁。

这幅巨大画作的前方,是考尔德用马达与水银制作的、不断发出低沉轰鸣的"动态雕塑"。黑压压的人群绕开这件作品,全都围在《格尔尼卡》前方。人们交头接耳的嗡嗡声化作不安稳的回响,回荡在展厅中——没错,那明显是极其不安稳的回响。

头一次看见《格尔尼卡》,人们无不受到强烈的冲击,进而生出胆怯之意。朵拉想,这是极为自然的反应。

对格尔尼卡空袭惨剧的批判;对法西斯主义的露骨抵抗;对战争的抗议。画里没有美丽的模特;没有明媚的风景;没有寓言、神话和故事。战争带来的黑暗和空袭引发的惨剧支配了整个画面。如此真实、充满信息、充斥悲伤与愤怒的画作,以前存在过吗?

"啊,找到了。毕加索在那里……"

比朵拉高出一头的帕尔多在人群中找到了毕加索的身影。朵拉与他一道,分开人潮,向毕加索走去。

全世界最知名的艺术家想必正被一大群人团团围住,沐浴在夸耀这一杰作的赞美之词中。

然而——

朵拉倒抽一口气,停下脚步。

毕加索就站在《格尔尼卡》跟前,他周围则是一群身穿军装、疑似军官的男人——是纳粹。

原来,那不安稳的骚动是因为毕加索正与纳粹军官对峙。

毕加索右手拿着香槟杯,指尖还夹着点燃的香烟,正一言不发地凝视着目光扫过《格尔尼卡》的一众军官。

不一会儿，其中一名军官走到作品跟前。朵拉感到背后一凉。不要！

她险些叫出声来，眼前似乎闪过军官用利刃刺穿画布的幻影。

然而，那名军官只是看了一眼作品旁边的铭牌。铭牌上刻着"格尔尼卡"几个大字。

军官踏着军靴，脚步声沉重地走向毕加索，问道："这是你画的？"

毕加索漆黑锐利的眼睛转向军官。那是一双能穿透世间所有的黑暗与光明，能看清一切真相，如同智慧结晶的眸子。

随后，他说："不，这幅画的作者是你们。"

二〇〇三年三月二十日，马德里

尽管是上午，马德里巴拉哈斯国际机场却不见平时的喧嚣。

瑶子来到到达大厅，翻起风衣领子，径直走向出租车搭乘点。

体格健壮的司机单手提起她的行李放进后备厢。瑶子坐进后座，用西班牙语说了一句："麻烦送我到丽兹酒店。"司机闻言露出惊讶的表情。

"你从哪里来？西班牙语很不错啊。"

瑶子干脆打趣道："我来自纽约，日语也说得很不错哦。"

"莫非你是美国人？"司机又继续道，"那个国家搞出好大一件事来啊，听说连西班牙也参与进去了。我是不太明白，但是我担心，一旦加入了美国阵营，马德里会不会也变成恐怖分子的袭击目标。我们一般老百姓都怕死了。"

看来马德里也在热议以美军为中心的联合军队终于对伊拉克发起进攻的事。而且普通百姓都认为那根本不是美国总统反复强调的"反恐"，而是"美国发起的战争"。

此时就借出作品进行交涉，简直是最坏的时机。

瑶子在心中咕哝着，轻叹一声。

大约二十分钟后，出租车来到了位于马德里市中心的丽兹酒店。

这是在阿方索十三世国王的支持下，为接待国宾而于二十世纪初修建的高级酒店。只有来西班牙与艺术相关人士进行重要交涉时瑶子才会选择住在这里。

艺术圈里的人往往会问："您下榻在什么地方？"换言之，他们会根据下榻酒店的档次来判断访客的地位高低，"丽兹"跟"假日酒店"的接待级别明显不一样。瑶子身处艺术界，自然也了解这一"外交策略"。

"早上好，八神女士，欢迎来到丽兹。"

瑶子走到酒店前台，早已相熟的高级经理塔德奥·波特罗对她打了声招呼。这段时间她经常到马德里来交涉借出毕加索作品的事宜，每次都住在丽兹。

"这次又要麻烦你了，塔德奥。请多关照。"

塔德奥看了一眼电脑屏幕。

"感谢您下榻。这次您准备住两晚，对吧？离开马德里之后您还要去哪里吗？"

"很遗憾，我要直接回纽约。"

"您还是跟以前一样忙碌啊。不过这次我给您准备了一点惊喜。"

"惊喜？什么惊喜？"

"到时候您就知道了。何塞，给这位女士带路。"

待命的行李员从塔德奥手上接过挂着红色流苏的房间钥匙，领瑶子朝楼上走去。

她很快就知道惊喜是什么了。

瑶子被带到的房间并非她提前订好的标准客房，而是套房。室内装潢以红色为基调，格调高雅。卧室里有一张双人大床，客厅三面都是玻璃窗，窗外便是丽池公园里的树林。这是足以接待世界级VIP的最高档客房。

可能因为她经常来这儿住，他们才给她升级了客房吧。不过瑶子还是非常惊讶，这一举动未免过于慷慨了。

为此她马上拨通了前台电话，询问缘由。

"你说的惊喜可真够豪华的，这到底是怎么回事儿？"

"这是本酒店第一大股东，我们西班牙引以为傲的知名人士送给您的礼物。客厅茶几上有他给您的留言，请您查看。"塔德奥殷勤地答道。

瑶子放下听筒，朝茶几走去。

玻璃茶几上放着冰酒器，里面有一瓶起泡酒，旁边还有一束玫瑰与芙蓉组成的美丽花束和一个果篮。萨嘉德罗斯牌白瓷圆盘上放着一封信。瑶子马上拿起来拆开。

亲爱的八神瑶子

诚邀您今日到我住处相见。

在与亚达·科梅利亚斯洽谈前请务必来访。

帕尔多·伊格纳西奥

瑶子吃了一惊。

帕尔多·伊格纳西奥。

莫非？

传来电话铃声，瑶子慌忙过去拿起听筒。是塔德奥。

"您读过留言了吗？"

瑶子叹着气"嗯"了一声。

"确实是西班牙首屈一指的名士。不过，他为何要见我？"

"这就要请您问他本人了。"塔德奥笑道,"伊格纳西奥先生派来迎接您的车已经到达酒店门口了,您准备好了请直接下来。"

让人难以拒绝的邀请。于是瑶子连风衣都没脱,又直接坐上了伊格纳西奥家的黑色奔驰。

"请问,到达目的地大约要多久?"

开车后,她马上问司机。

"大约十五分钟,小姐。请您放心休息。"司机毕恭毕敬地回答。

怎么办?

瑶子从包里拿出手机,快速搜索号码。

她必须跟亚达·科梅利亚斯取得联系,两人约定的面谈时间就在三十分钟后,这样完全来不及。

究竟是怎么回事儿?她竟被那位帕尔多·伊格纳西奥突然"绑架"。

亚达或许知道些什么。

她拨打了亚达的手机,却被转到留言箱。瑶子飞速地想着借口。哔,信号音响起。

"亚达,我是瑶子,我到酒店迟了……应该赶不上之前约好的见面时间。一小时后我再联系你。"

情急之下瑶子撒了个谎,随即挂掉电话,还关掉了手机电源。当她把手机放回包里时,手心里已满是汗水。

自打看到留言卡上的"那个名字",瑶子的心情就一直很亢奋。

帕尔多·伊格纳西奥公爵——西班牙首屈一指的名门伊格纳西奥家的男主人。他是世界上屈指可数的大资产家之一,也是全世界最著名的艺术收藏家。传说他藏有毕加索不为人知的画作,谁也没见过。

他是普拉多美术馆、索菲亚王后艺术中心的名誉理事,每年都会给出天文数字的资助。由于他对西班牙的文化政治有极大影响力,甚至被人称为"影子文化部长"——总之,他可说是一位传奇人物。

瑶子在普拉多美术馆实习时曾在远处看过他一眼。

帕尔多不喜欢奢华的场合,极少出现在开幕酒会等活动上,但一九九一年,普拉多美术馆举行"《格尔尼卡》回归西班牙十周年庆典"时,他却现身了。

当天,瑶子作为工作人员,在馆内奔走忙碌,突然发现许多警卫郑重其事地围着一个人,匆匆走向庆典会场。她当时还以为是首相现身了,没想到竟是帕尔多·伊格纳西奥。那是一位身材颀长、目光锐利的老人,像风一般走过瑶子面前。就在他身后不远处,西班牙首相宛如跟班,一路小跑跟了过去。

后来得知那位就是传说中的"美学巨人",瑶子感到兴奋不已。原来他并不是传说,而是真实人物。

另外,她还听说帕尔多·伊格纳西奥是让《格尔尼卡》得以回归西班牙的关键人物。

《格尔尼卡》回归一事,并非简单地由前拥有者 MoMA 和想收回的普拉多美术馆双方交涉而达成。而是一场在不断摸索中总算走上民主化道路的西班牙,和已经成为世界霸主的超级大国美国之间,关乎"至宝"的交涉。有人猜测,当时的美国总统曾秘密下令 MoMA "别交过去"。为此西班牙政府积极行动,许多相关人士透露,政府背后还有帕尔多·伊格纳西奥的支持。

那或许只是传说衍生的传说,但毕竟无风不起浪,就算他真的牵涉其中,也毫不奇怪。

而这样一位大人物竟会以这种方式联系自己。

他是怎么知道我要来的？

瑶子眺望着窗外的高级住宅区，陷入沉思。

留言上写着"在与亚达·科梅利亚斯洽谈前"，那么，帕尔多连自己此行来访的目的都知道了。

瑶子不知道这突如其来的邀请是凶是吉，只觉得心中局促不安。

高迪风格的铁门出现在视野中，轿车缓缓减速，铁门发出金属声自动开启。栽满常绿植物的庭院深处，有一座石砌的优雅公馆。车开过去，已有三名公爵家的人候在门前。瑶子从车上下来，立刻被领到馆内。

门廊内随处可见貌似十七到十八世纪在西班牙创作的静物画、风景画和肖像画，有锃亮银盆盛装着的新鲜水果，有身穿豪华礼服的黑瞳贵妇。创作者有埃尔·格列柯、贝拉斯克斯、穆里略，还有几幅貌似戈雅的作品，瑶子不由得驻足了好几次。

天花板上的水晶吊灯散发出光芒，地上铺着碎花图样的波斯地毯，巨大的窗户直达屋顶，覆盖墙面的红色丝绸墙布上印有以百合与蜜蜂为主元素的纹章。

看来这座公馆的主人不仅身家惊人，还拥有极高雅的审美。

瑶子被领到公馆深处的会客厅，等候在那里的人让她倍感意外。

她一走进房间，坐在深蓝色沙发上的银发女士就站了起来——是亚达·科梅利亚斯。

"亚达？"

瑶子愣住了。亚达微笑着向她走来，亲密地抱住瑶子的双肩，与她行了贴面礼。

"我听到你留言说行程有延迟，还以为你不来了。"

"对不起，我……没想到会遇到这种事……所以……"瑶子不知该如何回应。

尽管当时情况紧急，但自己还是对敬重的恩人说了谎。为此，瑶子感到十分羞愧，话也说不下去了，涨红了脸低下头。

亚达握住瑶子的双手，十分理解地说："没关系。换作是我，也一定会说出同样的借口。在重要会谈的前一刻被请走了，邀请人还是帕尔多·伊格纳西奥。"

瑶子抬头看向亚达。

"是你告诉他今天我会来马德里的吗？"

亚达一言不发地摇摇头。

"不是的。我也是今早突然被叫过来的，说让我在与八神瑶子见面前先到公馆来一趟。"

这时，两人背后通往另一个房间的门突然打开了。

一位身材高挑的白发男人走进会客厅。他的脸上满是皱纹，但目光锐利。

瑶子吃了一惊。是帕尔多·伊格纳西奥公爵。

虽然她只在很久以前看过他一眼，但是他的气质、眼神，以及全身所散发的气场，都和那次匆匆一瞥时的印象完全相同。

他现在应该已经八十多岁了，不过粉红色衬衫、胭脂色领巾和黑色羊毛精纺长裤的装扮让他看起来格外年轻。帕尔多右手持着手杖，脚步稳健地走向两人。

"日安，帕尔多，好久不见。"

亚达打了声招呼，与公爵轻轻拥抱。随后她把手放在瑶子的肩上，说："我来介绍一下，这位是目前最受关注的毕加索研究者，八神瑶子。"

瑶子伸出右手。

"您好，能与您见面，我感到非常荣幸。"

帕尔多与瑶子握了手，笑着说："欢迎。接到如此突然的邀请，你想必吓了一跳吧。"

瑶子诚实地回答："是的，吓了一大跳。您的邀请和酒店房间的升级……我实在是受宠若惊。"

"那不算什么。我这样安排，只是希望你对马德里的印象不要变坏。"帕尔多说。

"不可能变坏。"瑶子回答，"我在这里居住过，还在普拉多美术馆当过实习生……跟我丈夫也是在这里相识的。马德里对我来说，是全世界最美好、我最喜爱的城市。"

帕尔多目不转睛地看着瑶子。瑶子也毫不胆怯，注视着这位"美学巨人"的黑瞳。

帕尔多没有移开目光，说道："是露丝·洛克菲勒告诉我今天你要与亚达见面的。她还告诉我，你们要谈的是毕加索的某件作品。对不对？"

被他这么一问，瑶子的心跳几乎停止。

是露丝？

瑶子心中闪过一丝困惑，但很快便反应过来。

原来如此，竟是这样。

露丝与帕尔多都是名扬世界的大资产家，同时分别是两家知名美术馆的理事长和名誉理事，两者都是在美术界影响力惊人的"美学巨人"。他们不可能不相识。

要想尽一切办法将《格尔尼卡》从索菲亚王后艺术中心拿出来，到MoMA进行展示——这是本次造访马德里前露丝交给瑶子的使命。尽管此前在借出《格尔尼卡》一事上瑶子已经得到了"不同意"的回答，但露丝还是再三坚持——不是借出，是要夺过来。

可是，若只采用正面攻势，无论交涉多少次，结果想必都不会改变。正因为这样，露丝才来了这么一手，试图促成谈判。

这"一手"就是站在瑶子面前的人物，帕尔多·伊格纳西奥。

露丝可能已经对帕尔多说明了情况，请他帮忙劝说亚达，让她同意出借《格尔尼卡》。

《格尔尼卡》回归西班牙后，成了国立美术馆的藏品，即收归国有。这件耗时漫长、过程复杂、好不容易才得以回归的问题作品，可以说是西班牙民主化的象征。就算MoMA曾经为《格尔尼卡》提供了四十多年的保护，可谓恩义深重，但也不能轻易出借。

没错，露丝应该从一开始就明白这点。

所以她才安排了力量最强大的"帮手"。

帕尔多站在我这边，所以他才会在我再次进行借展交涉前，把亚达和我邀请到这里来……

领悟到这一点后，瑶子顿时松了口气，同时心中充满对露丝的感激。

这样就能理直气壮地坐到谈判席上了。

"两位这边请……吃过午饭了吗？来点巧罗丝蘸巧克力酱如何？还是玉米饼？"

帕尔多绅士地伸出手臂悬在两位女士身后，把她们引到窗边的大圆桌旁。

"我在飞机上吃过了……啊，不过还想来点玉米饼，我最喜欢玉米饼了……"瑶子轻声道。

她突然想起丈夫伊桑"最后的早餐"就是玉米饼，那天以后她就再也没碰过这种食物了，不过此时突然想试试。公爵家厨房里做出来的玉米饼一定非常美味吧。

铺着白色麻桌布的圆桌中央摆着一束精心打造的花束，是方才在丽兹酒店也有的玫瑰与芙蓉花束，散发出阵阵芳香。萨嘉德罗斯牌白瓷圆盘，闪闪发光的银餐具，桌上的布置精致简练，似乎参考了丽兹的风格。

三人举起盛有卡瓦起泡酒的罗贝麦尔牌精美水晶杯，碰了碰杯。凉丝丝的气泡渗透进了尚未倒过时差的大脑，让瑶子感到十分舒畅。

午餐气氛和谐，主要是瑶子在说话。她谈到在马德里的回忆，心情很是振奋，而帕尔多是个完美的倾听者，一直带着专注的表情认真听她说话，两人似乎很快便熟稔了。亚达则一直带着平和的微笑，仿佛在看引以为傲的女儿般一言不发地温柔注视着瑶子。

玉米饼口感酥软、口味绝佳，还有生火腿、甜面包干、配热巧克力的巧罗丝，各色料理把餐桌衬得五彩缤纷。喝完餐后咖啡，再看一眼手表，已经过去两个小时了。

瑶子猛然意识到，方才一次都没提到《格尔尼卡》。

为什么？这两个人应该知道我是为《格尔尼卡》借展一事而来的。

再这样下去，她甚至可能来不及提起《格尔尼卡》就要离开了。

情况很奇怪——

此时，对话不经意间停了下来，帕尔多将餐巾放到盘子上，说道："我已经知道你深爱着马德里，你说的话让我获益匪浅。另外请你代我向露丝问好。"

他说完便站起身来，显然准备送客。

"请等一等，最关键的事情我还没说。"

瑶子忍不住提高了音量。帕尔多站在那里，低头看着瑶子。

"能请您重新落座吗,公爵?"瑶子尽量彬彬有礼地说道。

帕尔多一言不发地坐了下来。亚达抿着嘴唇注视着瑶子,刚才的微笑已经消失无踪。

上一刻还十分和睦的午餐氛围,转眼便如幻影般随风散去。瑶子感到餐桌边的空气瞬间紧绷起来,糟糕的预感如疾风般涌入心中。

瑶子坚定地抬起头,仿佛要甩掉那种预感。她轮流看向帕尔多和亚达,说道:"我有个请求……希望两位能借《格尔尼卡》到我负责策划的、会在 MoMA 开办的毕加索展览上展出。"

帕尔多和亚达都面不改色地盯着瑶子,诡异的沉默落在三人中间。瑶子屏住气息,等待两人的回答。

"我们拒绝。"不一会儿,就听帕尔多斩钉截铁地说。

瑶子忍不住惊呼一声。

公爵没有移开目光,盯着瑶子继续道:"昨晚露丝给我打了通电话,希望我劝说亚达,让 MoMA 短期展出《格尔尼卡》。她告诉我,明天八神瑶子会再次与亚达进行交涉,希望我能帮助你……我当时没有给她答复,但现在我有了结论——那就是'不'。"

瑶子过于震惊,一时不知该如何回应。

帕尔多则依旧没有转开目光,严肃地说:"听好了,瑶子,我希望你告诉露丝,想让《格尔尼卡》离开马德里,这永远不可能。"

帕尔多又告诉她,盯上那件作品的并不只有美术馆里的人。说这话时他的眼中重新现出锐利的光芒。

若《格尔尼卡》离开目前所在的地方,哪怕只有一瞬间,只挪动一公尺,都会面临被夺走的危险,帕尔多继续解释,最终他说:"盯上这件美术史上最大的问题之作的人,是恐怖分子。"

第五章 何去何从

一九三七年九月十日，巴黎

做好出门的准备，最后戴上黑色宽檐帽，朵拉准备离开自己的公寓。

门开到一半，她又退回到了起居室，走到壁炉墙上挂的金框大镜子前，再次仔细检查口红是否涂得太满。随后，她打开手上的黑丝绒提包，取出香水小瓶，用指尖迅速点了一些涂到耳后，周身顿时腾起馥郁的玫瑰芬芳，她感觉自己性感了几分。

看一眼手腕上的卡地亚手表，早已过了下午两点。糟糕，怎么能让那孩子等我呢。她如此想着，心中不禁兴奋起来，因为在等待她的是毕加索以外的男人。

来到圣日耳曼大道，午后的阳光格外刺眼，然而夏日的光芒早已褪去，路旁的悬铃木叶子也开始褪去颜色。

朵拉与毕加索在穆然度过了整个夏天，几天前才回到巴黎。悠闲的避暑生活固然不错，只是别墅里一直有客人进出，让朵拉有些厌烦。更让她难以忍受的是，那处朴素的乡村没有一丝华美之处。一开始她还会漫不经心地将田园风景收入镜头，但很快便什么也不做，在无所事事中让时间徒然流逝。

毕加索依旧全情投入创作，似乎也很享受跟客人聊天，转换心情。他睡觉、起床、进食、作画、聊天，心血来潮时便与朵拉交欢。但长时间与他待在一起，已让朵拉感觉不到激情了。

要知道，初见时的毕加索，开始创作《格尔尼卡》的毕加索，热心投入创作的毕加索，都让朵拉喘不过气来，让她疯狂地渴求他。

不过，回到巴黎，回到自己的公寓后，那种不平静的心情又复苏了。

或许此时此刻，毕加索正在玛丽·泰雷兹那里。不，说不定他正徘徊于巴黎街头，像发现自己那时一样，试图寻觅"下一个女人"。

想到这里，朵拉不禁难以忍耐。然而，她反倒爱着这种焦灼感。

但就算想见他，朵拉也不会马上跑到画室去。她绝不会主动追逐毕加索。朵拉早已学到，跟毕加索交往、让他不断被吸引的关键，就是绝不能轻易表露自己的感情。

尽管如此，她也不愿意一直憋闷着。与毕加索之外的男人接近，稍微分散一下注意力也不失为一桩趣事。

"久等了，你每次都很准时呢。"

坐在"双叟"咖啡厅正对圣日耳曼德佩修道院的露台座位等待朵拉的人，正是帕尔多·伊格纳西奥。

"不能称为准时。我每次都提前十分钟到，因为不能让女士等候。"帕尔多轻吻朵拉的手背，如此回应道。

朵拉露出满意的微笑，在帕尔多旁边落座，身体带动耳坠轻摇。

"避暑生活如何？"

朵拉叼起一根烟，迅速回答了帕尔多的提问。

"很无聊。乡村不适合我，还是要待在巴黎才行。"

"原来如此。"

帕尔多掏出打火机给朵拉点上烟,苦笑着说:"不过夏天的巴黎也很无聊,这露台上全是乡下人……想必都是来看世博会的。"

朵拉吐出一口烟,看向帕尔多端正的侧脸。

"这一个月来,西班牙馆情况如何?"

朵拉与毕加索去避暑前,曾委托帕尔多盯紧西班牙馆的情况。因为毕加索虽然嘴上不说,但心里一定很在意普通观众如何看待《格尔尼卡》。

"这个嘛……进场人数还算可以。大使馆没联系穆然那边吗?"帕尔多一本正经地反问道。

"没什么消息……"朵拉略显忧郁地说。

事实上,从巴黎来的访客曾透露,大使馆和西班牙馆相关人员的不满越来越强烈,已经难以遮掩了。只是几乎所有客人都忙着奉承毕加索,对《格尔尼卡》的中伤和批判因此被淡化了许多。

西班牙馆开放后不久,朵拉把从西班牙逃命而来的伊格纳西奥公爵家的公子——帕尔多——秘密介绍给了一部分相关人员。

帕尔多的父亲伊格纳西奥公爵一直在为资金紧缺的共和国政府筹集军费,但并没有对外公布此事。毕竟巴黎也有纳粹出入,公开支持共和国没有任何好处。出于这层原因,朵拉只把帕尔多介绍给了少数几个相关人士,也就是建筑师赛尔特、西班牙大使、麦克斯·欧布和路易·阿拉贡等人。

帕尔多醉心于毕加索的艺术,又把他的情人朵拉当成姐姐一样仰慕,所以两人离开巴黎避暑时,他遵照朵拉的委托,每天都到世博会西班牙馆探查。同时他也与朵拉介绍的人保持来往,深入观察《格尔尼卡》是否得到相关人士和普通民众的接受。

装有冰块的玻璃杯和柠檬水被端了上来。帕尔多往杯子里倒着柠檬水，用西班牙语混着法语说："我点了这个，不过在露台饮用，或许应该点……"

朵拉一言不发地啜饮着柠檬水。

"对《格尔尼卡》的评价不太好，对吧？"她语气强硬地问道。

帕尔多的目光闪躲了一瞬，最后认命地回答："对，确实不好。与预期相反，西班牙馆展出《格尔尼卡》的消息没登上什么主流报纸……业内人士好像也大失所望。"

实际上，几乎没有媒体提到《格尔尼卡》。对此朵拉也感到十分意外。

当今世界最知名的艺术家巴勃罗·毕加索，投入全副身心，用辛辣的笔触描绘出了对佛朗哥与纳粹无差别攻击的抗议。走进会场的人无不惊愕、愤怒、流泪，并对共和国政府产生深深的共鸣。西班牙共和国和西班牙人民正面临毁灭的危机，为表达对他们的同情，舆论可能会对此画作给出极大的反响——与此画相关的人全都如此坚信。他们认定主流报刊一定会铆足力气报道，用一整个版面高调刊登作品的照片。

然而不知为何，所有报刊都对《格尔尼卡》毫无兴趣。就连持续报道西班牙内战的情况，在格尔尼卡空袭时最早发布消息的《人类》也只是提到了西班牙馆开馆，对《格尔尼卡》只字不提。

因此，想走进世博会场的人们无法通过媒体获知任何信息。就算走进了西班牙馆，也只会在《格尔尼卡》面前陷入奇怪的沉默，丝毫没有极度兴奋、交口称赞的氛围——帕尔多如是说。

"而且，西班牙馆开放后不久，差不多进入七月后，纳粹在德国馆搞起了个什么'颓废艺术展'……那可能是针对现代艺术的猛烈攻击。他们还趁势在德国馆分发传单，告诉人们西班牙馆的展品不值一提，应该无视，说那是诽谤和中伤……他们的影响也不能忽视……"

"你说颓废艺术展？"

朵拉反问，帕尔多皱着眉点点头。

纳粹统帅阿道夫·希特勒将新时代的艺术，也就是违背传统绘画与雕刻的现代艺术批判为"颓废的艺术"，说那是"犹太人和布尔什维克的肮脏产物"。还将德国国内美术馆所藏的十九世纪末到二十世纪初的众多现代艺术品（不仅有德国艺术家，也包括法国印象派和后印象派以及毕加索的作品）全部没收充公。随后，纳粹举办"伟大德国艺术展"，陈列出他们认为是正统艺术的纯粹德国人创造的"健全"作品，与此同时又举办了一个汇集"颓废艺术"的展览。

在这一展览中，凡·高的作品被从画框中剥下来，悬挂在天花板上；犹太裔俄罗斯画家马克·夏加尔的作品被故意贴在肮脏的墙壁上。而这种歪曲凌乱的展出方式，反倒引来了众人的好评。

朵拉哼了一声。

"真无聊。那种骗小孩子的行径，怎么可能比得上《格尔尼卡》。"

"那是当然，我也这么想。"帕尔多马上赞同道，"只是……那帮纳粹好像对开馆仪式当天毕加索说的话耿耿于怀。"

《格尔尼卡》在西班牙馆公开展出那天。画作首次呈现在大众面前，几名纳粹军官像为了视察敌情一般来到《格尔尼卡》的展厅，并与毕加索当面对峙。

其中一名军官询问毕加索:"这是你画的?"

毕加索毫不畏惧地回答:"不,这幅画的作者是你们。"

这番对话让会场众人一片哗然。

应该有不少人想为毕加索的勇敢发言鼓掌喝彩,可是他们都忍住了。因为这个世界上,唯有一人能在《格尔尼卡》前与纳粹战斗,那人就是巴勃罗·毕加索。

在那个震撼人心的瞬间,朵拉强烈地意识到——就算要我与他殉情,我也心甘情愿。

没错,那个瞬间,就在那个瞬间,她脑中首次闪过了这个想法。

"媒体之所以没有提及《格尔尼卡》,说不定就是纳粹从中作梗……尽管我并不愿意这样想。"帕尔多意志消沉地说。

朵拉忍住咂舌的冲动,强装镇静。

"业内人士反响如何?"

"好像很不满。他们以为观众会对该作品表现出更为狂热的态度……现在甚至有人说,干脆别等展期结束,现在就拿下来放弃展示好了。"

"放弃展示?他们疯了吗?"

朵拉忍不住提高了音量,引来旁边客人的侧目。她愤愤地将烟头摁进烟灰缸。

"这话是谁说的?"

帕尔多仿佛意识到自己说错了话,露出后悔的表情回答道:"是路易·阿拉贡。"

朵拉感到浑身一凉,竟说不出话来。

怎么会?

法国超现实主义作家路易·阿拉贡是毕加索的朋友,也正是他在西班牙共和国大使馆前坚称毕加索是为世博会西班牙馆创作主要展品的最佳人选。

在《格尔尼卡》完成前，最期待的人明明是他。

不过，当天在画室里向业内人士公开作品时，唯独阿拉贡一人神色消沉。朵拉当时还以为那是因为他对作品的悲剧氛围产生了共鸣……

"阿拉贡说，那幅画与世博会的主题'现代生活的艺术与技术'似乎不太相符。他还认为西班牙馆应该展出更具政治教育意义、对美术的作用持有正确理解的'灵魂工匠'的作品……而不符合这一理念的东西，就应该马上撤走。尽管他没有明言他指的是《格尔尼卡》……"

朵拉耐着性子听帕尔多说完，却越听越焦躁。

怎么回事？

他竟不能接纳如此惊人的杰作……怎么可能？

大使馆在干什么？不是应该积极动员观众和媒体吗？不是应该让更多的人看到那幅画，让他们理解《格尔尼卡》的真正价值吗？

路易究竟怎么了？难道路易·阿拉贡不再是毕加索的朋友了吗？这明明不是提出否定意见的时候，他是最应该拼命动员媒体的人啊。

抛开路易不谈，赛尔特，还有西班牙大使，他们初次见到那幅画时明明都惊叹是"世纪杰作"，还差点儿哭出来了。他们个个喜不自胜，号称"这幅画能拯救祖国"。

难道那些话全是阿谀奉承？

太过分了。真是太过分了。

他那么——没错，那么拼命……毕加索在那幅作品中投入了全部的心血啊……

"虽然我们不得不承认展出整体没有达到预期……不过来参观的人当中还是有人体会到了《格尔尼卡》的惊人之处。"

帕尔多可能发现了朵拉的表情越来越阴郁，便赶忙加上他在场馆看到的那对母子的故事。

当时帕尔多坐在西班牙馆中庭的座位上观察会场里往来的人群，看到一位年轻母亲带着孩子走了进来。

那位母亲看向内部展厅墙上的《格尔尼卡》，用充满不安的声音对孩子说："妈妈不知道这上面画的究竟是什么。"——不，那或许是她在自言自语。

真是太可怕了！就像有蜘蛛爬过后背，让人毛骨悚然。真是太不可思议了，有种身体被撕裂的感觉……战争真的很讨厌……西班牙人民好可怜。

听到这里，朵拉抬头看向帕尔多。

帕尔多无力地笑了笑，口中呢喃道："我认为，毕加索想表达的东西，真实地传达到了观众的心里。"

而他们要努力让世界上更多的人接收到这个信号——

一九三七年十一月二十五日。

巴黎主干道旁郁郁葱葱的悬铃木已经落光了叶子。

香榭丽舍大街上早早地摆出了圣诞集市，前来购买圣诞树上的玻璃装饰和蜡烛的人络绎不绝。空气冰冷刺骨，每个人都吐着白色的气息。但临近圣诞节，所有人的脸上都带着兴奋的光芒——他们来到这里，或许也是为了暂时逃避近在咫尺的可怕军靴声。

那天，为期六个月的现代文明与文化盛典——巴黎世博会正式闭幕。

最后一天，朵拉心血来潮地想到西班牙馆看看展出中的《格尔尼卡》，便一个人乘上了地铁。不过她没有在距离世博会最近的特罗卡德罗站下车，而是提前一站，从香榭丽舍站出来了。因为她感觉似乎没有必要去了。

尽管毁誉参半，《格尔尼卡》最终还是从开馆第一天一直展出到了最后一天，从未离开过西班牙馆的那面墙壁。

当然，部分美术评论家、记者和画家给予了绝佳好评。甚至有人评价说：毕加索化作戈雅回来了。也有不少人热切地说：在西班牙面临困境之时，《格尔尼卡》能够匹敌千万武器。

但与此同时，也出现了猛烈抨击毕加索与《格尔尼卡》的人。令人惊奇的是，西班牙大使馆的工作人员中竟有人公然提出"应该撤走《格尔尼卡》"。

这幅画虽被命名为《格尔尼卡》，但不存在可以断定为格尔尼卡的东西；这幅画想表达的信息是对格尔尼卡空袭的抨击，却没有具体描绘战争的凄惨和无差别攻击时的现场。换言之，这幅画到底想说什么、为什么而创作，说不定观众并不明白，并没有传达到观众的心中。

持反对意见的人认为，即便是毕加索，也该画些能鼓励苦于内战的共和国同胞、让人民重新振作的东西吧？

被塞了这么一幅毫无意义的画，西班牙大使馆就该默默接受吗？

不过尽管如此，《格尔尼卡》还是在西班牙馆留到了最后。

若真的撤走，就会有人谣传西班牙共和国与驰名世界的艺术家毕加索不和吧。如此一来，佛朗哥和纳粹反倒会感到高兴。

这幅巨大的画作如同灼热的木炭，一旦喂入小树枝便会蹿起火苗。它坐镇于那面墙上，带着不断起伏的脉搏。

世博会结束后，这幅世纪问题之作将何去何从？朵拉毫无头绪。

毕加索说没有必要把它送回画室。

然而，西班牙共和国早已被佛朗哥率领的叛军逼到绝境，根本没有能够收藏如此巨幅作品的空间。就算马上将画送往西班牙国内的美术馆，哪怕是普拉多美术馆，也会极度危险。想租用法国的仓库来保存，共和国政府又拿不出半个法郎。

《格尔尼卡》将何去何从——

朵拉竖起大衣领子，漫无目的地徘徊在充满圣诞节气息的市场。

大路尽头的凯旋门进入视野，凯旋门的另一头是染上夕阳之色的云朵和一片冰冷的冬日天空。

二〇〇三年三月二十一日，毕尔巴鄂

将近深夜十一点，瑶子才终于在酒店房间安顿下来。

外面下着雨，她在雨中坐上出租车，从毕尔巴鄂机场过来。这座现代化酒店坐落于六年前开放的毕尔巴鄂古根海姆美术馆的正对面，是瑶子今晚落脚的地方。

她脱下带有雨水气息的风衣，扔到床上，然后走到窗边，打开紧闭的电动百叶窗。淌着雨水的玻璃窗的另一头，现出一座巨大的建筑，仿佛散发着诡异光芒的飞船。

毕尔巴鄂古根海姆美术馆由美国建筑界奇才弗兰克·盖里设计，建在穿过市中心的内维翁河岸边，是本部位于纽约的世界级现代美术馆所罗门·R.古根海姆美术馆的分馆。

银色钛板弯曲成海浪的形状，美术馆的外形极具威压感——不，那不是简单的"外形"，而是冻结的爆发形态。很难说它与周围环境相融合，反倒是在以一己之力，逼迫环境与自己同调。然而它并不粗野，而是演绎着极为优美的"动态"。

瑶子隔着夜雨凝视那座如同沉睡中的怪兽的美术馆，疲惫感让身体的每一寸都麻木了。

她走进浴室，转开浴缸的水龙头，呆呆地看着流出的热水与浴缸底部相碰撞的样子，耳边再次响起亚达·科梅利亚斯的话——死心吧。

结束了那顿出乎意料的午餐,瑶子与亚达一同离开帕尔多·伊格纳西奥的宅邸,回到丽兹酒店。一走进房间,亚达就搂住难掩失望之色的瑶子的双肩,语气异常平静地说:"死心吧,瑶子。"

我很明白你想用尽一切手段把《格尔尼卡》借到 MoMA 展出,也明白全世界这么多城市,刚刚遭到恐怖主义伤害的纽约此时最需要《格尔尼卡》。

可是正如帕尔多·伊格纳西奥公爵所说,我们永远不可能让那件作品离开索菲亚王后艺术中心。

你应该很清楚,《格尔尼卡》的状态很糟糕,运输极有可能引起颜料剥落或龟裂。要移动如此重要的文化财产,风险实在太大了。

另外……帕尔多说得没错……比画作状态更危险的,是西班牙国内那个企图"夺回"作品的组织。一旦让他们知道那幅画能离开现在展示的场所,那些人就会高声主张:你瞧,它不是能移动吗,赶紧还给我们。

那个组织名为"巴斯克祖国与自由组织"(Euzkadi Ta Azkatasuna),简称埃塔(ETA),是一个极力主张巴斯克独立的激进恐怖组织。

为了拥有巴斯克独立的象征,也为了将全世界的目光吸引到巴斯克,他们一直在主张"夺回"《格尔尼卡》。

由帕尔多担任名誉理事的索菲亚王后艺术中心理事会掌握着《格尔尼卡》出借事宜的最终决定权。为了不给埃塔任何"夺回"的机会,理事会决定,没有意外情况,永远不向任何国家、任何机构、任何场所出借《格尔尼卡》。

无论你的态度多么诚恳,哪怕与帕尔多相熟的露丝·洛克菲勒直接跟他联系,都不可能挪动《格尔尼卡》分毫。

请你理解,瑶子。

我不会再与你商谈这件事了——

亚达说,没有意外情况,永远不会外借。

可她并没有断言永远不会外借。也就是说——

可能性并非完全为零。

瑶子当然知道埃塔这个组织。他们曾经刺杀政府要员,还进行过无差别爆炸恐怖袭击,犯下了众多残忍而不可饶恕的罪行,是个极端激进的恐怖组织。

这个组织成立于佛朗哥独裁时期,本来是个展开运动抵抗中央政府的地下组织。过去三十年间,他们发动的无差别恐怖袭击导致七百多人牺牲——也有人说是八百多人。佛朗哥死后,西班牙中央政府开始施行民主改革,然而此时,该组织却开始逼迫中央政府让巴斯克真正独立。直到现在他们都没有停止活动的趋势,连美国政府都将其认定为国际恐怖组织。

他们竟然还盯上了《格尔尼卡》,瑶子并没有料到这一点。

与亚达道别后,瑶子筋疲力尽地倒在沙发上,沉思了好一会儿。

身在纽约的露丝·洛克菲勒应该正焦急地等待着马德里这边的谈判报告,她必须马上发邮件……不,打电话联系她。

可是,打了电话该说什么呢?

没戏?闯关失败?

没错,闯关失败……一切都结束了。别说亚达·科梅利亚斯了,连帕尔多·伊格纳西奥都拒绝出借,她已经走投无路。

想到这里,瑶子抬起头。

巴斯克究竟发生了什么,那边是什么情况?

她想去看看。

计划是后天回纽约。而且她认为最好不要打电话,而是面对面向露丝汇报这里的情况。

就算是为了向露丝充分说明情况,瑶子也得亲眼见证巴斯克那边对《格尔尼卡》的态度。

她从包里拿出手机,开始检索号码。她在毕尔巴鄂有个熟人。

胡安……不知电话能否接通。

胡安·何塞·加德是瑶子在索菲亚王后艺术中心工作时的同事,现在他已经是西班牙首屈一指的修复专家了。

五声铃响过后,电话接通了。

"瑶子,好久不见,你这是从哪儿打来的?"

跟以前一样开朗的声音,让瑶子忍不住微笑起来。

"好久不见,胡安。我在马德里。其实……虽然有点突然,但我有点事……正打算今晚到你那边去。明天能见一面吗?"

不久后,瑶子就乘上了马德里飞往毕尔巴鄂的末班航班。

一九九七年,瑶子曾到毕尔巴鄂参加古根海姆美术馆的开馆仪式,如今再访,已是六年之后。

毕尔巴鄂古根海姆美术馆隶属于所罗门·R.古根海姆美术馆,主馆开设于一九三九年,展出"矿王"所罗门·R.古根海姆收集的现代艺术藏品。开馆时间比MoMA晚了十年。

纽约古根海姆美术馆坐落于曼哈顿第五大道旁,宛如咖啡杯的奇特建筑是二十世纪建筑巨匠之一、美籍建筑师弗兰克·劳埃德·赖特设计的作品，目前已经成为纽约的文化标志之一。

在藏品内容和品质，以及展会策划方面，古根海姆美术馆与MoMA不相上下。然而两者决定性的不同，在于其堪称激进的全球化态势。

无论是MoMA还是古根海姆，就算持有大量藏品，真正放在展厅内公开展示的都极为有限。事实上，大部分藏品都沉睡在收藏库中。古根海姆就盯上了这个问题。

他们在世界各地建立"分馆"，将沉睡的藏品拿去展示，纽约主馆策划巡回展时分馆就是其他城市的落脚点，这样一来还可以省去与各国美术馆进行交涉的麻烦。此外，冠上了世界知名的"古根海姆"名号的美术馆，能吸引各地观众慕名前来，预期经济效益可观，还能带动地区发展——这便是古根海姆打出的惊人的全球战略。

瑶子不禁感慨，这一构想确实是划时代的，说不定还预示了美术馆在面向二十一世纪时应该起到的新作用。但与此同时，要实现这一构想，恐怕要耗费莫大的精力。

不仅是精力，还需要政治手腕、谈判能力、忍耐力，以及讨价还价的狡猾。设立分馆的候选地点有上海、东京、阿拉伯国家、墨西哥及西班牙毕尔巴鄂，这几个地方都有独特的传统文化和风俗习惯，交涉对象涉及国家、组织，甚至还有个人资本家，想必单一的美国型美术馆战略是无法被其他地方接纳的。就算藏品质量再高，区区一个美国的美术馆，真能成就这番大事业吗？

担任此项目负责人的古根海姆美术馆馆长托尼·库克确实是以交涉能力闻名的人物。然而包括瑶子在内，几乎所有美术相关人士都认为，此事不可能轻易实现。

可托尼·库克不知用了什么法术，与巴斯克自治州政府成功完成交涉，进而着手建设毕尔巴鄂古根海姆美术馆，最后顺利开馆了。

全世界的美术相关人士都难掩惊愕。巴斯克地区确实没有像样的文化设施，若能吸引到世界知名美术馆落脚，必能成为热议话题。想必对巴斯克自治州政府来说，这是个很有吸引力的提案。

可尽管如此，实现这一壮举需要庞大的资金。无论对古根海姆还是巴斯克自治州政府，无疑都是一项艰巨的任务。

但库克却想办法在美术馆建设用地、建设资金等方面，与巴斯克自治州政府谈成了对古根海姆有利的条件。

一九九七年十月七日，毕尔巴鄂古根海姆美术馆开馆的前一天，馆内迎来西班牙王室成员、政府人员、世界知名人士和美术界人士，举行了一场开馆仪式。MoMA 的理事长露丝·洛克菲勒、馆长艾伦·爱德华、策展部主任蒂姆·布朗和瑶子都接到了邀请。

看到那座如同包裹着银色甲胄的怪兽般的建筑，四个人都目瞪口呆。尚未见到展品，他们就先被建筑本身的气势压倒了。托尼·库克志得意满地迎接了 MoMA 一行。

虽然从未明言，但自从十年前库克接任馆长一职，就一直将 MoMA 视为对手。两馆相隔不到两英里，同样标榜为体现现代艺术最高峰的美术馆。因此，两者在收藏家赠予、赞助费获取方面经常争来斗去。如今，MoMA 绝不可能建立的"分馆"由古根海姆率先完成，库克自然无比得意。

MoMA 前任策展部主任、目前在哈佛大学当教授的汤姆·布朗也来参加了开馆仪式。他是毕加索研究界的权威，不仅瑶子，就连曾在他手下工作的蒂姆也对他尊敬有加。蒂姆还说，因为两人姓名只有一字之差，他还被卷进过不得了的冒险中——对，不是麻烦,而是冒险。

"话说回来,你们知道托尼·库克是如何说服巴斯克自治州政府的吗?"汤姆站在会场一角,一手举着鸡尾酒,问蒂姆和瑶子。

"想必是凭借高超的交涉能力吧,尽管很不甘心,但我们确实没有那种能力。"蒂姆承认道。

然而汤姆对此却持有不同的见解。他突然压低声音说:"是因为《格尔尼卡》。"

"《格尔尼卡》?"蒂姆和瑶子同时反问。汤姆那藏在银边眼镜背后的双眼闪过一道光。

"虽然只是我的想象……我想托尼·库克有可能向巴斯克自治州政府提供了展示空间,以备中央政府'返还'《格尔尼卡》时使用。若非如此,巴斯克自治州政府绝不可能提供如此庞大的资金,造这么个疯狂的'盒子'。

"你们也知道,自从MoMA将《格尔尼卡》归还到马德里,巴斯克地区就一直有人主张那件作品应该在巴斯克展出,它是巴斯克人的财产。当然,中央政府是不会轻易把画交出去的,还说他们根本没有展示珍贵作品的场馆,不要胡闹。想必巴斯克自治州政府也是恨得牙痒痒。若他们有场馆——一座正经的美术馆,就能堂堂正正坚持主张了。"

"原来如此。托尼·库克或许真的是盯上了巴斯克自治州政府想'夺回《格尔尼卡》'的愿望,才提出在这里建立分馆的……"

蒂姆忍不住沉吟,瑶子则感到心跳在渐渐加快。

"夺回《格尔尼卡》"?

巴斯克自治州政府与古根海姆合谋?

换言之，曾经由MoMA收藏的《格尔尼卡》，被古根海姆盯上了吗？

"瑶子，很高兴见到你。"

背后传来一个声音。瑶子吓了一跳，回过头去。

只见胡安·何塞·加德站在面前。

瑶子在索菲亚王后艺术中心开设的准备室工作时，胡安是负责艺术品修复的同事。因为他技术过人，很快便崭露头角，升任索菲亚王后艺术中心的修复部部长。之后又被挖到毕尔巴鄂古根海姆美术馆，出任修复部部长。

"恭喜你们开馆，胡安。这座美术馆真是胜于耳闻。"

瑶子与胡安拥抱。

"谢谢。"胡安说着，露出了真诚的笑容。

瑶子似乎能理解他的笑容。

因为……胡安是巴斯克人。

故乡竟建起了如此不得了的美术馆，他一定感到非常骄傲。

这是一座世界级美术馆，拥有完美的温湿度调节系统，安排了万无一失的安保措施，还有宽敞大气的展厅。

瑶子把这位以前的同事介绍给了汤姆和蒂姆。两人都相继道贺，分别与胡安握手。当然，他们都没有提刚才讨论的《格尔尼卡》一事。

然而——

"夺回《格尔尼卡》"这句话，还是在瑶子心中萦绕不散。

雨一直下到早上，但瑶子出门时天已经放晴了。

毕尔巴鄂古根海姆美术馆的银色外立面反射着朝阳，显得格外耀眼。瑶子快步走在通往美术馆入口的石板路上，身后衣角翻飞。

"你来啦,瑶子。我听索菲亚那帮人说你经常去马德里,但没想到你还会到这里来,这真是个惊喜。"

胡安·何塞·加德在工作人员出入口迎接瑶子,两个六年未见的前同事亲切地拥抱。

美术馆有个十分宽敞的露台,两人来到角落的咖啡桌旁落座。

"我听说了你丈夫的事,实在非常遗憾。也不知道该怎么……"

胡安也是"9·11"惨案发生后,立刻向瑶子发来邮件询问安危的人之一。瑶子微笑着道了谢。

"谢谢你,胡安。要重新振作确实很难,但为了不让他的死白白浪费,我决定策划一个具有社会意义的展览。那将是一个融入了和平祈愿的展览……"

"就是'毕加索的战争'展,对吧?"胡安开门见山地说。

瑶子回答道:"没错。那将是我策划的第一个大型毕加索展……'9·11'以后,全世界都陷入了负面情绪的连锁反应。现在美国还对伊拉克发起了攻击,虽然他们声称那是'反恐',但其实更为复杂。"

自己只是一介策展人,不该谈论政治,也不该说那种话。

可是,毕加索只是一名艺术家,却用一幅画谴责了格尔尼卡空袭事件,成功唤起世界人民的反战意识。或许可以说,艺术的力量胜过武器。

"我想利用这次展览检验毕加索的力量——艺术的力量。同时向世界抛出一个问题。"瑶子坚定地说。

胡安眯起眼睛凝视瑶子,仿佛露台的石板地面将她映衬得格外耀眼。

"也就是说,你想把《格尔尼卡》借到你的展览上,再次在MoMA展出,对吧?"

瑶子点点头。

"亚达一定拒绝了吧。"

"你说对了……不过我不想放弃……不,我绝不会放弃。我坚信,在这次展览上展出《格尔尼卡》,与毕加索本人的意志相通。"瑶子斩钉截铁地说。而且这也关系到不让亡夫的死浪费——她很想这样说,但没有说出口。

胡安用手撑着脑袋,轻哼一声。

"按常理来说,借出《格尔尼卡》确实不可能。因为作品情况实在太糟糕了,哪怕稍微挪动一点,颜料都有可能剥落——"

"胡安,对我说实话吧。"瑶子用毋庸置疑的口吻打断了他,"你在索菲亚王后中心工作时,曾用好几年时间监控《格尔尼卡》的保存情况。它之所以不能挪动,并不只是因为作品情况,对不对?"

胡安注视着表情认真的瑶子,回答道:"是啊,你说对了。作品情况确实不好,但凭借当今的技术和精心保护,要把它从索菲亚中心的墙上拿下来也绝非不可能。只是一旦挪动那件作品,就会产生多种风险,相关人士都想规避的风险。"

说到这里,他便闭上了嘴。瑶子也陷入了沉默。

一个亚洲旅行团在导游的带领下从他们身边经过。看到沐浴在朝阳中闪闪发光的美术馆,人们纷纷发出惊叹,接连按下快门。瑶子目送着旅行团远去,然后开口道:"自从有了这座美术馆,毕尔巴鄂增添了不少活力吧?"

胡安轻晃咖啡杯,回答道:"对啊。没想到我的故乡竟能世界闻名,老实说,连我自己都吃了一惊。"

胡安接着说，美术馆的建设和运营确实需要庞大的资金，巴斯克自治州政府几乎承担了全部费用。但这六年间，获得的收入已超过了之前的投入，相关人员都很满意。

瑶子静静地听胡安说完，过了一会儿才说："巴斯克自治州政府的相关人员真的满意吗？他们从来没说过还缺点什么吗？"

胡安盯着瑶子，瑶子也毫不避让地迎上他的目光。两人再次陷入沉默。

"你问这个干什么？"沉默了一会儿，胡安问。

"刚才你说的没错，要挪动《格尔尼卡》，必然会面临各种风险，因此不太可能实现。我想知道，那些风险究竟是什么。"

瑶子凝视着胡安，始终没有移开目光。

"我听亚达说，巴斯克有一群人计划夺回《格尔尼卡》。她还对我说，若将《格尔尼卡》借给MoMA，就与索菲亚王后艺术中心一直坚持的'从作品保存方面考虑，运送该画作绝不可能，哪怕只挪动一米，也难避免颜料剥落的危险'说法相矛盾了，所以不能将它借出展览……换言之，他们害怕的并非运输，而是让巴斯克得知'运送可行'这个事实。同时，他们也害怕某些试图利用《格尔尼卡》作为巴斯克独立标志的势力，怕他们因此得到行使极端手段的机会……"

胡安一直专注地听瑶子说话，之后只见他一口气喝干已经凉掉的咖啡，把杯子"咔嗒"一声放回托盘，紧接着发出一声嗤笑。

"好夸张啊。听你这么说，仿佛恐怖分子今天或明天就要往索菲亚王后艺术中心扔催泪弹，抢夺《格尔尼卡》了。"

"我可没有开玩笑。"瑶子打断了胡安的戏言，"胡安，告诉我，那种势力真的存在吗？"

她的前同事突然移开了目光,但瑶子还是看到他露出了迟疑的神色。

就在此时,胡安放在咖啡桌上的手机响了。他将手机盖翻开接听。

"好……我马上回电话给你。"结束短暂的通话,胡安站了起来,"我得走了,里面挺忙的。难得你来一趟,也没法一起吃个午饭,真是太遗憾了。"

瑶子也站了起来。

"下回等时间宽裕一点我还会再来,到时候再一起吃午饭吧。"

"哦,那好。我带你去塔帕斯做得特别好吃的餐馆,就这么定了。要是有时间,你要不要看看正在搞的展览?只要在门口报上我的名字就能进去。"

"嗯,那我就不客气了。谢谢你。"

两人一起走到美术馆正门附近,再次亲切地拥抱,随后分开。

走进美术馆前瑶子回过头,能看到胡安打电话的背影,映在一片蓝天下。瑶子眯起眼,抬头望向炫目的天空。

仅仅相隔数十公里的格尔尼卡的上空,想必也是同样的晴朗。

带着这个突然冒出的想法,瑶子推开了美术馆的大门。

第六章 起航

一九三九年一月二十七日，巴黎

一阵急切的敲门声把朵拉惊醒。

她在起居室的长椅上睡着了。朵拉轻颤一下撑起身子，在堆满旧书、纸屑、空烟盒，以及各种小玩意的桌上找到金色闹钟，发现已经晚上十点多了。这么晚了是谁在敲门，她咂着舌站起身，披上睡袍快步走向门口。

门后现出帕尔多·伊格纳西奥苍白的脸。拜访毕加索住处时他还富有教养地摘下帽子拿在手上，无比优雅地发出问候。而此时，他却戴着帽子，气喘吁吁。

"帕尔多……你吓我一跳，什么时候回来的？"

朵拉敞开门，让帕尔多进来。帕尔多连外套都没脱，大步走进起居室，随即转身说："我在诺曼底赶上最后一班车到了圣拉扎尔车站。行李先叫人送往宅邸，我直接坐车过来了。"

朵拉反手关上大门，定在原地。

坐立不安的帕尔多马上向朵拉询问道："毕加索怎么样？"

朵拉耸耸肩，叹了口气。

"还能怎么样……毫无办法。他现在极度失落，旁人根本无法安慰。从昨天开始就一直把自己关在卧室里，连饭也不吃……都因为那则可恶的消息。"

帕尔多咬着嘴唇低下头。地上散落着纸屑、橘子皮和木炭碎块,还有一份被撕碎的一月二十七日的报纸。他拾起报纸,视线落到文字上。

巴塞罗那沦陷
加泰罗尼亚的抵抗以失败告终　佛朗哥大军控制西班牙全境……

"怎么会这样……啊,上帝……"他捏皱了报纸,绝望地呢喃。

朵拉从桌上拿起香烟盒,叼了一根烟,用火柴点燃。

她从昨晚到现在也什么都没吃,一根接一根地吸烟,几乎要呕吐出来。可是,若没有香烟在手,她会更加坐立不安。

"你何时得知巴塞罗那沦陷的消息的?"

帕尔多沮丧地回答:"今早……船一到达勒阿弗尔港,前来迎接的人就把这消息告诉了我。我本来打算在瓮福勒尔住两三天再回巴黎的……只是一想到毕加索的反应就……"

帕尔多刚从纽约回来。他是带着一项极为重要的使命前往美国的,那就是与纽约现代艺术博物馆馆长阿尔弗雷德·巴尔交涉。他原本打算回来后造访毕加索,顺便汇报商谈结果。

帕尔多离开曼哈顿哈德逊码头前给朵拉发了一通电报,说:"我有好消息,回去后马上告诉你。"那时是去年圣诞节刚过去不久。

他在船上度过了新年,大约一个月后回到了军靴声越发嘹亮的欧洲。

此时,为躲避西班牙内战,他们一家已经搬到巴黎两年半了。西班牙首屈一指的名门伊格纳西奥家的长子帕尔多,今年二十岁。

他目前正在多方打点,想把巴黎世博会西班牙馆里的那件世纪性问题作品——巴勃罗·毕加索创造的《格尔尼卡》——带到法国和西班牙以外的国家展出。

一九三七年十一月末,以"现代生活的艺术与技术"为主题的巴黎世博会宣告落幕。

世博会临近结束时,帕尔多向朵拉表明了自己的想法。我认为不仅世博会期间,世博会结束后《格尔尼卡》也应该在法国国内,甚至世界各国展出。

自那幅画被挂在西班牙馆,我每天都会去凝视它好几个小时,从未间断。我从那幅画作中看到了毕加索的真实感情。

"真实感情?"

听到朵拉反问,帕尔多点点头,安静地说:"那幅画虽被取名为《格尔尼卡》,但毕加索并非只在画中批判了纳粹对格尔尼卡的空袭……并非只批判了西班牙内战。一己之欲、国家利益、意识形态、宗教对立……人类总在因为各种目的和理由发动战争。毕加索批判的,应该是这一愚蠢行径。

"我们国家有一位伟大的画家名叫戈雅,他也有一幅著名的战争画作,《一八〇八年五月三日的枪杀》。他怀着怒火在画布上描绘了法军镇压马德里市民暴动,枪杀四百多人的惨剧。我认为,毕加索在创作时,脑中也曾不断浮现出那幅画。

"然而毕加索超越了戈雅,他在《格尔尼卡》中融入了更为抽象的元素,表现战争的恐怖与愚蠢。他创作此画不是为了留下什么,而是想通过那幅画反抗。这也是我们人类的抵抗。

"人类在不断发动战争,同时时刻被战争所苦。要摆脱这种痛苦，就只能停止战争。

"冷血无情的无差别杀戮并不只发生在格尔尼卡，可能发生在世界的任何一个角落。惨剧或许会在明日，或许会在明年，或许会在遥远的将来发生。

"快停下，毕加索在呐喊。不要再残杀，不要再有战争，在一切无法挽回之前，斩断错误的循环——

"那幅画是反战的大旗，是毕加索的挑战，是他的宣言。

"我认为，全世界人都应该看到那幅画，都应该聆听毕加索通过画作发出的呐喊。为了达到这个目的，我希望能尽一份力。"

二十岁青年的眸子里燃烧着理想之光，熠熠生辉。

他变了啊，朵拉心想。

与初见时相比，帕尔多明显变了不少。他已经不是那个为年长的秘密恋人奔赴前线而日夜哭泣的男孩，他的精神已如钢铁般坚强。

毕加索的一幅画作——《格尔尼卡》——是否能改变愚蠢人类的未来，她不知道。

但是，它已经让一名青年发生了如此大的变化。

这是无可否认的事实。

世博会闭幕后，西班牙馆展示的众多作品，包括胡安·米罗的壁画和阿尔贝托·桑切斯的雕像，都被打包装箱，计划从海路运至西班牙港城巴伦西亚。当时巴伦西亚尚未落入叛军之手，西班牙大使馆认为那里暂时还算安全。然而被送出海的作品最终还是没能逃过战乱，都在途中丢失了。

《格尔尼卡》不在那批货物中，可以说是幸运。虽然《格尔尼卡》没有被送往本国的原因未对外公开，毕加索本人也没有明言,但朵拉知道,那是帕尔多,也就是伊格纳西奥家暗中与大使馆交涉的结果。

《格尔尼卡》被拆除外框、卷成一卷,从世博会会场运回了毕加索位于大奥古斯丁路的画室。

朵拉与毕加索一道目睹了巨大圆筒状画布被搬进来。

工人正要展开作品时,被毕加索拦住了。

"放着就好,因为这幅画马上就要踏上旅途了。"

不久后,帕尔多便来到画室。青年看到毕加索和朵拉,笑着说道:"这幅画首先将在斯堪的纳维亚四国巡回展出,随后是欧洲各国,若进展顺利,还会远渡美国。我将为此次巡展的达成做出不懈努力,请两位静静等候。我会让全世界的人都看到'毕加索的战争'。"

与佛朗哥及纳粹的战争,以及针对战争的战争——"我们的战争"。

一九三九年一月二十六日,共和国军死守的最后阵地巴塞罗那终告陷落。

大约十个月前,也就是一九三八年三月中旬,德国与意大利的联合部队对巴塞罗那发起了猛烈空袭。超过一千三百人死亡,两千多人受伤,原本美丽的城市面目全非,历史悠久的建筑全部遭到炮火摧毁。

格尔尼卡的悲剧再度上演。

毕加索得知那个自己曾度过青春时代、至今仍有亲人居住的城市遭到空袭,顿时愤慨不已。他立刻将共和国政府为《格尔尼卡》支付的十五万法郎制作费捐给西班牙难民救助基金,但他心里十分清楚,这只是杯水车薪。

有没有更有效、更具体、更明确的方法帮助祖国？毕加索不知所措，焦急万分。

恰在此时，《格尔尼卡》结束在斯堪的纳维亚四国的"法国代表艺术家四人展"，回到了毕加索的手边。

之后，帕尔多与身在英国的毕加索的支持者展开努力，将刚从四国巡展归来的作品又送到英国展出。而越来越焦躁的毕加索也全身心投入到将《格尔尼卡》传达的信息不断传播出去的使命中。

他们要将这件作品带到英国各地，明确表达共和国政府与巴勃罗·毕加索将与法西斯抗争到底的态度。同时借机从各地反法西斯民众中募集资金，投入抗争。帕尔多强调，这才是《格尔尼卡》巡回展的最大目的。

三个月后，《格尔尼卡》开始在英国巡展。正如帕尔多所料，这次展出唤起了巨大的反响。

在伦敦，他们不仅募集到了资金，还收到了大量援助给共和国军士兵的靴子。《格尔尼卡》前堆满数千双靴子，展览结束后全部被送往西班牙。

不过观众们对该作品的态度并非只有称赞，也有不少反对的声音，诸如"不知道那上面画的是什么""太诡异了，不忍直视""太刺激了"，等等。不过这幅美术史上方法最直白、态度最强烈的战争批判作品也获得了很多好的评价，许多年轻艺术家说这幅画带来的冲击将一生难忘。

帕尔多频繁往来于英法两国，全程主持巡回展出。他所表现出的惊人的成长让朵拉目瞪口呆。这个二十岁的弱冠青年，拥有将不可能变为可能的行动力、交涉力和热情，更别说庞大的财力。

这才是帕尔多真正的模样。

每次帕尔多向她汇报英国展出的情况时朵拉都会深受感动。当初那个苦苦思念情人、在咖啡馆露台落泪的"孩子",早已不复存在。

英国巡回展持续了将近一年,在此期间,西班牙内战的情况时时刻刻都在发生改变。

叛军渐渐将共和国军逼向绝路,共和国军的劣势越来越明显,毕加索的愤怒与焦躁也与日俱增。

纳粹来了。

不仅是祖国,毕加索甚至认定巴黎也将落入法西斯之手,每日苦恼得夜不能寐。有时候,他还会前往巴黎郊外玛丽·泰雷兹和女儿的住处,好几天都不回来。

毕加索夜不归宿的夜晚,朵拉都独自度过,她感到自己心中也燃起了黑色的火焰。

她不眠不休,几乎不吃东西,一味沉溺酒精,消瘦不已。前来探望的帕尔多看见朵拉憔悴的脸,顿时无言以对。

"让它逃到更远的地方去。"朵拉向帕尔多恳求道。

"让……什么逃走?"

朵拉露出阴沉的微笑,回答:"那幅画。英国巡展结束后,别让《格尔尼卡》回到这里。这是毕加索的愿望。"

毕加索并没有明言,但朵拉心里很清楚。

谁也不能肯定纳粹不会攻进巴黎。在这种情况下,将作品带回这里极其危险。

运输途中极可能被人抢夺,甚至破坏。

必须想尽一切办法保护作品。

"请交给我吧,我有个想法。"帕尔多坚定地说,"我会把

《格尔尼卡》带走……带到美国去。"

英国展出结束后就把它送到美国,帕尔多从一开始就做好了这个打算。

恰好曼哈顿西五十三号新开的美术馆 MoMA 也向他发来了能否展出《格尔尼卡》的咨询。一九三八年十一月下旬,帕尔多远赴纽约完成交涉。

然后,他从纽约归来,没想到在勒阿弗尔港迎接他的却是巴塞罗那沦陷的消息。他匆忙坐上开往巴黎的末班列车,回到毕加索和朵拉身边。得知毕加索在卧室里闭门不出,帕尔多难以掩饰心中的失落。

朵拉倒了一杯白兰地,一言不发地递给帕尔多。帕尔多接过烈酒,一饮而尽,长叹一声。

朵拉把快要燃尽的烟头摁灭在烟灰缸里,看着帕尔多凝重的脸。

"佛朗哥即将控制整个西班牙……纳粹已入侵波兰,想必下一步就是巴黎。毕加索最近每天都在咕哝这些话,还说想到很远很远的地方去。若自己走不了,至少也要把作品送出去……避难。"

若到了不得不逃离巴黎的时候,毕加索想必会带走那个女人——玛丽·泰雷兹,和他们的女儿吧。他不会选择我的,一想到这里,不甘的泪水便会涌出来。

可她不能在帕尔多面前哭泣。朵拉咬紧牙关继续道:"正如你之前所说,带走全部作品可能很困难,但至少要把那幅画,要想方设法将《格尔尼卡》带离这里。"

那幅画将纳粹的暴行永远地留存在了画布上,其威力可匹敌千万枚炸弹。

万一落入纳粹之手，必然会被撕碎、践踏，被踩躏得面目全非。

她绝不能让那种事发生，绝不允许等同画家性命的作品被法西斯玷污。

没错。美国——美国一定能保护好那幅画。

连续举办过许多次划时代展览的 MoMA 想必最适合让《格尔尼卡》避难。帕尔多这次去纽约就是为了交涉这件事。

"回答我……MoMA 同意接收《格尔尼卡》吗？"

帕尔多目不转睛地看着朵拉，静静点头。

"今后无论发生什么……即便全世界陷入战火，我也希望贵馆能够保护好《格尔尼卡》。"帕尔多如此请求 MoMA 的第一任馆长，阿尔弗雷德·巴尔。此时担任 MoMA 理事长一职的是尼尔逊·洛克菲勒。

如此一来，《格尔尼卡》就无须回到巴黎，而将再次漂洋过海，去往哈德逊码头。

二〇〇二年三月二十二日，纽约

十七时整从马德里巴拉哈斯机场起飞的美国航空五九五三次航班稍微晚点了一会儿，十九时三十分到达纽约肯尼迪国际机场。

跟飞往马德里时的航班一样，回程的飞机上也空空荡荡，仿佛被瑶子一个人包下了整架飞机。瑶子披着风衣，拉着行李，快步走向到达大厅。

机场内随处可见身着防弹衣的警察，警惕地看着路人。仅仅离开三天，瑶子觉得机场里这种不似民主主义国家的异样气氛势头渐长。

距离以美军为中心的多国部队向伊拉克发起名为"伊拉克自由"的战争——也就是公然袭击伊拉克境内，已经过去了整整三天。

通过卫星，空袭伊拉克的画面在全世界人类屏息静气的注视下悄然展开。瑶子在纽约家中和马德里的酒店中也目睹了被反复播放的那一幕。

深夜，寂静的城镇中突然亮起炫目的光芒，一切犹如电影，让人难以相信竟发生在现实世界。瑶子觉得眼中的画面就像是经过电脑加工而成的，是能在网络上轻松浏览到的精彩虚拟场景。

然而，那无疑是城市遭到毁灭的影像，是不可公开的东西，是平民百姓有可能因此被夺去性命的真实空袭记录。

瑶子看了看露丝·洛克菲勒的秘书迪基发来的信息：到达肯尼迪后请速联系。于是，乘上黄色出租车后，瑶子随即拨通了迪基的电话。

"我是MoMA的瑶子，刚到达肯尼迪机场，洛克菲勒夫人——"

迪基打断她道："洛克菲勒夫人请你马上到她家去。"

露丝果然在等待。

"我刚坐上出租车，就算径直到她家去，也要九点以后才能——"

"洛克菲勒夫人说无论几点到都无所谓，总之，请你直接过去。"

对方的语气不容反驳。瑶子挂断电话，对司机说："请送我到东七十九街，第五大道和麦迪逊大道之间。"说完她轻叹一声，靠在黑色皮革座椅上。

这趟去马德里商讨《格尔尼卡》的借展问题，没有任何进展。

索菲亚王后艺术中心馆长亚达·科梅利亚斯还斩钉截铁地对她说："你死心吧。"

多亏露丝的安排，她有幸见到了帕尔多·伊格纳西奥公爵这位大人物。原本还希望说服这位掌握着《格尔尼卡》出借关键的传说收藏家，就能成功。然而瑶子与公爵的面谈却——以失败告终。

不，甚至不能称为坐上了谈判桌。在同为艺术界大人物，恐怕还是旧识的露丝的请求下，公爵确实会见了瑶子。然而他从一开始就准备好了答案。只有一个字——"不"。

尽管如此,当瑶子得知不能出借《格尔尼卡》的理由并不只有保护作品时,还是受到了很大的冲击。

简单来说,不借出《格尔尼卡》的原因是,若此画离开了索菲亚王后艺术中心,哪怕挪动分毫,都立刻会有组织高声呼喊,要求拿回画作。

这个组织,就是自称为《格尔尼卡》的主人的巴斯克人。他们一直觊觎该作品,是不惜动用武力抢夺的恐怖分子——

堪称人类瑰宝的文化财产竟成为政治斗争中的道具,这让瑶子心烦意乱。

但不管怎么说,她只能如实向露丝汇报所有情况,再商讨对策。

车子停在第五大街一栋高级公寓的入口,瑶子下了车。

守门人恭敬地为她打开门。门厅小巧,有种不着痕迹的优雅。她走到接待台,向保安说明来访意图,对方很快便用内线联系了住户。等了一会儿,身穿黑色针织衫配修身半裙的迪基走了出来。

"真抱歉,这么晚来打扰。"瑶子打了声招呼。

"没什么,洛克菲勒夫人一直在等你。"她说完,便把瑶子带向电梯。

露丝每年有三分之二时间住在这栋公寓里,剩下的三分之一则在长岛或马撒葡萄园岛的别墅,以及首都华盛顿和波士顿的豪宅中度过。位于曼哈顿的这栋高级公寓,有一整层都是露丝的。

瑶子把风衣和行李交给在门口迎接的女佣,随即被领到一间接待室。

壁炉上方的墙壁上挂着贾斯珀·约翰斯的"旗帜"系列中的代表作之一。除此之外,屋里的其他地方也挂满了露丝·洛克菲勒精心挑选的现代艺术作品，俨然一座不为人知的美术馆。

"瑶子，你回来啦。"

身穿米色羊绒衫和白色长裤的露丝向瑶子走来，用比平时更深情的拥抱迎接了她。

被拥入怀中的瞬间，瑶子意识到，不需要汇报，露丝已经知道这次谈判失败了。

"对不起，我应该马上打电话告诉你的……可我觉得这件事必须当面向你汇报。"瑶子诚恳地道了歉。

"我明白。"露丝简短地应了一句，招呼瑶子在沙发上落座。

"你见到帕尔多了吧，他怎么样？"露丝问。

瑶子放在膝上的双手紧紧扭在了一起。

"我真是做梦都没想到能见到那位传说中的艺术界巨人……伊格纳西奥公爵……露丝，谢谢你的安排，只是……"

瑶子一时不知该如何说明。

为了将《格尔尼卡》从索菲亚王后艺术中心拿出来，露丝·洛克菲勒为瑶子准备了最强也是最后的王牌，那就是与帕尔多·伊格纳西奥的会面。

然而，她却没能打好那张牌，并最终在游戏中落败。

她尽了最大的努力，但这并不能成为借口。因为没能借出《格尔尼卡》这一事实，已经无法改变。

"他不同意借，对吗？"露丝安静地说。

瑶子忍不住垂下目光。

"真对不起，都怪我能力不足……"

露丝抬手轻触瑶子沮丧的肩膀。

"不，瑶子，这不是你的错……帕尔多也只能说'不'。《格尔尼卡》的重要性，以及将它从索菲亚王后艺术中心的墙上取下来的难度，帕尔多·伊格纳西奥比任何人都清楚。"露丝这样说，"同时他也比任何人都理解，现在必须在纽约展出这幅画的意义。"

瑶子抬头看向露丝。

"这是什么意思？公爵理解《格尔尼卡》必须在纽约展示的意义……"

露丝微笑着回答："因为曾经带着《格尔尼卡》逃离战火，远渡大西洋，将它带到 MoMA 来的人，就是帕尔多·伊格纳西奥。"

瑶子仿佛正面迎上一阵狂风，一时忘却了呼吸。

帕尔多·伊格纳西奥……当初是他把《格尔尼卡》带到 MoMA 来避难的？

她可从未听说过此事。

瑶子博士论文的主题就是《格尔尼卡》，所以她几乎翻遍了所有关于《格尔尼卡》的资料，记得资料上都没出现过帕尔多·伊格纳西奥这个名字。

相反，她曾认为伊格纳西奥公爵极有可能是从 MoMA 将《格尔尼卡》要回去的西班牙政府的后盾。

这到底是怎么回事？

"《格尔尼卡》是反战标志，象征着'毕加索的战争'，同时也象征着'我们的战争'……帕尔多以前对我说过这样的话，并将它托付给了 MoMA。"露丝凝视着虚空说。

毕加索的战争，就是我们的战争。二十岁的帕尔多·伊格纳西奥曾对十一岁的露丝·洛克菲勒这样说。

你明白吗，露丝？毕加索和我们所有人的敌人，都是"战争"。

我们的战斗将持续到以战争为名的暴力，以及邪恶的连锁反应从世界上消失的那一天——

露丝把一切都告诉了瑶子。

六十四年前,从停靠在曼哈顿哈德逊码头的一艘船上下来的青年,对钟爱艺术的少女说了那些话。

一九三九年五月一日清晨,法国开来的定期邮轮"诺曼底号"到达切尔西码头。

船上的货物被卸到岸上,几百名乘客也陆续登上码头。

十一岁的露丝·洛克菲勒那天没去上学,而是跟随MoMA的馆长阿尔弗雷德·巴尔来到码头,欢迎那位从法国来的特殊客人。

之所以要专门请假前来迎接,还有一个特殊的理由。

当时担任MoMA的理事长的父亲尼尔逊·洛克菲勒,以及馆长阿尔弗雷德·巴尔,都告诉露丝,她最爱的艺术家巴勃罗·毕加索的"超大作品"要来了。

超大作品叫作《格尔尼卡》。

该作品将在美国国内的几所美术馆巡回展出,最终放到MoMA长期展示。它还将被纳入馆长阿尔弗雷德·巴尔亲自策划的"毕加索绘画事业四十年纪念回顾展"。

一九二九年,莉莉·P.布里斯、玛莉·昆·萨利樊和艾比·奥德里奇·洛克菲勒三名女性提议创建了MoMA。三人皆为大富豪的夫人,想汇集全世界最前端的艺术作品,在巴黎创建一座前卫美术殿堂。同时她们还投入大量心血,开设了一所前所未有的新型美术馆。

标榜为世界美术馆先驱的MoMA究竟该是什么样的,又要展示怎样的作品?

阿尔弗雷德·巴尔出任 MoMA 的第一任馆长，来挑战这个虽然困难，但这是让人极为振奋的课题。当时他只有二十七岁，却已经能准确预测现代艺术的未来发展，他接连打造划时代的展览，最终确定了在 MoMA 的地位。

露丝的祖母艾比·奥德里奇·洛克菲勒是这位年轻馆长的后盾，全面支持他展开各种挑战和改革。

作为回报，阿尔弗雷德帮助艾比的孙女露丝走进了现代艺术领域。在祖母的影响下，露丝年幼时便对艺术产生了浓厚的兴趣。

虽工作繁忙，阿尔弗雷德却不忘带这位将来也许会成为艺术庇护者的少女去各个地方观看展览，并热心而仔细地教导她何为现代艺术。

"毕加索的一件超大作品将从法国运过来。那件作品非常了不起。"一九三八年圣诞时节，阿尔弗雷德这么对露丝说。

不久前，阿尔弗雷德与一位西班牙青年见了一面。那位西班牙青年得知 MoMA 正在策划"毕加索四十周年绘画回顾展"，便前来打探，问要不要在里面加一件"特殊展品"。同时他还提出，展会结束后，MoMA 能否继续保管那件作品。

那件"特殊展品"，就是《格尔尼卡》。

阿尔弗雷德简直不敢相信自己的耳朵。竟然是一年前在巴黎世博会西班牙馆首次展出，不仅引来大众的关注，还掀起社会热议的问题之作。他知道后来那件作品又在欧洲各国巡回展出，为在西班牙内战中苦苦支撑的共和国军筹集资金。

他当然想在 MoMA 的"毕加索回顾展"上展出《格尔尼卡》，然而毕竟属于超大型画作，运输起来要耗费大量的精力和财力。更何况，他并不确定画家是否允许那幅融入了心血的作品离开欧洲。阿尔弗雷德原本就打算去询问毕加索的。

没想到遇到了那名青年。他叫帕尔多·伊格纳西奥，是西班牙首屈一指的名门伊格纳西奥家的长子。他说他正以毕加索特使的身份安排《格尔尼卡》的世界巡回展。

最让阿尔弗雷德吃惊的是，对方不仅主动提出将《格尔尼卡》借给MoMA展出，还请求展会结束后继续由MoMA保管。

这到底是为什么？那可是等同于艺术家生命的作品啊。

面对阿尔弗雷德的疑问，帕尔多的回答是："正因为如此，正是因为它等同于毕加索的生命，我才想让它远离即将席卷整个欧洲的战火。

"若置之不理，佛朗哥和纳粹随时都可能找上来。可以说它正面临前所未有的危急状况。

"因此毕加索想把它藏到遥远而牢不可破的地方。藏到法西斯无论如何都触碰不到的地方。

"那样的地方，除了MoMA我再想不到第二处了。"

二十岁青年那闪烁着光芒的眸子凝视着阿尔弗雷德，这样解释道。

他没有说谎，毕加索真心想让《格尔尼卡》到美国来躲避战火——阿尔弗雷德的直觉告诉他。

阿尔弗雷德自然是举双手欢迎，可接收《格尔尼卡》，必须通过理事会的许可。

理事会能否同意接收那幅充满政治色彩的画作呢？若理事会同意，又该从何处筹集运输经费呢？

得知阿尔弗雷德的担忧后，帕尔多马上说："请让我与理事长……与尼尔逊·洛克菲勒先生见面。我会直接向他说明的。"

若换作普通人，这样的请求绝对不可能获得批准，然而考虑到年轻人的出身，想必连洛克菲勒家也不敢轻视。于是，阿尔弗雷德将这位目光坦荡、充满热情的青年带去见了尼尔逊·洛克菲勒。

最终理事长同意接收《格尔尼卡》，还特别提出洛克菲勒家将承担把作品从法国运到美国的运输费用。

"你父亲做人太爽快了，事情定下之后，一切进展顺利。真正优秀的领导就是他那样的人。"阿尔弗雷德愉快地笑着，对露丝说，"那么，《格尔尼卡》到达纽约时，你要去迎接吗？"

露丝兴高采烈地回答："嗯，阿尔弗雷德，我当然要去！"

第二年，《格尔尼卡》终于来到了纽约。

帕尔多·伊格纳西奥身穿白色亚麻西装走下舷梯，阿尔弗雷德·巴尔和露丝迎了上去。

"欢迎来纽约。我叫露丝·洛克菲勒，今天代表父亲来迎接您。"露丝涨红着脸伸出右手。帕尔多微微一笑，露出洁白的牙齿，用力握住少女柔嫩的手。

"你好。我从令尊和阿尔弗雷德那儿听说过你。毕加索托我对你说，《格尔尼卡》就托付给你了。"

帕尔多的话直击露丝的内心，透着真实的回响。

从船上卸下来后，《格尔尼卡》被送到西五十三号刚建成的MoMA画廊内，等待进行情况检查。

露丝也去看了检查过程。目睹画布像地毯般一点点铺开，露出全貌的瞬间。

那时，露丝听到站在身后、监督这一过程的帕尔多以极为平静、却又充满热情的声音说道："《格尔尼卡》是反战的标志，象征着'毕加索的战争'，同时也象征着'我们的战争'。"

毕加索的战争就是我们的战争。

你明白吗,露丝?

毕加索和我们所有人的敌人,都是"战争"。

我们的战斗将持续到以战争为名的暴力,以及邪恶的连锁反应从世界上消失的那一天——

第七章 访客

一九三九年四月八日，巴黎

朵拉·玛尔伫立在西岱岛尖端、连接塞纳河左岸与右岸的新桥上。

这是一个乌云遮月的料峭春夜，朵拉凭栏而立，茫然凝视着桥下的滔滔流水。

名叫新桥，其实是巴黎最古老的桥之一。自一六〇七年建成至今，它经历过无数次修缮，却依旧保持着竣工时的模样，横亘在塞纳河上。

跟这座桥一样，巴黎也经历过几次革命，流过很多血，见证过市民的反抗，体验过战争，却依旧留存下了许多古老的建筑。另外，从十九世纪中叶开始定期举办的世博会，又为巴黎增添了许多新潮的建筑和设施。

新旧相容，却不显杂乱，这就是巴黎的特色。

因为地处巴黎市中心且桥面宽敞，新桥自古以来便是城里交通量最大的桥之一。由许多弧形小桥洞连接而成的桥身倒映在塞纳河淡绿色的水面上，又是一道风景。清晨，运送货物的车辆从这里穿行而过，整个白天都车声隆隆，等到夜幕临近之时，则是恋人并肩而行的去处。

然而此时，这座美丽的桥上只有朵拉孤身一人。

刚刚晚上八点，这在巴黎，夜晚都不算开始，尽管如此，周围却看不见行人，偶尔才有一辆汽车呼啸而过。

夜幕笼罩的西方，隐约能看到埃菲尔铁塔的影子。直到不久前，铁塔还会每晚点灯，美丽的轮廓照亮夜空，那绚丽的身姿仿佛在宣称巴黎是世界上最华美的艺术之都。而现在，灯光多晚都不会再点亮埃菲尔铁塔了。

因为如今这个世道，突出本就显眼的建筑物实数危险之举，法国政府还没有愚蠢到那个地步。点亮铁塔，便有可能遭到纳粹秃鹰部队的轰炸——没错，就像格尔尼卡那样。

朵拉将手肘撑在冰冷的石栏杆上，眺望渐渐变暗的天空。

还没回来。

毕加索还没回来。大约一周前，他离开了大奥古斯丁路的画室，没有留下只言片语。

朵拉心中一直惦记着这件事。

毕加索还没回来。无论做什么，这一事实都直刺她的内心，仿佛有个来历不明的怪物悄悄占据了她的心。

好痛苦，痛苦得想死。

与毕加索相处三年，她从未如此痛苦过。

毕加索有妻子奥尔嘉，有情人玛丽·泰雷兹，还有个情人为他生的女儿。

那又如何？又会给自己和毕加索的关系带来什么影响？

她一直抗拒去思考。

甚至觉得这样很愉快。她与毕加索建立了特别的关系，是妻子、情人，抑或女儿都无法插足的关系。

她以摄影师的身份，用镜头记录下了《格尔尼卡》的制作过程；同时以艺术家的身份一路支持《格尔尼卡》。妻子和情人无法做到的事,她做到了。

然而,她既不是他的妻子,也不是他女儿的母亲,她一直对此感到隐隐的不安——自己在毕加索眼中究竟是什么?毕加索要离去之时,自己能用什么来挽留他?

别说傻话了——假设那天到来,只能认命不是吗?

她死也不会流泪恳求。她才不是那种去讨人欢心的女人。她才不是那种弱小的女人。

要走就走吧,她也会背过身去。

她理应早该料到。她跟毕加索的关系不可能永远,正因为如此,她才能得到刺激和快感。

哪怕一瞬间也好,她希望毕加索眼中只有自己,容不下其他事物。她希望毕加索只爱自己,希望他把所有欲望倾注在自己身上。

正因为短暂,才如此美好。

她早已想得很清楚了。

尽管如此——

朵拉再次低头看向塞纳河。一瞬间,她看到自己从桥上一跃而下的身影,不禁背后一凉,忍不住双臂交抱。

这并不是毕加索第一次行踪不明。他是个任性的人,时常不告知任何人,心血来潮地离开。

朵拉知道,毕加索每次这样,基本上都是去找玛丽·泰雷兹和女儿。

莫非像他那种人也知道疼爱女儿?

想到这里,嫉妒的烈焰马上充斥心中。

朵拉手上没有玛丽·泰雷兹那样的王牌,只有记录了《格尔尼卡》诞生过程的禄莱福莱和一颗高傲的心。

她已年届三十,今后只会继续衰老。活在这世上,她无法阻止自己的女性魅力在一点点流失的客观事实。

既然如此,干脆死掉吧?趁他还会赞赏自己的美丽,还会给予自己爱的时候。

脑中闪过这样的想法,背后又是一阵冰凉。

死了能怎样?我死了他会伤心吗?

战争已经夺走了成千上万条性命,就算我死了,世界也不会发生任何改变。

朵拉抬头仰望夜空。

天上不见明月,也没有星星,笼罩着一层暗云。或许不久的将来,战斗机就会冲破云层,向巴黎袭来。

朵拉十分清楚毕加索为何离开画室,整整一周不见踪影。

四月一日,弗朗西斯科·佛朗哥宣布西班牙内战结束。

年初巴塞罗那陷落后,佛朗哥率领的叛军一口气将西班牙共和国军逼上绝路。数十万西班牙国民因此落难,翻越比利牛斯山脉逃到法国。叛军优势已定,英法两国正式承认了佛朗哥叛军政府。

三月二十八日,马德里终于沦陷。佛朗哥成功控制西班牙全境,立刻向全世界发出了内战结束的宣言。

各国的反应很复杂。西班牙变为军事政权已是不可否定的事实,这样一来,让各国心怀戒备的就不是西班牙,而是支持着西班牙的纳粹德国了。

希特勒在欧洲迅速扩大势力,早已选好了下一个猎物。首先将奥地利收入掌中,接下来是波兰,然后是——法国。

那天,西班牙内战结束的宣言如疾风般扫过巴黎街头,毕加索离开了画室。

四月二日早晨，朵拉从报纸上得知了内战结束的消息，立刻赶往毕加索的画室。她有种很糟糕的预感。

毕加索的秘书海梅待在画室里，脸上没了血色，一看见朵拉就说："毕加索不见了。"

之前无论什么情况，毕加索都至少会把行踪告诉这位挚友，但这次他没有留下任何消息。

如今已过去一周。为了逃避越来越沉重的不安，朵拉吃不下饭，整日酗酒。

一旦心中出现空隙，她就会被压垮。

当然，毕加索不会去寻死，那绝对不可能。

眼看祖国落入法西斯之手，他一定怒不可遏。无处发泄的愤怒、憎恶和悲伤不断累积，让他难以忍受。

尽管如此，他还是不可能去寻死，他会将爆发的感情全部倾注于作品中。

他以这种方式维持生命的平衡。他就是这种人。他是个画家——是造物主。

他不会去死，他会一直顽强地活下去。他会不断创作，不断画，以这种方式向法西斯和战争发起报复。

朵拉伫立在塞纳河畔，无数次劝说自己。

他一定会回来。

就算不回到我身边，他也一定会回到大奥古斯丁的画室。

因为《格尔尼卡》在那里等着他。

巨大的画布被卷成一卷，紧紧包着，不久之后将被搬离画室，远渡大西洋，向美国，向纽约，向 MoMA 启程。

为了逃脱不断逼近的战争，为免受法西斯的玷污。

大约一个月前，那是二月下旬的一个午后。

大奥古斯丁路上的毕加索住处，大门被敲响了三下。

当时朵拉正在厨房煮咖啡，听见敲门声便关掉炉火，对着墙上的镜子整理了一下头发，快步走向门口。

门外站着帕尔多·伊格纳西奥，他像往常一样身穿品位高雅的羊毛西装。而他旁边还有一位系着斜纹领带、脸上架着一副银边圆眼镜的知性男子。

"我来介绍一下，这位是阿尔弗雷德·巴尔先生，纽约现代艺术博物馆馆长。阿尔弗雷德，这位是朵拉·玛尔，摄影师兼艺术家。"

帕尔多用法语介绍，朵拉伸出涂着精致红指甲的手。

"你好，欢迎来巴黎。"

阿尔弗雷德在她的手上轻吻一下，那熟练的姿态让朵拉心生好感。

"能见到您是我的荣幸。伊格纳西奥先生已经对我讲述了您的工作。我听说您拍摄的作品充满活力，真希望能有幸看到。"

阿尔弗雷德用流畅的法语表达了问候。尽管他这次来显然是为了找毕加索，但也不忘尊重朵拉身为艺术家的身份。哪怕只是客套，也依旧让她很高兴。

"谢谢，毕加索也一直在等候您的大驾。请进吧。"

MoMA的馆长阿尔弗雷德·H.巴尔，于十年前MoMA创建时接受任命，时年二十七岁。这十年间，他策划了多次新颖的展览，用行动定义了"现代艺术是什么"。现在他已成为现代艺术领域的权威人士，业内无人不知其大名。

一九三九年是MoMA创建十周年，同时也是毕加索开始绘画事业四十周年，为此，阿尔弗雷德准备策划一次毕加索作品回顾展，这将是在美国举办的第一个毕加索作品大型回顾展。

去年末帕尔多前往纽约，主动提出让《格尔尼卡》在美国巡展，一举推动了这一展览。阿尔弗雷德这次到巴黎来，是为了与毕加索直接交涉参展作品。

朵拉领着二人来到略显杂乱的客厅，请他们在沙发上落座，这时，毕加索从屋里走了出来。阿尔弗雷德立刻站起身，脸上散发出喜悦的光芒。

"欢迎。"

毕加索简单问候了一句，与阿尔弗雷德握了握手。他似乎不知该说什么好，心中的感激那么明显，毫不掩饰，站在一旁的朵拉都感到心中发热。

西班牙内战正酣，法西斯国家一路挺进，在大战一触即发的时刻来欧洲，实在是非常危险的举动。但阿尔弗雷德还是来了，只为了毕加索而来。

"我希望为美国大众展示您身为艺术家的成就。"阿尔弗雷德激动地说，"刚来巴黎时创作的蓝色时期作品、充满革新意义的《亚维农的少女》、立体主义时期的许多划时代作品、超现实主义时期的各种作品，还有您正在创作的作品——您能都托付给我吗？我希望通过您的作品，让美国大众看到西班牙内战的实情，激起大家心中的正义。"

毕加索用能看透世间万物的黑色眸子注视着阿尔弗雷德，然后说："我会全力配合你的。只是，作为条件，我有个请求。"

阿尔弗雷德毫不犹豫地回视毕加索。

"请您直说。"

毕加索平静地说："我希望你收下《格尔尼卡》。"

朵拉屏住呼吸，看着彼此凝视的两人。旁边的帕尔多也没有说话。

阿尔弗雷德直视着毕加索,斩钉截铁地回答:"那正是我的愿望。"

没有《格尔尼卡》,谈何巴勃罗·毕加索回顾展。

《格尔尼卡》内含的信息和时代意义都散发出炫目的光芒。

有史以来,人类便不断发动战争。人类就是这种无比愚蠢又无比可悲的生物。

《格尔尼卡》的每一寸都散发着画家对愚蠢人类的愤怒,并敲响不要再制造惨剧的警钟。

与此同时,作品中还包含了艺术家无法放弃人类的悲切感情。

"我们怎可能不收下那件旷世杰作呢。"说到这里,阿尔弗雷德又严肃地看向毕加索,郑重地说道,"请您务必将《格尔尼卡》借到纽约,借给我们的美术馆展出。"

毕加索那黑曜石般闪烁的眸子盯着阿尔弗雷德。片刻的沉默之后,画家以严肃而真诚的声音给出了明确的回答。

"我同意把《格尔尼卡》送到你那里,但有一个条件,展览结束后,我希望 MoMA 继续保管它。"

在西班牙找回真正的民主前绝不能归还,这就是我开出的唯一条件——

二〇〇三年四月一日，纽约

这天早晨，瑶子所住的切尔西区公寓的卧室窗外是一片万里无云的蓝天。

窗户右边的墙上挂着一幅裱起来的小画。线条简单，如同一笔画成的一只白鸽，充满生命的跃动感，仿佛随时都会从画框中跳出来，飞向窗外的蓝天。

瑶子身穿一套很符合春天气息的米白色西装长裤，凝视着衣柜内侧的穿衣镜，专心梳理头发。镜子中也映出她身后的墙壁，那幅白鸽小画就在其中。瑶子注视了一会儿镜中的白鸽，关上了衣柜门。

八年前，她接受了如今已去世的伊桑的求婚，从他手中接过"定情信物"。为了不表现得过于高兴，瑶子故意开玩笑说："这盒子真大，不像装着戒指。"她解开白色丝带，掀开盖子，看到里面装着一幅小小的、却散发出强烈跃动感的画。

"这莫非是……毕加索的《白鸽》？"

只看一眼，瑶子就知道这是巴勃罗·毕加索的亲笔画作。小小的白鸽带着唯有毕加索的作品才具有的光芒。

"太难以置信了……这是真的？"

瑶子抬头看向伊桑。伊桑眼中带着羞涩的笑意。瑶子心中涌起一阵欢喜和爱意,用力抱住了伊桑。

"瑶子,你还没回应我的求婚呢。我想跟你结婚,你能回答Yes吗?"

耳边响起伊桑温柔的声音。瑶子不断点头,反复说了好多次"Yes"。

"我爱你,瑶子。"

"我也爱你,伊桑。"

瑶子走向挂在墙上的小画,目不转睛地凝视着它。随后,她在心中对亡夫发出呼唤。

伊桑。

这个日子终于来了,"毕加索的战争展"新闻发布会。

瑶子静静凝视着《白鸽》,随后披上披肩,拿起挎包,离开了家。

由于曼哈顿西五十三号那边在全面重建,MoMA的近期活动都在皇后区的临时展馆举办。此时"MoMA QNS"报告厅里挤满了媒体人士。

会场后方放有一张盖着白桌布的长桌,上面摆满用来招待来宾的咖啡和餐点。此时众人几乎都一手拿着咖啡,一手慢慢打开事先领取的资料袋。里面的新闻稿上印着"毕加索的战争"几个字。

十二点五十五分,MoMA的馆长艾伦·爱德华、绘画雕刻部门策展主任蒂姆·布朗和瑶子从等候室走进会场,并排坐在报告厅前方的三把椅子上。

走向讲台时有人戳了戳她的肩膀,瑶子转头一看,发现是《纽约时报》的记者凯尔·亚当斯。凯尔朝她挤了挤眼睛,瑶子回以一个收敛的笑容。

昨晚凯尔打电话给瑶子，问她准备把演讲台设在哪一头。还说想坐在她正前方，确保摄影师能拿到好镜头。

随后他又问，《格尔尼卡》还是拿不下来吗？

凯尔是伊桑和瑶子的好朋友，并一直跟进瑶子此次策划的"毕加索的战争展"。联合国安理会大厅的《格尔尼卡》挂毯被盖上时，他也跟瑶子一起去质询。他理解瑶子策划这次展览的真正意图，是跟她一起行动的"战友"，因此瑶子不想对凯尔说谎，但此时她不想聊这件事。

我会在明天的新闻发布会上提到的。最终瑶子这样回答了他。

下午一点整，MoMA的宣传部长艾格尼斯·辛普森登上报告厅的演讲台。

"非常感谢各位媒体朋友今天来我们这里。从今年五月二十三日开始，MoMA QNS将举办'毕加索的战争特别展'。今天，我们将对这次展览进行介绍。首先有请本馆馆长艾伦·爱德华。"

艾伦站起来走向演讲台，以馆长身份简单介绍此次展览的筹措过程和策展初衷。五分钟后就要轮到瑶子上台了。

瑶子轻轻合上眼，调整呼吸。

在座各位的资料袋中装有展览理念和概要说明，还附有部分展品的照片。其中并没有《格尔尼卡》。

若《格尔尼卡》会出展，如果那幅作品能借此机会重返纽约、重返MoMA，若真如此，那将是极具价值的新闻。

瑶子知道部分直觉敏锐的媒体人已在聊这个了。

"接下来有请本次展览的策展人，MoMA绘画雕刻部的八神瑶子给大家做进一步介绍。"

艾格尼斯说完，瑶子站起身，走上演讲台，调整好麦克风的位置。她感到四肢在微微颤抖，这当然不是她第一次在新闻发布会上讲话，但感觉这次比任何一次都紧张。

没办法。无论如何，把《格尔尼卡》弄过来都难于登天。

去马德里二次交涉仍未成功一事，瑶子也汇报给了直属上司蒂姆·布朗。她还把理事长露丝·洛克菲勒专门创造机会让她与交涉关键人物、艺术界的大人物帕尔多·伊格纳西奥见面一事也告诉了他。不过她没说独自到毕尔巴鄂调查巴斯克地区内情的事说出来。

"你已经很努力了。"蒂姆这样安慰瑶子，并说，"新闻发布会上可能会有人追问《格尔尼卡》是否会展出，你只要实话实说：非常遗憾，不会。就行了。"

将展览取名为"毕加索的战争"，却不展出《格尔尼卡》。

这对瑶子来说——甚至对 MoMA 来说，都像是承认败北的宣言。

不过他们也讨论了备选方案，也就是将属于洛克菲勒家族的、常年挂在联合国的《格尔尼卡》挂毯借过来。露丝已经默许了这个方案。

把曾经被暗幕笼罩的作品堂堂正正地挂在美术馆的墙上展示出来，这样也足够引起话题了。

瑶子轻吸一口气，开始发言。

"感谢各位今天的到来。接下来我将给大家介绍'毕加索的战争'……众所周知，毕加索对 MoMA 来说是一位很特殊的艺术家，一九三九年，第一任馆长阿尔弗雷德·巴尔策划了美国第一场回顾展'毕加索：艺术四十年'，另外，本馆还在一九八〇年开办了史上规模最大，观众动员数最多的毕加索展览'巴勃罗·毕加索回顾展'……"

屏幕上出现一件件预定展出的作品，配合瑶子说明本次策划。她还特别花时间、充满激情地解释"现在"在纽约举办这一展览的重要性。

她原本计划举办别的策划展，但"9·11"之后，她希望所有人都能通过这场展览重新意识到，毕加索曾经发出"暴力的连锁不会孕育任何新事物"的信息，而现在，深受伤害的纽约有必要向全世界再次发出这个信息——

刚开口不到一分钟，紧张感就烟消云散，瑶子流畅地表达着想法，进行了大约二十分钟演说。

进入提问环节，很快就有好几名记者举手。凯尔一言不发地抱着双臂，静观其变。

第一个提问人是以辛辣评论著称的《国际先驱论坛报》美术领域记者乔纳森·克雷格。

"既然展览名为'毕加索的战争'，我还以为会展出《格尔尼卡》。"

来了。

瑶子很自然地摆好了架势。这确实是场中记者最关注的问题。

"你刚才列举了两次MoMA过去举办的毕加索展览，每次都展出了《格尔尼卡》。然而，野心如你，策划的展览竟不包含《格尔尼卡》，再结合主题来看，这次展览恐怕并没有意义吧？"

充满挑衅的问题使得会场骚动起来。瑶子瞬间有些慌乱，幸好蒂姆很快抛来一个眼神，示意她"如实回答"。

没错，现在只能如实回答了。而且还要提到我们正在考虑展出《格尔尼卡》的挂毯——

瑶子低下头，稍微调整呼吸，随后抬眼看向克雷格，开口道："关于你的问题——"

而就在这时,等候室那边的门突然打开,一名女性快步走进会场,打断了瑶子的发言。是露丝·洛克菲勒的秘书迪基。

瑶子吃了一惊,看向迪基。

迪基一言不发地走向演讲台,往瑶子手里塞了一张便条。

> 见此留言请立即离开新闻发布会现场,赶往拉瓜迪亚机场。
>
> 我将乘坐私人飞机去见帕尔多·伊格纳西奥,你也要同行。
>
> 露丝

瑶子屏住了呼吸。她攥紧纸条塞进口袋,顾不上对准麦克风说道:"很抱歉,那个……我暂时无法回答你的问题……先告辞了。"

说完她便转身离开了演讲台。蒂姆大吃一惊,慌忙站起身。演讲人突然退场,令整个会场陷入骚动。

"等、等一下,瑶子,你这是要去哪儿?"

如此大声呼喊的并非馆长,也不是蒂姆,而是凯尔。但瑶子没有回头。

新闻发布会翌日,早晨八点。

瑶子陪同露丝·洛克菲勒再次来到帕尔多·伊格纳西奥的宅邸。

她感到难以置信。十天前刚刚带着绝望离开这里,现在竟然又和露丝一起来了。

十二小时前,瑶子坐着洛克菲勒家派来的黑色豪车,从

MoMA QNS 径直赶往拉瓜迪亚机场。多亏了她时刻把护照带在身边作为身份证明的习惯，出境手续很快就办好了。洛克菲勒家的湾流 G550 公务机已经等在停机坪上。瑶子顶着东河吹来的大风，登上已做好起飞准备的飞机。任何时候都无比优雅的露丝身穿一件淡粉色开衫和一条白色长裤，坐在奶油色皮革座椅上等候瑶子的到来。

"我们去见帕尔多。"瑶子刚扣上安全带，露丝就对她说，"无论如何都要把《格尔尼卡》再次带到纽约，明白吗，瑶子？"

她的话语里透着绝不让步的坚定。瑶子心中顿时涌出感动和敬畏，甚至还有点不知所措。

露丝·洛克菲勒终于行动了。瑶子心中异常兴奋。

为了打动帕尔多·伊格纳西奥，为了借到《格尔尼卡》。

就这样，两人来到了伊格纳西奥宅邸。

两人被领到一间会客室，壁炉上方挂着一幅毕加索的静物画。是一幅具有二十世纪二〇年代超现实主义时期特征的作品，画中的窗边有一只展翅的白鸽，室内小桌上摆着装满苹果和橙子的容器。瑶子曾在作品总目录上看到过这幅画，标着"个人收藏"，却没有标明收藏者的身份。它原来在这里啊，瑶子不禁在内心惊叹。

"吃惊吗？"看到瑶子盯着墙上的画入了神，露丝小声说，"除了这幅，帕尔多还拥有许多毕加索的经典作。甚至有总目录中没有的作品。"

听到他的藏品足有一百多件，瑶子惊讶得说不出话来。

他到底是个多么厉害的收藏家，究竟与毕加索有着何等亲密的关系？

听到敲门声，坐在沙发上的露丝和瑶子马上站了起来。

厚重的大门悄然开启，身穿黑西装、系红色领带的帕尔多·伊格纳西奥走了进来。

"啊，帕尔多！"

露丝叫了一声便跑过去，两人用力拥抱彼此。瑶子也被多年好友的重逢一幕所感动，不禁眼角一热。

"露丝，你无论长到多少岁都是大小姐脾性，突然说要过来，害我跟首相早饭吃到一半，不得不中途离席。"帕尔多半开玩笑地说着，不过那恐怕是事实。

露丝像小女孩一样羞涩地笑着说："对不起。我干了坏事。对不起你……也对不起瑶子。"

帕尔多的目光转向瑶子。瑶子伸出右手，说："很高兴能再见到您。"帕尔多稳稳地握了握她的手。

"她正参加下个月将在 MoMA 举办的、由她策划的'毕加索的战争展'的新闻发布会，我派人给她传信，叫她放弃发布会，马上到机场来。还要她跟我一起来见帕尔多。"

听了露丝的话，帕尔多瞪大眼睛说："竟有此事？"

瑶子耸了耸肩。

"露丝传的口信是'我要去见帕尔多，你也要同行'。真是不给人丝毫拒绝的余地。"

帕尔多依旧瞪圆了眼睛看向露丝。露丝笑了。

"你这个人真是……"

帕尔多也笑了起来，随后两手分别搭在露丝和瑶子的肩膀上，这样说道："好吧，好吧，你们的精神我充分感受到了，那就说来听听吧。"

三人在壁炉前的沙发上坐下，帕尔多身后就是毕加索的画作。瑶子依旧难以抑制刚进来时的激动。

露丝究竟要对帕尔多说什么,而帕尔多又会如何反应。她现在一点都想象不出来。

侍酒师端来冰镇卡瓦酒,将冒着气泡的酒水注入香槟杯。侍酒师离开后,帕尔多拿起一杯酒说:"不管接下来聊得怎样,先请容许我欢迎两位。"

露丝和瑶子也举起了各自的酒杯,细密的泡沫滑入口中。我不能喝醉,因为今天将是个值得纪念的日子——瑶子对自己说。

"那我就直说了。"露丝优雅地放下酒杯,露出女神一般的微笑,"我们有权将《格尔尼卡》带到纽约展出。"

关怀妹妹的温和笑容从帕尔多的脸上消失了。瑶子立刻感到全身一僵,但露丝不为所动,而是继续道:"我们第一次见面时,你曾经这样说:'《格尔尼卡》是反战标志,象征着"毕加索的战争",同时也象征着"我们的战争"。'"

毕加索的战争,就是我们的战争。

你明白吗,露丝?

毕加索和我们所有人的敌人,都是"战争"。

我们的战斗将持续到以战争为名的暴力,以及邪恶的连锁反应从世界上消失的那一天——

"如今过了六十多年,邪恶的连锁反应仍未消失。'9·11'恐怖袭击、阿富汗空袭,以及这次的伊拉克战争,邪恶的连锁反应还在不断增加。就算联合国安理会都无法阻止美国对伊拉克发起进攻。你也知道,国务卿鲍尔宣布将对伊拉克发动空袭时,毕加索的画都被掩盖在暗幕之下了。"

帕尔多不可能不知道联合国安理会大厅里悬挂的《格尔尼卡》挂毯被人盖上了的事。

"那幅挂毯是我父亲尼尔逊为祈祷世界和平,专门委托毕加索参与制作的。洛克菲勒家族将挂毯寄存在联合国，而那幅挂毯却在洛克菲勒家族毫不知情的情况下被盖上了暗幕……"

可能是重新唤起了当时的愤怒和困惑，露丝的声音有些颤抖。帕尔多如磐石般一动不动。瑶子则静静地看着两个人。

"那不是你个人的问题吗，露丝？"过了一会儿，帕尔多极为平静地说。

露丝抿着嘴看了帕尔多一眼。

"确实，有人在未经你同意的情况下私自给挂毯盖上幕布，这一定让你很不甘心。然而这和你有权将真正的《格尔尼卡》带到纽约展出有何关系呢？"

两人之间落下沉重的沉默。瑶子屏住呼吸等待露丝作答。

露丝低头沉默了一会儿，随后抬起头，直视帕尔多，开口道："如果真正的《格尔尼卡》能够'回到'纽约，就证明我们还没有屈服于觊觎《格尔尼卡》的恐怖分子。"

露丝斩钉截铁地继续道："要将暗幕绝对无法掩盖的毕加索的真实呼喊传向世界，这才是关键。没错，要让曾经守护《格尔尼卡》四十多年的 MoMA，再次成为发出呼喊的源头。"

瑶子不知不觉绞紧了放在膝上的双手。

对，正是如此，我就是想通过"毕加索的战争展"实现这一点。

我们要斗争到底——与战争作斗争，与恐怖主义作斗争，与负的连锁反应作斗争。我们要继承毕加索的意志，通过艺术与之斗争。

帕尔多一言不发，纹丝不动。露丝注视着他，轻声说道："如果你同意将《格尔尼卡》再次送往纽约——我有个好主意，你愿意听吗？"

帕尔多抬眼看向露丝。瑶子也全神贯注地倾听露丝的主意。

帕尔多身后,挂在壁炉上方、裱好的画框中,停在窗边的白鸽伸展了羽翼,仿佛随时都要起飞。

第八章 逃亡

一九三九年十二月一日，鲁瓦扬

朵拉·玛尔用丝巾裹紧一头黑发，独自走在可远眺比斯开湾的海滨路上。

她身后跟着毕加索的格雷伊猎犬卡斯贝克。猎犬时不时停在路边，用鼻子四处嗅探，过一会儿又追上朵拉的脚步。一人一犬之间的距离时而拉长，时而缩短。

这是一个平静的冬日上午，大西洋的波涛略有些汹涌，被水蒸气包裹的天空染上了一层白色的氤氲之气。

九月下旬来到这里时，镇上与海边比现在要热闹许多。现下却人影稀疏，像她这样带狗散步的人更是遍寻不见。

没错，从夏末到秋季，小镇上就只有乘坐军车的法军士兵来来往往了。

她好几次看到盖着帆布的枯草色卡车，载着一车身穿军装、面无表情的年轻人，留下一路沉默。而且，那些军用卡车仿佛算好了似的，总是挑选毕加索心情稍微好一些，与朋友坐在小镇一隅的咖啡厅享用波尔多红酒时，从旁边驶过。

每每这时，前一秒还在与友人愉快畅谈的毕加索都会皱起眉头，一言不发地低下头去。就像太阳隐入云层，气氛突然沮丧。

战争开始了。

一九三九年四月一日,西班牙叛军将领弗朗西斯科·佛朗哥宣布内战结束,欧洲各国及美国都承认了以佛朗哥为首的民族主义政权。共和国政府已实质性瓦解,西班牙诞生了新的法西斯政权。

结果,希特勒的德国、墨索里尼的意大利和佛朗哥的西班牙,这三大法西斯国家成了欧洲的中枢。其中,希特勒更是毫不掩饰自己想成为欧洲霸主的野心,令德国周边各国寝食难安。

一九三八年,德国吞并奥地利,紧接着又逼迫捷克斯洛伐克割让苏台德地区。英法两国极力反对,三国陷入一触即发的紧张态势,但在意大利的调解下,英法德意四国在慕尼黑召开首脑会议,勉强避免了冲突。

彼时希特勒对英国首相张伯伦提出"领土扩张止于苏台德"的条件,试图软化英法两国态度,随后却出尔反尔,于一九三九年三月吞并了捷克斯洛伐克。同时,德国还跃跃欲试,想待西班牙内战结束后,继续向波兰伸出魔爪。

这样一来,法国也无法坐视不管。各地年轻人都被征兵,军用卡车在道路上频繁往来,军备也大幅增强。难以言喻的紧张气氛渐渐遍布巴黎和法国全境。

从巴塞罗那陷落,西班牙共和国军败北征兆渐浓的初春时节起,毕加索的言行就越来越烦躁。

他有时会一言不发地消失,过一两个星期才回来。一旦窝进大奥古斯丁路的画室,又会连续好几天不露面。他到底在画什么,或是什么都没画,已经没有任何人能搞清楚他的状态。

每次毕加索行踪不明,朵拉都会感到心中莫名不安,整个人失魂落魄。

毕加索可能再也不回来了，我可能已经被抛弃了。我们的关系或许早已终结。

既然如此，我们……不，我会有什么下场？

没有我，他也能活下去。他会活下去，会继续创作。

但是，我呢？没有他，我能活下去吗？

活不下去。

不，不对。我要活给他看。

就算为了报复那个认定我没了他就活不下去的男人，也要想方设法活下去。

尽管被毕加索抛弃尚未成为现实，朵拉就已经在见不到毕加索的时间里，没日没夜地思考自己被抛弃后的生活。

她已经快搞不清楚自己是否还爱他了。她很害怕过剩的爱意会转化为憎恨。

就在那情绪极不稳定的五月，在当地监督展览的帕尔多·伊格纳西奥告诉她，纽约瓦伦丁画廊开始展出《格尔尼卡》。

为躲避战火，《格尔尼卡》被"疏散"到了美国。这次疏散得到了美国文化界和经济界人士的大力支持，而在其中斡旋的人，就是帕尔多。

结束为期三年的全美巡回展出后，《格尔尼卡》将回到MoMA。或许它将永远不会回到毕加索身边，也不会回到西班牙。

所以，《格尔尼卡》的境遇并非疏散。而是逃亡。不，是被迫逃亡。

朵拉、毕加索与帕尔多共同见证了搬运工作。

今后，它恐怕不会再回到巴黎。或许她有生之年再也见不到它了。想到这里，朵拉不禁感到胸中一阵苦闷。

收纳作品的巨大圆筒被几名搬运工扛走，仿佛那是一副巨人的棺椁。

这之后,毕加索仿佛赶走了附身的魔物,整个人如释重负,恢复了往日的开朗。

朵拉也把曾经苦闷的思索抛到脑后,再次成为毕加索的模特,与他过上了每日沉浸在爱意中的生活。

她会拍一些照片,偶尔拿起画笔画几幅画。精神恢复平静后,她才想起自己也是一名艺术家。

可是——

战争的阴影在无声地逼近,已经没人能阻挡。

夏天,毕加索带着朵拉来到南法港口城市昂蒂布。美丽而平静的大海和质朴的小镇可能治愈了毕加索的创伤,让他重新产生创作活力,他开始创作大型作品《昂蒂布夜渔》。

但是到了八月,情况急转直下。法军的卡车和士兵开始出现在这座悠闲的港口城市。走进咖啡厅,每个人都在讨论战争何时会爆发。

"为了不让我画画,他们打算发动战争吗?"毕加索半带讽刺地说道,他的坏心情又回来了,"这里没什么好待的,我们回巴黎吧。"

假期突然中断,毕加索、朵拉和秘书海梅·萨瓦特斯在昂蒂布车站坐上了前往巴黎的夜行列车。

三人在满员车厢里一夜无眠,回到巴黎时,所有人都失去了冷静。

战争即将开始。

九月一日,纳粹德国入侵波兰,与波兰缔结了互助条约的英法两国于九月三日对德国宣战。

纳粹来了。

巴黎市民全都噤若寒蝉。连续吞并奥地利、捷克、波兰的希特勒，其真正目标是这个国家，是法国，是号称欧洲至宝的美丽城市巴黎。

纳粹高举德国民族至上主义旗帜，四处虐杀犹太人、罗姆人和社会少数群体。巴黎居住着许多犹太人，若这里被德军占领，多少艺术成就会瞬间化为一片血海。

而法国能否抵御强敌入侵？与接壤的德国对峙时英国是否会从后方提供支援？苏维埃会作何反应？这些纳粹的宿敌是否会在德国背后保持警惕？

九月十七日，令全欧洲震惊。苏维埃部队竟跟随德军之后，也入侵了波兰。

苏维埃共和国本应与德国敌对，这是为什么？让人更加震惊的是，入侵波兰之前，苏维埃还与德国秘密签订了互不侵犯条约。一直企图成为北境霸者，从而不断牵制邻国德国的苏维埃，竟在希特勒的劝诱下同意签订互不侵犯条约，入侵波兰并与德国分割战果。

所有人都能看出，这场战争将会成为席卷全世界的大战。

九月下旬，毕加索前往面朝大西洋比斯开湾的避暑胜地鲁瓦扬。朵拉、海梅与爱犬卡斯贝克都与他同行。

无论怎么想，留在巴黎都过于危险。于是帕尔多劝说毕加索转移到大西洋边的港口城市，以便在危急时刻乘船逃往美国。

玛丽·泰雷兹与女儿玛雅已经先行前往鲁瓦扬，朵拉也知道这个情况。毕竟现在事态紧急，没时间为这种小事嫉妒。

毕加索租下一座可以远眺大海的别墅，将最顶层布置为画室，重新开始了创作。

从巴黎带来的少量画布很快便用光了，要在这座港口小镇买到画布又难于登天。毕加索便在海梅四处找来的木板废料上作画。没有调色板，就用木椅坐板代替；没有画架，就蹲在地上画。贪食鸟儿内脏的猫，支离破碎的女人的脸（模特是朵拉）。他的画作虽然没有直接表现战争，却从头到尾都散发着令人不安的气息。

他在昂蒂布创作的画作带有一种清澈的跃动感，那种堪称毕加索的真正面貌的感性此时已消失殆尽。

尽管如此，毕加索还是没有停止创作。他不断挥动画笔，描绘着一切事物。

对朵拉来说，这令她安心。因为这意味着无论法国被逼到什么境地，造物主毕加索都不为所动——没错，哪怕他在描绘骇人的猫，也比什么都不画要好。

"你画了好多啊，是不是特别喜欢这个地方？"

一天，朵拉在为毕加索当模特时试着问了一句。

看到自己的容颜在毕加索的笔下变得丑陋、残缺，她的心情很复杂。尽管如此，她还是为毕加索在画自己感到高兴。

毕加索一言不发地舞动画笔，过了一会儿才回答。

"对自诩画家的人来说，这里确实是个好地方啊。"

这句话掺入了画家独有的讽刺。朵拉发现，他还是想回巴黎。

然而，她毫无办法。

并非因为能力不足，而是面对战争这一巨大障碍，无论是谁都束手无策。

然后秋天过去，冬天来临。

德国与英法的战况依旧在僵持，欧洲西北部持续出现恶劣天气，使德军引以为傲的空军无法出击。

朵拉由衷地希望笼罩欧洲西北部的恶劣天气能一直持续下去。让暴风雨来得更猛烈些，让大雪尽情洒落，永不停歇。朵拉牵着毕加索的爱犬走在漫长的海岸线上，心中不住祈祷。尽管她深知世上并不存在永不停歇的大雪。

一九四〇年一月十日，傍晚

毕加索、朵拉和帕尔多·伊格纳西奥坐在鲁瓦扬市中心的咖啡店内。

年初，帕尔多刚从纽约回来。他先去了一趟巴黎，停留两三天后马上来到了鲁瓦扬。毕加索早已迫不及待地等待帕尔多来访，一见到他便露出了难得的笑容，二话不说邀他一起去吃饭。

"我抵达巴黎后，马上收到了阿尔弗雷德·巴尔的电报。一月七日，MoMA 的'毕加索：艺术四十年展'成功收官，获得了惊人的成就。来访人数和人们的赞赏都创下纪录。他请我向你转达展览大获成功的消息，以及由衷的感谢。"

毕加索啜饮着梅多克红酒，愉悦地哼了一声。

帕尔多继续道："MoMA 确实做得很好。在回顾展之前，他们收购了《亚维农的少女》和《镜子前的少女》作为美术馆的重点藏品，而阿尔弗雷德·巴尔为回顾展收集的三百六十四件作品全都具有重要意义……包括《格尔尼卡》在内。"

帕尔多可能回忆起了几周前刚在纽约看过的展览，目光飘远了片刻。

毕加索缓缓晃动高脚杯，凝视着红宝石色液体在杯中打转，如同自言自语般呢喃。

"真是个了不起的人。"

朵拉和帕尔多抬头看向毕加索。

"你在说帕尔多？"朵拉微笑着问。

"不……是在说他……阿尔弗雷德·巴尔。"

听了帕尔多的话，毕加索笑了。

"我是说你们两位。"

帕尔多也笑了起来。

"能与阿尔弗雷德一同获得褒奖，真是太荣幸了。看来这趟去纽约很有价值。"

毕加索满意地点点头。帕尔多难得来一趟，还让毕加索一直露出笑容，朵拉感到特别高兴。

事实上，对毕加索来说，能与帕尔多·伊格纳西奥和阿尔弗雷德·巴尔这两个年轻人结识，真是莫大的幸运。

毕加索目前确实享誉世界，名声不可动摇，不用说，他的作品也格外优秀。而且，所有人都认同，《格尔尼卡》虽是一件极为麻烦的有争议作品，但同时也是世纪杰作。

然而，在短时间内组织高质量的展览并获得好评，这是毕加索力所不能及之事。唯有思维敏锐、富有执行力和政治手腕的策展人方可实现。

在欧洲陷入战火的时期，将一旦巴黎遭到纳粹袭击必然会首当其冲被贴上"颓废艺术"标签、成为破坏对象，却又是毕加索最优秀的作品《格尔尼卡》送到欧洲以外的国家，而且是现下最安全的美国，甚至找到了现代艺术最强有力的庇护者 MoMA，可以说是个奇迹。

在这一过程中，有两个年轻人精诚合作，让《格尔尼卡》成功逃亡，他们就是帕尔多和阿尔弗雷德。

这两个人为《格尔尼卡》费尽了心力，让朵拉不禁想感谢上帝。

"话说回来，巴黎情况怎么样？"好几辆军用卡车从窗外驶过，毕加索注视着远去的尾灯，直到光芒消失，才转头问帕尔多，"很糟糕吗？"

帕尔多眼中浮现出忧虑的神色，不过他并没有躲避毕加索的注视。

"你说得没错……巴黎非常混乱。"

没有士兵占据街头，也没有坦克和战斗机现身。然而，法国确实与纳粹开战了，这一事实在巴黎市民心中留下了阴影。

"巴勃罗，没有你的巴黎，对我来说就像熄灭的蜡烛。可是我……无法对你说'请回到巴黎'。"

青年挤出这句话，垂下了视线。

毕加索脸上原本的温和表情不知不觉间消失了。

朵拉把目光投向刚才军用卡车开往的小镇主干道的尽头。一只白鸽穿过视野，朝冰冷的阴云飞去。

二〇〇三年五月十九日，马德里

一辆银色西雅特伊比萨缓缓停在丽兹酒店门前。

门童马上走过来打开副驾驶的车门，身穿白衬衫与修身牛仔裤的瑶子走了下来。索菲亚王后艺术中心馆长室员工恩里克·克莱门特则从驾驶席走了下来。

"真是麻烦你了，恩里克。谢谢你送我回来。"

瑶子红着脸与恩里克握了手。对方眯起粗眉毛底下的双眼，回了一句"不用谢"。

"你一定累了吧，今天一早从纽约赶到马德里，中途都没时间喝口水，就直接到索菲亚中心。接下来请好好休息吧。"

"嗯，我会好好休息的。一定连喝口水的时间都空不出来，倒头就睡过去了。"

恩里克笑了笑，重新回到驾驶席。他挥挥手与瑶子道别，随后便把车开入马德里的夜色。瑶子目送车子离开后，才走进酒店。

"欢迎您回来，八神女士。非常高兴能再见到您。"

高级经理塔德奥·波特罗从前台走出来迎接她。瑶子与塔德奥握了手，回答道："我也很高兴再见到你。这次来到马德里，我特别开心。"

上一次到这里来是四月二日，她只跟露丝·洛克菲勒住了一晚。而今晚也是短短一夜的停留，但格外特殊。

"您的行李已经送到房间里了，祝您愉快。"塔德奥微笑着说。

瑶子今天到达后就直接提着登机行李箱乘上恩里克的车，从机场径直赶往索菲亚中心。不过后来她工作时，恩里克帮她把行李先送到了酒店。把国外来客的送迎安排得井井有条，也是他身为馆长室员工的重要工作之一。

瑶子在客房引导员的带领下走过铺着厚重地毯的走廊。老实说，她有点想在酒店的酒吧里悄悄举杯庆祝一番，但最后还是忍住冲动，直接进了房间。

这次丽兹酒店又为她准备了一间套房，也是她第一次来见帕尔多·伊格纳西奥时住过的房间。

造型优雅的沙发前是玻璃茶几，有一篮水果放在上面。挂着水珠的冰酒器里装着一瓶卡瓦黑瓶，旁边还有一只香槟杯。

瑶子从果篮边的白瓷碟上拿起卡片，上面用西班牙语印着"欢迎来到马德里"。她忍不住微笑起来。

帕尔多在欢迎我。

想到这里，尽管好像有点晚了，她还是忍不住松了口气。

正是有了帕尔多的首肯，她才会第三次踏足马德里。

不过这一整天她都如在梦中。瑶子无数次想：如果这是梦，希望我不要醒来。与此同时，她又对帕尔多迅速、慎重而秘密地完成那么多繁杂的手续感到敬畏不已。

如果可能，真想与他见上一面，表达自己的谢意。不过直到瑶子离开，帕尔多都没出现在索菲亚中心。

当然不能与他见面，电话、邮件和感谢函也都不行，总而言之，就是要避免一切接触。知道帕尔多参与此事的人，只有索菲亚王后艺术中心馆长亚达·科梅利亚斯、MoMA馆长艾伦·爱德华、该馆策展主任蒂姆·布朗，以及露丝·洛克菲勒。

还有我。

瑶子从冰酒器中取出发亮的卡瓦酒瓶，将餐巾卷在瓶口，拔掉了瓶塞。一声闷响后，她闻到了轻微的甜香。

香槟杯内侧蒙着一层白雾，有点不像高级酒店的客房服务水平，但瑶子并不在意，倒入金色液体。此时，她突然想起亡夫伊桑。

瑶子的酒量并不好，但很喜欢起泡酒。每逢彼此生日、展览开幕之夜，以及各种纪念日，伊桑都会买回一瓶香槟或卡瓦酒来庆祝。

因为瑶子害怕瓶塞喷出来，开瓶向来都是伊桑的任务。瑶子读书时第一次自己买回起泡酒，战战兢兢推出瓶塞时，精准击中了天花板上的灯，把灯泡打得粉碎。从那以后，她就再也不敢开瓶塞了。那一天，伊桑格外灵巧地拔出了瓶塞，还笑着说："不仅是起泡酒，什么酒的瓶塞我都会开。以后我就是你的专属开瓶器了，瑶子。虽然我的葡萄酒知识并不丰富，当不成你的专属侍酒师。"

他离世后，瑶子好不容易学会了自己开瓶。每次开瓶时，她都会想起与伊桑笑着碰杯的瞬间。

恭喜你，瑶子。你终于成功了。她仿佛听到伊桑的低语。

"谢谢你……我终于成功了。"瑶子呢喃道。随后举起酒杯，一口气喝下金色泡沫。

瑶子在丽兹酒店的套房独自举杯庆祝的十二个小时前。她与亚达·科梅利亚斯站在当天恰好休馆的索菲亚王后艺术中心的三楼展厅里。

索菲亚王后艺术中心修复部门主任阿梅迪奥·多雷斯，以及普拉多美术馆修复部部长伊吉斯·豪尔赫分立两人身旁。四个人周围还有十二名身穿作业服的美术馆运送组工作人员待命。

瑶子眼前是刚从墙上取下、平放在保护垫上的巨大画布。

是《格尔尼卡》。

自童年初见，便引导着瑶子的人生的命运之作。

几十年间，被人畏惧、憧憬、梦想，并一直注视至今的画作，就躺在她面前。

这是瑶子第一次看到平放在地上的《格尔尼卡》，她紧张得无法挪动脚步。亚达察觉到了她的紧张，在她耳边低语："你可以靠近点。"瑶子点点头，一步、两步，缓缓地走了过去。

身穿白衣，戴着护目镜型放大镜的阿梅迪奥与伊吉斯分别来到画布的左右两侧，开始检视画布表面。一开始先在平放状态下检视，随即靠在墙上，将画的中心部分置于电动升降机上，再小心仔细、一寸一寸检查画作的情况。

检查持续了三小时四十分钟，其间瑶子一直惴惴不安。若检查中发现重大损伤或颜料剥落，把作品从此地移开将成为绝不可能的事——假如修复专家这样说……她只是想想就吓出一身汗。

这两位修复专家都来自西班牙国立美术馆，从保护作品的观点出发，他们都认为无论如何不能移动《格尔尼卡》。

不过此时这两人在瑶子面前所做的检查，并不是为了判断"是否能移动"，而是为了"移动之后"，也就是将画作运到纽约之后，确定作品是否仍与移动前保持相同状态，先行制作一份状态报告书而进行的。

《格尔尼卡》终于要动身了。这一事实已不会改变。

瑶子反复对自己这么说，若不这样，她就无法相信眼前这一切都是真的。

这让人难以置信的发展，全部源于露丝的特别"提案"。这个提案的核心超乎想象，瑶子清楚地看见，帕尔多在聆听的过程中，眼中的神色渐渐发生了改变。

那是唯有露丝才能想到的提案，同时也只有帕尔多会做出那样的反应。

每次回想起当时的情景，瑶子心中都会涌出一股令她窒息的感动。

露丝·洛克菲勒和帕尔多·伊格纳西奥。两人毕生热爱艺术，一直充当着艺术的庇护者，可谓艺术界的两位神明。多年来他们之间培养出了深厚的友谊，彼此之间还有瑶子绝对无法介入的"艺术"这一坚实羁绊。

状态检查终于结束，两位修复专家当场完成了一份报告。他们以精确、细致、客观的态度完成了检查。

绝对不能移动——这恐怕才是他们的心声。然而，出借《格尔尼卡》是西班牙政府的正式决议，并非两人所能反驳。

掌握西班牙独裁政权三十余年的弗朗西斯科·佛朗哥去世后，西班牙总算重新成为民主国家。在西班牙找回真正的民主前，绝不能归还——遵照毕加索的意志，一九八一年，MoMA将一直"逃亡"在外的《格尔尼卡》归还了西班牙。从那以后，这件作品的所有者就是西班牙这个国家了，因此，要离开目前展示并管理着它的索菲亚王后艺术中心，必须得到政府的许可。

从一诞生就备受争议的《格尔尼卡》，在归还西班牙后，收藏地点再次引发许多议论。毕加索的家乡马拉加，毕加索度过青春时期，同时也是毕加索博物馆所在地的巴塞罗那，巴斯克地区最受欢迎的毕尔巴鄂古根海姆美术馆，以及促使毕加索完成这幅作品的悲剧之地格尔尼卡，每座城市都坚持主张《格尔尼卡》应该来自己这里展示，这一争议甚至一直持续到今天。

不过，以"保护作品"为原则，《格尔尼卡》从未离开过马德里。无论多么知名的世界级美术馆向西班牙提出短期借展请求，都被断然回绝。因为一旦批准借展，证实了画作"可以移动"，各个城市立刻就会以"作品可以移动"来紧逼，要求政府"把画作交给我们"。

因此，要说服西班牙政府移动《格尔尼卡》，而且还是送到纽约展出，绝非易事。然而，瑶子与露丝再次拜访帕尔多仅仅一个月后，就得到了《格尔尼卡》的借展许可。

获得借展许可这一消息并非通过邮件、电话或传真，而是由索菲亚王后艺术中心馆长亚达通过联邦快递向瑶子寄出公函。瑶子接到文件后，马上找到了露丝。

那天一见到露丝，瑶子就忍不住紧紧抱住她。露丝也用力搂住了瑶子瘦削的肩膀。

"《格尔尼卡》要回到纽约了！"瑶子含泪相告。

露丝则笑着说："只要那个人加把劲，就能得到这个结果。"

"那个人"当然是指她的朋友，帕尔多·伊格纳西奥。

对于《格尔尼卡》借展一事，索菲亚王后艺术中心——也就是西班牙政府，只提出了一个条件。

秘密完成准备事宜，秘密搬运。

他们最担心的是出借消息遭到泄露，最终引起骚动。一旦发生信息泄露，觊觎《格尔尼卡》的城市和曾经提出借展请求的各大美术馆都会发出强烈谴责，甚至可能导致《格尔尼卡》成为恐怖分子的目标。

在作品平安到达纽约前，一定要秘密行事。

这就是唯一条件。

与此事相关的信息全被严加保护。双方不得通过邮件通信，考虑到电话有可能被窃听，对话中也不得出现"毕加索"和"格尔尼卡"这两个关键词，转而使用"冈萨雷斯的素描"这一暗语。

它真的能从索菲亚王后艺术中心搬出来吗？

随着正式搬运的日子渐渐临近，瑶子心中的不安也越发明显。

要是搬不出来……

就算能搬出来，万一遇到恐怖分子袭击……

每次想到那些，她都感到背后一凉。而每当此时，瑶子就会凝视挂在卧室里的毕加索的白鸽小画，让心情平静下来。她会转而思考毕加索在《格尔尼卡》中表达的怒火，对战争的抗议，以及对和平的信念。

我要守护到底。

守护《格尔尼卡》，守护毕加索的心愿。

为了毕加索——伊桑，也为了你。

就这样，终于迎来搬运作品的日子。

开始打包前，两名海关职员前来现场完成了通关手续。

巨大的画布由专门负责艺术品搬运的十二名员工仔细包装，随后封进了特别定制的木箱里。为将运输过程中的震动限制在最小限度，木箱内还带有减震垫。这些定制物品都是在索菲亚王后艺术中心内部秘密制作而成的。

瑶子与亚达屏息静气地监督了整个作业。她感觉自己已经忘记了呼吸，直到木箱封口的那一刻。

装入木箱的《格尔尼卡》将在第二天早晨由大型卡车运往机场。

瑶子和亚达将搭乘专为《格尔尼卡》租赁的货机，一同前往肯尼迪国际机场。

无比漫长的一天终于结束，瑶子坐在丽兹酒店套房的沙发上，好不容易能休息一会儿。

她一口气喝掉一杯冰镇卡瓦酒，感到疲倦感瞬间袭来。虽然很想联系露丝，告诉她已经做好搬运准备，但索菲亚王后艺术中心却要求她绝不能在马德里时联系纽约那边。

明天还要早起，瑶子决定去冲个澡就睡觉，可衬衫脱到一半，房间里的电话响了起来。

她吓得肩膀一颤，慌忙拿起床边电话机的听筒。

"你好。"她用西班牙语说了一句。

"你好，瑶子。我是索菲亚王后艺术中心的保罗，这么晚，打扰你了。"

索菲亚王后艺术中心有好几个"保罗"，有一般馆员，有修复专家……她一时没弄清对方是哪个保罗。恩里克·克莱门特刚把她送回来不到三十分钟，可能是她把什么东西忘在车上了？

"怎么了，有事吗……"

"那个……这边发生了点急事。亚达让我马上把你带到索菲亚王后艺术中心，我已经在楼下了。"

她感到心脏猛地一颤。

急事？

难道——

"海关刚才联系我们，说通关出了点问题。他们说，这样明天可能得不到作品出境许可……"

"你说什么?"瑶子声音颤抖,她感到眼前炸出一片火花,脑子突然一片空白。

"出境许可下不来……怎么会,为什么……?"

"这……详细情况我也不太清楚……"

这个自称保罗的人好像也很迷惑。瑶子感到心跳越来越快。

"我知道了,现在马上过去,请等一下。"

她飞快说完,用力放下听筒。

重新穿好衬衫后,瑶子一把抓起单肩包跑出房间。她实在等不了丽兹酒店的复古电梯,干脆从三楼一路跑到了一楼。推着擦得锃亮的旋转门来到外面,她看见一辆银色西雅特伊比萨停在面前。瑶子想也不想就跳上了后座。

"不好意思,你一定累了吧……"她一坐上车,驾驶席上的陌生男人就十分抱歉地对她说。

"没事,我们快走吧。"

瑶子险些大叫起来。车很快就发动了。

她感觉自己突然被扔到了暗夜的海面上,几乎被狂涛淹没。尽管如此,瑶子还是拼命思考着。

到底出什么事了?

不知道,虽然不知道……

若无法通关,得不到出境许可——该怎么办?

她必须给露丝打个电话。不,不对,应该给帕尔多打个电话。他应该能更快解决问题。没问题的,帕尔多可以……只要告诉帕尔多,一定……

阵阵狂涛向她拍打过来,眼前变得一片漆黑——

瑶子突然失去了意识。

此时距离她用冰镇卡瓦酒独自举杯庆祝,正好过去三十分钟。

第九章 沦陷

一九四〇年八月二十九日,巴黎

吱呀一声,门打开了。

门里面一片空荡荡,只有发黄的白色墙壁和天花板、裸露的粗房梁、红褐色的木地板,以及地板上洒满黑、白、蓝等无数种色彩的颜料块。

好大。

这个房间竟有这么大吗——走进房间的瞬间,朵拉·玛尔在心中惊叹道。

这里是大奥古斯丁路七号,一座十七世纪公馆的四楼,毕加索的画室。

不,准确来说,这里曾经是毕加索的画室。而现在又重新成为毕加索的画室。

这一年间,毕加索、朵拉和海梅·萨瓦特斯都住在法国西海岸一座叫鲁瓦扬的城市躲避战火。

不过,毕加索最终还是在朵拉和海梅的陪伴下回到了巴黎。

令人难以置信的是,毕加索离开巴黎期间,大奥古斯丁路的住处和画室竟被西班牙新政权控制下的西班牙大使馆查封了。

回到巴黎前不久,毕加索才从帕尔多·伊格纳西奥那里听说了这件事。

他离开时将巴黎住处和画室交由帕尔多进行管理。帕尔多每周都会去查看一趟,但有一天发现门上多了张"查封"的告示。

他马上安排搬运工把房间里的东西,包括许多尚未完成的作品,秘密搬到了伊格纳西奥家位于巴黎郊外的宅邸。大使馆自然明白房间里的东西比房子更有价值,因此帕尔多迅速做出判断,趁他们动手之前先把东西搬走了。

随后,他与大使馆展开交涉,好不容易在毕加索回巴黎前要回了原来的画室和住处。

这中间可能存在金钱交易,而且金额绝对不小。尽管如此,帕尔多并没有对毕加索明说,自己暗中处理好了一切。

得知此事后,朵拉再次为这个青年的潜力感到震惊。

帕尔多·伊格纳西奥已经不是单纯的毕加索支持者,而成了用艺术力量与荒谬战争做斗争的军师。

毕加索站在门前,凝视着这个空荡荡的房间,随后缓缓走到中央。他的目光扫过那片白墙,从口袋里掏出香烟,点燃一根。

朵拉跟在毕加索身后走进房间,海梅也跟了进来。只见他也环视室内一圈,满怀感慨地低语:"这里……原来这么大啊。"

没错,他们离开时,这里还堆满了毕加索未完成的作品、画布、画架、笔架、颜料盒、纸捆和许多杂物。

三年前的春天,这里还有一幅占据整面墙壁的画作。

那就是《格尔尼卡》。

毕加索盯着空无一物的墙壁,沉默地抽着香烟。朵拉站在稍远处,凝视着毕加索坚实的背部。

他的背影有些疲惫,但她仿佛能听见说话声。

我终于回到这里了。

画点什么好呢?

开工吧——

"怎么样，这里一下干净了不少吧。真不敢相信这曾经是你的画室。"

最后走进房间的是帕尔多·伊格纳西奥。

帕尔多走向毕加索，跟他一样抬头看着空白的墙壁，说："一切都是从这里开始的吧。"

毕加索将指间的香烟扔到地上，用皮鞋尖将其踩灭。随后他转向帕尔多，一言不发地笑了。帕尔多也对他露出清爽的笑容。

"又有新东西要从这里开始了吗？"

"嗯。"毕加索简短地应了一声，"那当然。"

一九四〇年六月十日，法国政府宣布巴黎为不设防城市。二十二日，法国对德国投降。

一个月前，以英法为中心的联军与德军点燃战火，英法联军始终处在被压制状态。

从荷兰进攻的德军迫使荷兰投降，紧接着控制了多佛海峡。五月二十八日，比利时投降，法国港口城市布洛涅、加莱也被控制，很快敦刻尔克便被包围。在此期间，三十四万联军将士逃亡英国，残存部队无力迎战，德军一口气逼近巴黎。

要拯救巴黎，法国政府只能宣布其为不设防城市，并将政府机构移往波尔多。结果，法国对德国宣战仅仅九个月，德军就不费一兵一卒占领了巴黎。

六月十四日，德军部队穿过凯旋门，沿着香榭丽舍大道游行。巴黎市民都站在大道两旁围观。

目睹了阅兵的帕尔多前往鲁瓦扬，对毕加索和朵拉说：当时感觉胸口仿佛被铅弹穿透。

帕尔多坐在临时居所的客厅沙发上，一脸沉痛地描述了阅兵场景。

"那个场面实在太异常了。士兵们整齐划一地行进……纳粹军旗迎风飘扬，坦克大炮接连开过……穿过了拿破仑一世棺椁曾经被送行的凯旋门……"

巴黎惨遭德国蹂躏——

朵拉气血上涌，抓着桌上的报纸站起来，将它撕得粉碎。报纸一整版都印着硕大的"法国投降"字样。

她将撕碎的报纸往地上一摔，重重地坐进沙发里。

"太过分了……纳粹很过分，法国政府更过分！胆小也要有个限度。竟然无条件投降，拱手让出巴黎……简直难以置信。"

某种类似羞耻的强烈愤怒让她感到全身发热，就好像被最讨厌的男人侵犯……

与此相对，毕加索听完帕尔多的叙述就一直保持沉默，坐在沙发上纹丝不动。他看起来有点迷茫，仿佛在听别人说昨天做的梦。

格尔尼卡在纳粹秃鹰部队的轰炸中变得千疮百孔，他得知这一消息时可表现出了非常激烈的愤怒。

他把当时那爆发性的"负面"能量全部注入了《格尔尼卡》这部大作。

绝对不能原谅。

我要战斗，要通过这幅画与法西斯战斗，与战争战斗——

他并没有明言，但朵拉很明白毕加索想说什么。

朵拉用相机从头到尾记录了创作中的毕加索和《格尔尼卡》。她的镜头从未错过艺术家迸发的激情、在画布上驰骋的画笔和激烈碰撞的颜料。

如今三年已经过去——

毕加索的抵抗没有成效，巴黎轻易便落入法西斯的手中。

那个独裁者，希特勒，想必正得意扬扬。奉拿破仑一世之命修建的堂堂凯旋门，直到他被殓入棺中才第一次从底下穿过，希特勒却率领几千万士兵、高举纳粹军旗走了过去。

占领法国，将巴黎收入囊中，这意味着把自古以来欧洲权势贵族都垂涎的艺术文化之都据为己有。

仿佛摘下了绝对无法触及的高岭之花，仿佛占有了高贵的公主，他将欧洲完全掌握在手中。如今他一定喜不自胜。

"巴黎今后会怎么样？留在那里的法国人会被当成俘虏带走吗？"朵拉用颤抖的声音询问。

帕尔多摇了摇头。

"德国虽然控制了法国，但没有理由抓捕百姓。现在，百姓在生活上有各种限制，至于今后会如何，还要再观察一段时间。只是……"帕尔多紧皱眉头，低声说道，"住在巴黎的犹太人可能都会被带走……"

当时纳粹已经开始毫不遮掩地迫害犹太人，而那些恶魔行径将会蔓延到巴黎。

朵拉忍不住浑身一颤。一瞬间，毕加索脸上也闪过了阴影。

朵拉站起来，从餐具柜里拿出子弹杯，然后拿起边桌上的白兰地，将琥珀色液体注入杯中。随后，她苦笑着说："这种奢侈品怕是很快就喝不到了。"

说完她便仰脖吞下了杯中的白兰地。酒液如同发热的毒蛇，顺着喉咙滑落。

毕加索与帕尔多都一言不发，凝视着朵拉耸动的喉头。

她长叹一声，用湿润的眸子看向毕加索。

"我们……回不去了吗?"

毕加索还是不说话。朵拉哼了一声。

"对啊,巴黎已经被纳粹控制,回去也没用。"她恶狠狠地说。

毕加索漆黑的眸子仿佛动摇了一瞬。朵拉感觉越发自暴自弃,继续道:"而且纳粹很快就要到这里来了,他们一定会挨家挨户搜查,看谁把犹太人藏起来了。我们……也不知会变成什么样。一旦被发现……"

她说到这里,突然安静下来。

万一纳粹发现毕加索,究竟会如何?

毕加索是创作了《格尔尼卡》的艺术家。

《格尔尼卡》对纳粹的空袭行为表达了明确的抗议,激烈批判了针对非武装市民的无差别攻击。那件作品就是"反纳粹"的旗帜。那么,纳粹又怎么会放过创作了《格尔尼卡》的毕加索呢?

他们一定会掘地三尺把他找出来。

朵拉的心中一阵慌乱。

要是跟毕加索待在一起……她会自身难保。

她脑中闪过了一个想法。

不,她否决了"试图自保"的想法。

跟这个人交往,她早就预知到了风险。

纳粹算什么。要是毕加索被带走——我也一起走就是了。

能一路跟随毕加索下地狱的女人,只有我。

"我们回巴黎吧。"毕加索突然像自言自语一般呢喃。

原本低着头的朵拉和帕尔多齐齐看向毕加索。

"不是现在就回。是将来……不,近期就回去吧。帕尔多,你一直守着我的画室吗?"

帕尔多用惊惶的目光注视毕加索。

"为什么?巴黎现在太危险了,您最好别回去。您应该留在这里,以便随时逃往国外。而且……"

"不。"朵拉打断了他的话,"毕加索说得没错,我们近期就回巴黎吧。这里实在太无聊了。"

跟毕加索命运与共,这是只属于她的特权,朵拉心中突然涌起这样的想法。

既然如此,无论什么地方我都会去,无论前方等待着什么。

她原本就不认为自己能上天堂。可是,既然要下地狱,那也要去漂漂亮亮的地狱。

对,回巴黎。

"对啊,这里太无聊了……还是得回巴黎。"

毕加索说完,露出了这些天来的第一抹笑容。不羁的笑容。

大奥古斯丁路七号。

在帕尔多的打点下,曾一度变得空荡荡的画室重新堆满了宝物,又像个废墟了。

开了线的沙发、坏掉的台灯、磨损了的地毯、缺腿的椅子,还有许多未完成的画作。以及盛着新鲜颜料的画板、僵硬的画笔、扭曲的颜料管和金色的时钟。

画架上摆着崭新的画布,毕加索就站在画布前。

朵拉在稍远处,叼着香烟,凝视着毕加索的背影。

他的背影略显消沉,但创作的活力正如烈焰熊熊燃烧。

那是全世界独一无二的、她所钟爱的背影。

我将永远追随这个背影。

直到世界尽头——哪怕地狱等在前方。

"朵拉,过来摆个造型好吗?"毕加索头也不回地说。

朵拉笑了。

"好啊。"

她将猩红指间的香烟扔到地上,用高跟鞋尖踩灭。

随后她缓缓走了过去——走向那个命中注定的男人。

二〇〇三年五月十九日，西班牙某处

黑暗——

瑶子在黑暗中醒来。

准确来说，她并没有马上意识到自己是否醒来了，因为即使睁开眼，眼前还是一片漆黑。

她眨了几下眼睛。眼睑在动——至少她认为如此。但眼前的黑暗却跟闭上眼时别无二致。

有一瞬间，她无法分清这是现实还是梦境，自己是生是死。

她动了动身子。右臂、左臂……双手都扭在背后，虽然能轻微挪动，但没有感觉。她无法自由活动。

身体异常沉重，仿佛成了铅块。

这到底是怎么回事？

黑暗，且安静。扑通、扑通，唯有剧烈的心跳声震动鼓膜。那是自己的心跳声，还是近在咫尺的某个人——

"这里是，哪里？……有人吗？"

瑶子想知道自己是否还活着，便试着说了句话。脱口而出的是日文。

随后她才总算想起，这里应该是西班牙。

出什么事了？

我刚才还在丽兹酒店的房间里。

我监督了《格尔尼卡》的打包作业……准备好明天早上运送出去……然后去酒店办了入住手续。

然后发生了什么？

然后……我用卡瓦酒庆祝……对，有人打电话来了……是索菲亚王后艺术中心的职员……说《格尔尼卡》可能无法通关……

瑶子在黑暗中瞪大眼睛。

没错。

我坐上车，然后晕过去了。

一阵战栗如同电流穿过全身。她奋力扭动双臂，却发现自己动弹不得，这时她才意识到自己被捆住了。

"有人吗……有人吗？回答我！"

她冲着黑暗放声大喊，这次用的是西班牙语，可周围还是一片寂静。

像被关在地底墓穴中，周围搞不好还有干枯的尸骸。莫非自己也要变成其中一员，被永远埋葬——

她在冰冷的地上拼命扭动身体。双脚没有被捆住，但无法挪动，她发现自己越挣扎，身体就越沉重。

瑶子大口喘息，终于理解了眼前的事态。

我被绑架了。

为什么？

有人要杀我吗？

为什么是我？

就在这时，她听到远处传来脚步声。好几个人的脚步声，而且正在逼近。瑶子屏住了呼吸。

门锁开启的声音。没过一会儿，嘎吱……大门带着刺耳的摩擦声打开了。瑶子凝神注视着那细细的长方形光芒。

昏暗的光线中映出几个剪影。三个——似乎都是男人。瑶子僵住了。

一个男人用手电筒照向瑶子,她被晃得闭上了眼睛。中间那个男人向她走来,坐在一把瑶子之前没有发现的椅子上。

"你的西班牙语很流畅,真不愧是曾经在索菲亚王后艺术中心工作过的人。"男人压低声音说,用的是西班牙语。瑶子又一次凝神看向他。

因为被手电筒晃着,瑶子无法在逆光中看清对方的脸,只知道那人穿着黑衣黑鞋,戴着一顶滑雪帽。站在椅子两边的男人也穿着一样的装束。唯一不同之处是,两人手上有枪。

瑶子感到自己冒了一身冷汗。她想说点什么,但舌头好像打了结。而且她口干舌燥,浑身都在发抖。

哼,男人笑了一声,然后说:"别害怕,我们不会胡乱动手,毕竟不能拿死人做交易……你可是宝贵的人质啊。"

人质?

瑶子满头汗水,硬挤出声音。

"这到底是为什么……你们有什么目的?"

男人没有回答,而是对旁边的人说了几句话。听到那些话,瑶子吃了一惊。

那是巴斯克语。

他们是恐怖组织——是"埃塔"!

发现事实的瞬间,一切都联系起来了。

《格尔尼卡》即将离开西班牙,她回到丽兹酒店,在房间里独自举杯庆祝。此时一个自称"索菲亚中心的保罗"的人打来电话,告诉她《格尔尼卡》的通关出了问题。

慌乱之中她顾不上确认,直接跳进了等在酒店大堂门口的车。那辆车跟索菲亚中心馆长室员工恩里克的车一样,都是银色西雅特伊比萨,所以她才会想也没想就跳了上去。

他们知道我在索菲亚中心待了一整天。

恐怕也知道我为什么在那里待了一整天——

"你们是不是弄错绑架对象了?"

瑶子咬牙说了出来,声音还很颤抖。尽管如此,她还是拼命鼓起所有勇气。

"拿我当人质没什么用。我既不是富豪,也不是政府要员,拿我来换赎金实在太不划算了。"

瑶子当然知道对方的目的不是赎金,但决定装傻。因为她很害怕他们发现自己知道这次绑架的真实目的。

假设这些人是埃塔成员……那他们的目标只有一个。

夺回《格尔尼卡》——仅此而已。

他们已经得知《格尔尼卡》即将离开索菲亚中心。

如同被处以钉刑的基督,《格尔尼卡》将永远挂在索菲亚中心展厅的墙上。那是它的宿命。

然而,竟有一个人向这一宿命发起挑战,并最终将其颠覆。这个人便是八神瑶子。

埃塔一定早就对《格尔尼卡》虎视眈眈,盯紧了它从展厅墙上离开的瞬间。

尽管如此——

我竟如此轻易地把自己送到埃塔手里。瑶子不禁诅咒自己的浅薄。

坐在椅子上的男人似乎在打量瑶子。他换了换坐姿,镇定自若地说:"那要看……哪边更重要了。是一条人命,还是一幅画……"

瑶子咬紧牙关。

太卑鄙了。

他们打算用人质的性命逼迫索菲亚中心交出已经打包好的《格尔尼卡》。

胁迫对象恐怕是索菲亚中心馆长亚达·科梅利亚斯——不，不对，是西班牙政府。

他们说不定还会发布声明。那样一来，消息就会传遍全世界。

西班牙政府打算将国宝《格尔尼卡》秘密出借给美国，这个事实一旦公开，将会引发极大的问题。

伊拉克战争中，空袭巴格达的多国部队以美国为中心。尽管美国总统刚刚宣布战争结束，但依旧不改他们发动空袭的事实。

针对主导空袭的美国，以及支持美国并加入多国部队的西班牙政府，有数不清的民众高举《格尔尼卡》复制品大声疾呼反对战争。

他们决不允许象征反战的《格尔尼卡》被借给美国。

没错，一点没错，瑶子非常清楚。

可正因为如此，美国才需要、纽约才需要《格尔尼卡》的力量。

她打算通过这次展览，向全世界展现毕加索的意图，他的反战思想，他比剑还强悍的画笔力量，以及绝不向恐怖主义屈服的意志。

尽管如此——

瑶子抬头看向天花板。

我该怎么办？

坐在椅子上的男人默不作声地观察着瑶子。他身下那把木椅应该很旧了，每次男人移动，瑶子都能听到嘎吱嘎吱，摇摇欲坠的声音。听着那刺耳的声音，瑶子闭上了眼。

我可能被杀死。

若他们跟西班牙政府的交涉越拖越久……毕竟事情不简单，拖延肯定是必然……我最后可能还是会被杀死。

杀了我……《格尔尼卡》怎么办？

被这些人抢到巴斯克去？

然后怎么办？挂在他们的基地里，举杯庆祝？

瑶子心中突然卷起强烈的愤怒。

《格尔尼卡》，那件反抗法西斯暴行的作品，将要落入恐怖分子之手。

只有这件事，绝对不能发生。

站在旁边的男人突然对坐着的男人用巴斯克语说了些什么。瑶子注意到对话开头用的是"乌尔"这个称呼。

"乌尔，我有个问题。"瑶子马上开口道。

被叫到名字的瞬间，男人僵住了。瑶子见状，紧追不舍。

"乌尔，你们的目的是把《格尔尼卡》运送到巴斯克，但还未考虑运过去之后该怎么办。总而言之，你们只需把画抢过来，剩下的可以过后再考虑，对不对？"

一切都是她的推测，但瑶子直觉自己没错。

乌尔保持沉默，并没回答她。然而，他的沉默证实了瑶子的推测。

瑶子开始出汗，心跳越来越快，控制不住身体的颤抖。但她还是咬咬牙说道："你的计划会失败。因为它……《格尔尼卡》，不是外行人能轻易下手的作品。"

穿着黑衬衫的乌尔肩膀一震，两侧持枪的男人作势要上前。

乌尔用巴斯克语叫住他们，随后看着瑶子。

"口气很大嘛……你以为你是谁？"

"我叫瑶子，八神瑶子。"瑶子干脆地回答道，"你应该早就知道了，我是一名毕加索研究者，所以要站在专家立场上强调一遍——你们盘算的夺回《格尔尼卡》的计划必然会失败。"

乌尔猛地站起来，他身下的椅子伴随一声巨响倒在地上。瑶子忍不住绷紧身体。

"瑶子，你好像不太明白自己的处境啊？"

乌尔漆黑的剪影矗立在瑶子面前，怒火让他的肩膀和手臂上的肌肉都立了起来。瑶子眼前突然闪过粗壮手臂伸向脖颈的幻影，她用力闭上眼，想摆脱这个幻觉。

"我不知道你有多专家，但知道你有能力引出那幅画……接下来就看西班牙政府如何反应了。看你的性命是否有足够的价值，能把那幅画换过来……"

瑶子已经抬不起头了。

她身处的地方应该是个地下室，里面的空气又潮又闷。她感到头痛欲裂，越是想说点什么，越是想把对话持续下去，她的舌头就越不听使唤，一个字都说不出来。

"不管怎么说，我们很快就能知道结果。这里或许会成为你的终结之地……做好准备吧。"

直射瑶子面庞的手电筒"咔嗒"一声熄灭，三个男人一言不发地离开了。

"咣当"，门被关上，随后是上锁声。

周围再次陷入无尽黑暗。

让她搞不清楚自己到底有没有睁开眼的黑暗——

瑶子……瑶子。

我回来了，瑶子。

我今天买的是蛋饼。

很稀奇呀，怎么了？

没什么，就是突然想吃了，所谓"最后的早餐"啊。

"伊桑。"

瑶子喊了一声，微微睁开眼。与此同时，她眼角滑落一滴泪水。

头顶上有根粗壮的木梁，一股熟悉的气味飘入鼻腔——是煎蛋卷和烤面包的香味。

她想撑起身子，却发现双臂被绑在身后，无法动弹。

瑶子马上想起自己被囚禁的事实，再次落入绝望的深渊。

原来是梦。

她梦到了亡夫伊桑。

两年前的九月十一日早晨，他没有像平时那样买百吉饼，而是买了自己最喜欢的蛋饼三明治。梦中的光景如此鲜明，仿佛她乘上时光机回到了那天早晨。

那天早晨，她丈夫走进位于世贸中心的办公室，再也没有回来。

瑶子躺在地板上，抬头看向上空。

靠近天花板处有一扇小窗，微风从那里吹了进来。她还能看见地面和生长在上面的草木，看来这里并不完全在地下。外面隐约传来鸟儿的鸣叫声。那么，现在是早上吗？

她闻到的香味应该是某户人家的早餐。

"感觉如何？"

突然有人对她说西班牙语，把瑶子吓了一跳。

女人的声音。

她战战兢兢地撑起上半身。

房间一角有张木椅,一个女人坐在上面。瑶子看到她漆黑的眸子,倒吸了一口气。

她束起一头黝黑的长发,身穿黑衬衫和修身黑长裤,看上去三十岁左右,是个纤瘦美丽的女人。

"你睡得好香啊……连我进来都没听到吧。"

女人走到瑶子身边,撑着她的上半身把她扶起来。

"洗手间在那边,去吧。"

瑶子被囚禁在一个半埋在地下的肃杀房间里。她第一次醒来时,由于周围太黑看不清楚,看来这里既有小窗,也有洗手间。莫非是恐怖分子的大本营吗?

走进洗手间,女人解开了捆住瑶子双手的绳子。她长出一口气。既然他们派了个女性成员来看守自己,看来还有点人性。

瑶子从洗手间出来,女人便扶着刚才坐过的椅子对她说:"过来坐吧。"瑶子一言不发地听从了。

怎么回事?

昨天在黑暗中感到的恐惧,竟消失得无影无踪。

她对埃塔及其头领(虽然只是她的推测)"乌尔"怀有强烈的愤怒,但对这个人却丝毫生不出那种感情。

莫非他们想派个女人过来让我放松戒备,趁机打探消息吗?

或者,他们可能已经跟政府完成交涉,我的命运已经决定好了。

这是,让我临死前找回做人的尊严吗……

女人把瑶子的双臂绕到身后,紧紧捆到椅背上。她那快速而富有力量的动作仿佛在向瑶子证明,自己已经不是第一次干"这种事"了。

随后，女人把放在房间角落里的托盘拿起来，端到瑶子身边。简陋的塑料盘里装着蛋饼和面包，旁边还有一杯水。原来刚才的香味来自这里。

"蛋饼……"

瑶子忍不住呢喃一声，仿佛梦境还在继续。

女人默不作声地叉起蛋饼送到瑶子嘴边，瑶子张口吃了下去。

里面可能下了药，但无所谓，她已决定接受一切。

蛋饼是伊桑"最后的早餐"，如果它也能成为自己"最后的早餐"，就再好不过了。

西班牙风味的蛋饼又暖又甜，非常可口。

"真好吃。"

瑶子仿佛尝到了母亲亲手做的饭菜，便将心中的真实想法脱口而出。

女人露出微笑，还是一言不发地把蛋饼送到瑶子嘴边。

瑶子把蛋饼和面包吃得干干净净，女人又给她喝了水，然后从裤子后袋里掏出纸巾替她擦了嘴。

"谢谢……你叫什么名字？"

听了瑶子的问题，女人告诉她："麦蒂。"

"麦蒂，谢谢你。真的很好吃。"

麦蒂瞥了一眼瑶子，脸上露出笑容。看到她毫无防备的微笑，瑶子感觉这个人并不坏。

她带来了热饭菜，而不是冰冷的食物——而我只是一个人质。

当瑶子意识到这一点，泪水就涌了上来。

昨晚紧绷的神经突然放松下来，她无法抑制眼泪滑落。

瑶子紧紧咬着下唇，呜咽不止。麦蒂一言不发地看着她，随后用手上的纸巾帮她拭去泪水。

"谢谢你,麦蒂。"

瑶子涨红了鼻头,又一次对她道谢。

"我怎么这样……眼泪一直停不下来……可能蛋饼实在太好吃了……"

麦蒂哧哧笑了起来。

"你这么喜欢蛋饼啊。"

瑶子点点头。

"因为那是我丈夫最喜欢的东西……我跟他在马德里认识,我们公寓附近有一间很美味的家常菜馆,我经常跟他去那里吃饭。他还说,希望蛋饼是他'最后的晚餐'……"瑶子呼出一口气,继续说道,"结果被他说中了。"

随后,瑶子便低声讲述了她和伊桑度过的最后一个早晨。

决定命运的日子,二〇〇一年九月十一日。

丈夫买来了蛋饼三明治,还对她开玩笑说那是"最后的早餐",并一脸幸福地把它吃了下去。

没想到,他的话很快就成了现实——

"直到现在我依旧经常梦到那天早上。每次醒来,我都很后悔。"瑶子带着哭腔说,"那天早上我有个重要会议,忙着做最后的准备……都没机会跟他好好说话。要是当时我抛下会议,对他说想多在一起坐一会儿,跟他多说几句话,事情就不会变成这样。可是……我却没有……"

又有眼泪涌了上来。一直注视着瑶子的麦蒂突然伸出手,用指尖拭去她脸上的泪水。麦蒂的手指柔软又温暖。

不可思议的是,瑶子竟很自然地对麦蒂敞开了心扉。她觉得,就算这样正中恐怖分子下怀,她也不在乎。

我已经没有退路了。

可能在这里结束一生,即便最后生还,自己也是这起事件的主因,必须承担责任。

但不管怎么说,她必须在这里完成自己唯一能做的事——

瑶子抬起头,笔直看向麦蒂。

"麦蒂,我有个请求……我可能再也出不去了,也做好了准备。所以我希望……你能替我向乌尔转达一句话。"

麦蒂也笔直注视着瑶子。瑶子直视那双黑眸,继续说道:"我希望你们放弃夺回《格尔尼卡》。因为那件作品不是你们的东西,更不是我的东西……那是我们的东西。

"那件作品是美术史上经历最复杂、最艰难的画作。你们一定也知道,它的政治影响力十分强大。"

瑶子对麦蒂说,自己是纽约一座国际性美术馆 MoMA 的策展人,还策划了一个展览,想通过毕加索作品的力量宣传反战。

唯愿战争从世界上消失。

毕加索没有用话语,而是通过画笔表达了这个心愿。而瑶子想利用展览来替他传播。

在那个发生了"9·11"惨剧,夺去她丈夫性命的城市——纽约。

在那个主导了伊拉克战争,对巴格达发动空袭的国家——美国。

她给展览起名叫"毕加索的战争"。而且无论如何都想在这次展览上展出《格尔尼卡》。

她想通过这件可谓毕加索"遗言"的作品,警告愚蠢地重蹈覆辙的人类,治愈深受伤害的纽约市民,祭吊惨遭空袭的巴格达。

然而——

"这个希望落空了,我恐怕再也回不到纽约了。就算能回去,恐怕也很难实现这次成为《格尔尼卡》事件导火索的展览了。我愿意放弃一切,只是……"

我想保护《格尔尼卡》。

瑶子的心愿只剩下这一桩。

就算暴力将它夺走,然后要怎么办呢?那件作品很大,很难藏匿,若要送到巴斯克地区的美术馆(没错,她听说毕尔巴鄂的古根海姆美术馆分馆正为作品秘密准备展厅),需要有一套合法手续。

换言之,它对乌尔他们来说就是一个烫手山芋。

"求求你,麦蒂,替我告诉乌尔。《格尔尼卡》是人类至宝,它不是哪个人能简单处理掉的东西。我们全都有责任保护它,让它流芳千古。因为它是我们的宝物啊。"

麦蒂一动不动地听着瑶子的话,双眼如黑曜石般闪耀。与她面对面时,瑶子有种不可思议的熟悉感。

麦蒂眼睛一眨不眨地凝视着她。

那双眸子,她似曾相识。跟她熟知的某个人很像——

麦蒂注视着瑶子说:"既然你是研究毕加索的专家,是否一眼就能看出毕加索作品的真伪?"

出乎意料的话语让瑶子有些困惑,但她还是如实回答了。

"我不是鉴定专家,只看一眼恐怕很难分辨真伪……不过我可以对你说说自己的感觉。"

麦蒂从裤子后袋里掏出一张记事本大小的照片,一言不发地递到瑶子面前。

瑶子的目光落到照片上。

画面上是——鸽子。

仿佛随时都要腾空的一只白鸽。

第十章 守护神

一九四二年七月十四日，巴黎

临近正午，朵拉·玛尔叼着一根香烟，坐在圣日耳曼区的"双叟"咖啡厅露台座上。

烟不是她抽惯的牌子，而是一种德国烟。现在摊贩上已经禁售法国香烟了，出于无奈她只能买德国烟，但怎么抽都不是滋味。由于实在不喜欢，她还尝试过戒烟，但最后还是会觉得嘴上少点什么，忍不住点起一根。这让朵拉不禁痛恨自己的习惯。

时至正午，眼前的圣日耳曼德佩修道院敲响钟声。朵拉远远看着人们排着队走进去。修道院周围停着几辆德国军车，好几个持枪军人伫立在修道院门口和圣日耳曼大道旁，目光如炬地监视四周。

那天是法国大革命纪念日，是人民攻占巴士底狱并取得胜利，成为大革命开端的日子。这个日子对法国人民来说非常特殊。

一七八九年，法国人民不满王政，奋起与国王军队战斗，终于将其打倒，建立了民主主义社会。法国大革命是人民的革命，也是群众头一次成功夺取主权的斗争。

法国人民都对这个代表了革命与民主主义诞生契机的日子感到无比骄傲。因为"七月十四日"是群众夺取自由的象征。

这个日子被定为国庆日，人们每年都会在街头举行游行，载歌载舞，举杯畅饮。因为群众获得了自由——从王室的高压统治中解放出来，能够自由学习、自由经商、自由表达、自由生活，自由地活下去。没错，我们是自由的。每到这个日子，法国人就会重新认识自己的自由，并为此而欣喜。

毕加索和朵拉都不是纯粹的法国人，但只要是生活在巴黎、钟爱自由的人，都会忍不住庆祝这个节日。因为全城都在为自由而狂欢。

朵拉每次都会与一群钟爱自由、钟爱狂欢的艺术家一起度过这个愉快的节日。跟毕加索开始交往后，还会跟他的朋友一起包下整个餐厅，尽享美食美酒，一直狂欢到天亮。即使在战争阴影笼罩欧洲全境后，他们也会在这个日子里忘掉所有不安，痛快放纵自己。

但现在，连仅剩的欢乐也灰飞烟灭——因为纳粹德国占领了巴黎。

巴黎落入纳粹之手，已经过去两年。

席卷整个欧洲的世界大战毫无终结的征兆，希特勒依旧贪婪地发动一场又一场战争。这场战争究竟何时才会结束，谁也无法预测。

巴黎沦陷后，市民无不惊恐，不知纳粹将会如何处置法国人。但意外的是，纳粹并没有对法国人民实施高压统治，而是保持了表面的和平。

尽管如此，巴黎已经不是原来的巴黎。

大街小巷随处可见德国军车和士兵，监视着人民的一举一动。盖世太保时刻都在搜捕犹太人。犹太人一旦被抓到，马上就会被送往集中营。所以自从巴黎沦陷后，犹太人的踪影就消失了。

不仅是犹太人,藏匿他们的人也会遭到抓捕,不知被送到哪里,然后再也回不来——这种事早已屡见不鲜。

如今物资监管也越来越严格,奢侈品一律禁止销售,普通市民不允许食用高级牛肉和点心,香烟和酒水只能买到德国货,法国货很难找到。

铁、铜等金属物资几乎全部投入军备,各类金属都被征收,甚至有人开始议论,纳粹是否要把埃菲尔铁塔也拆掉铸成坦克。

在这压抑的气氛中,艺术家们也无法自由表达思想。

作家的文章都要经过审查,美术、音乐、舞蹈、戏剧、摄影、电影——一切艺术形式都不能批判纳粹和战争,不能呼吁和平。

巴黎,这个曾经被全世界艺术表达者憧憬的都市,由人民通过革命夺取的"表现自由"早已枯萎,奄奄一息。

又有谁能想到,巴黎竟有一天会失去"表现自由"呢?

谁也想象不到,巴黎失去自由的模样。

包括我,还有毕加索。

朵拉和毕加索从法国西部港城鲁瓦扬这个"疏散地"回到纳粹德国占领的巴黎,已经过去了两年。

一开始,朵拉和帕尔多都极为担心,生怕毕加索回到巴黎的那一刻就被纳粹控制。

纳粹沾满血污的双手已经迫害了许多犹太艺术家,他们很可能要把被贴上"颓废艺术"标签的"现代艺术"创造者全部抹杀。

假设如此,毕加索自然是首当其冲的迫害对象。因为他是创作《格尔尼卡》,以作品猛烈批判纳粹空袭的艺术家。

一旦回到巴黎，就可能会落入地狱。

朵拉烦恼了许久，想让毕加索留在鲁瓦扬。然而毕加索去意已决，很难让他改变想法。

既然如此，她就陪毕加索共赴地狱。

心意已决，朵拉决定跟随毕加索返回巴黎。帕尔多也为毕加索的返回提供了全力支援。

两年过去了——

如今街头已经见不到庆祝革命纪念日的巴黎市民。

圣日耳曼德佩修道院的钟声不再为庆祝纪念日而敲响，而只是正午报时，督促人们进行白天的祈祷。

"你看起来很无聊啊。"

背后传来声音，朵拉回过头去。只见身穿夏季西装的帕尔多·伊格纳西奥面带微笑站在那里。

无论法国的经济形势多么窘迫，身为名门伊格纳西奥家继承人的帕尔多仍坚持优雅高贵的装束。普通市民穿上身就会被当作"奢侈品"而没收的上等夏季羊毛外套，他却穿得一丝不苟。每次看到这样的帕尔多，朵拉就会受到鼓舞。

伊格纳西奥家是大资本家，自然被纳粹监视着。不过他们的财产并没有被毫无理由地没收，而且伊格纳西奥家在瑞士、英国、美国等地都有资产，保护措施完善。听到帕尔多这么说，朵拉似乎理解了伊格纳西奥家为何如此富足。因为有钱人知道如何保护自己的财产，所以无论发生什么事，他们依旧能维持有钱人的身份。

"你到哪儿去了？从上周起就见不到你，毕加索很担心呢。"

帕尔多几乎每天都会拜访毕加索在大奥古斯丁路的画室。

他并不会干什么，只是坐在画室一角的沙发上，默默看着毕加索创作。有时他们会一起用餐，聊天，然后帕尔多就回家了。有时他也会偷偷带点高级法国红酒来犒劳毕加索。

所以，哪怕他只是两天没来，毕加索都会担心地问"帕尔多怎么了"？不仅要问，还要朵拉和秘书海梅给他打电话，或是到伊格纳西奥家去找他。

可见毕加索十分信任帕尔多，并对他很依赖。只要帕尔多在身边，他就很高兴，仿佛父亲疼爱有出息的儿子一般。

如果是我两三天没露面，他会这么坐立不安吗？

毕加索对帕尔多的喜爱让朵拉甚至有些嫉妒。但是想到帕尔多为毕加索做的种种努力，又觉得理所当然。

帕尔多为保护毕加索的作品付出了全部心血。他高声赞美《格尔尼卡》，全力守护它，最终护送它流亡美国。

我们在世时，那件作品恐怕再也回不到欧洲了，朵拉这样想到。

一旦纳粹和法西斯成为欧洲霸主，占领了整个欧洲，我们究竟该如何是好？

别担心。帕尔多每次都会安抚不安迷茫的朵拉。

别担心。无论发生什么事，我都会负起责任，保护你和毕加索。

"我到别处去办了点事……因为毕加索说想用青铜创作雕刻作品……"

帕尔多说着，在朵拉旁边落座，随即抬起一只手拒绝了朵拉递来的烟，仿佛在说他对德国烟不感兴趣。

"所以我去采购青铜了，大约有一百公斤。"帕尔多低声说道。

"一百公斤？"朵拉反问。

"嘘！"帕尔多竖起食指，"请你小点声。"

如今在法国想搞到金属极为困难。连埃菲尔铁塔都可能要被拆掉了，帕尔多究竟从哪里弄来了整整一百公斤青铜？

"我是通过某个途径弄到手的，但详细情况不便明说……"

帕尔多呵呵笑了。

你究竟是个什么样的人啊。

朵拉感到背脊一凉。能在这种非常时期搞到青铜本身就很不简单，而且帕尔多还是为了毕加索的创作而冒险行动，他的气概让她感到敬畏不已。

"帕尔多，你为什么要……"朵拉忍不住问了一句，"为什么要为毕加索做这么多？"

帕尔多把送到嘴边的咖啡又放回托盘，将目光转向聚集了好几个德国兵的修道院入口，平静地说："朵拉，你还记得我跟你初次见面那天吗？"

朵拉抬起头，看向帕尔多略显苍白的端正侧脸。

她与帕尔多的相识是在五年前，巴黎世博会刚开幕的时候。

对，当时就在这个咖啡厅，在这个座位上。那天的帕尔多也一身笔挺的西装，独自坐在这里。彼时他才十八岁，瘦削的脸上还留有少年的稚嫩。

"我记得，因为你那么优雅英俊，而且……"朵拉回想起那天，露出笑容，"你当时在哭呢，因为恋人奔赴前线……"

那时，帕尔多在人多混杂的露台座上显得鹤立鸡群。一头梳理整齐的黑发，长长的睫毛和大颗的泪水……朵拉被他强烈吸引，走到他旁边坐下，仿佛两人是早已约好在那里相见。

帕尔多用略显寂寥的目光看向朵拉。

"是啊，确实如此……当时我不知如何是好，只能坐在这里哭泣。"

我怎么这么没出息，这么胆小。

为什么没有说出口如果你要上战场，我也跟你一起去。我们绝不分开——

说到底，我还是更珍惜自己的家族，自己的名字。还是害怕在战场上送命。

那么多勇敢的年轻人志愿参加人民战线，每天都有人为国牺牲。而自己却不想成为其中一员。

我难道不是带着这个想法，选择了逃避吗？

我已经失去了活下去的理由。

我在巴黎喝红酒的时候，她说不定已经死在了战场上。说不定有一颗子弹已经穿透她的胸膛，让她倒在尸骨累累的大地上。说不定正有无数军靴从她身上践踏而去——

我无数次想象那个画面，险些尖叫起来。

我不能再活下去了。

喝完这一杯，就投身塞纳河吧。从恋人们互诉衷肠的美丽新桥上，朝着黑暗的水面一跃而下——

就在帕尔多深陷绝望之时——遇到了她。

遇到了朵拉·玛尔。随后又结识了她的情人巴勃罗·毕加索。

"如果当时……你没在这里找我说话，我没有见到毕加索……我可能活不到现在，也见不到《格尔尼卡》了。"

说着，帕尔多看向朵拉。

"谢谢你，朵拉……我真不知该如何感谢你和毕加索。是你们让我意识到，我也能靠自己的力量完成一些事。"

帕尔多眼中泛起泪光。

与他们初次见面时一样，此时他的目光中同样透着悲伤。

"别这样，突然说那种话干什么……"朵拉带着害羞和不安的复杂情绪回应道，"是我们应该感谢你。是你全心全意支持毕加索，是你赌上一切保护了《格尔尼卡》。当然，我也决心与毕加索命运与共。只是一个人往往力量不足——正因为有了你，毕加索和《格尔尼卡》才一直活到了今天。"

朵拉用早已没有涂抹指甲油的纤细手指轻触帕尔多的指尖。

"谢谢你，帕尔多。你是毕加索的守护神……有你在，真是太好了。"

帕尔多用力握住朵拉的手，随后眼含泪水地呢喃道："今天，我得到消息……她……我爱的人……回到了上帝的怀抱。"

自从格尔尼卡遭到空袭后，帕尔多就一直在打探恋人的消息。

虽然打探活人的下落十分困难，但至少没有她死去的消息。帕尔多便告诉自己，这就证明她一定还在什么地方活着。

帕尔多已经把帮助毕加索守护《格尔尼卡》当成了自己的毕生使命。他没能与她共赴战场，但他在这里做自己力所能及的斗争。那就是与《格尔尼卡》一道，向战争发起抗争。

但最终西班牙共和国被佛朗哥将军的法西斯政权打倒了，第二次世界大战爆发，巴黎落入纳粹德国之手。战争仍在继续，这意味着他的斗争仍在继续。

只要世界上还存在战争，自己就要全力守护毕加索和《格尔尼卡》。他绝对不会认输，也不能认输。

因为守护毕加索和《格尔尼卡》，就是守护"表现自由"。

那同时也是他对恋人，对那个无法与之并肩作战的人发出的誓言。他绝不会输给践踏祖国西班牙、践踏巴黎、践踏整个欧洲的法西斯主义。

然后——

今天清晨，帕尔多接到电话。是帮他在西班牙打探恋人消息的人打来的。

他深爱的人已经离开这个世界了。她在西班牙内战结束前不久，于马德里的枪战中牺牲了——

"我……我心里一直有所期待。期待她能活下来，甚至能逃亡到法国，到巴黎来找我……所以我决定，在她找到我之前，我要不断战斗。我一直告诉自己，要活到与她重逢的那天……可是……尽管如此……"

说到这里，帕尔多低下了头。朵拉知道他不想让自己看到他哭泣的样子，于是伸出手搂住了帕尔多。

她已经不在了。

可是，尽管如此，战斗还将继续。

做完祷告的人纷纷走出圣日耳曼德佩修道院，持枪的德国兵再次将锐利目光转向他们。

朵拉抱着帕尔多轻颤的肩膀，一言不发地看着七月阳光中穿行的人群。

二〇〇三年五月二十日，西班牙某处

瑶子被捆在椅子上，眼前站着一个巴斯克女人，她的名字叫麦蒂。

麦蒂手中拿着一张照片，照片上是一只白鸽，仿佛随时都要振翅翱翔的白鸽。

看到照片的瞬间，瑶子猛吸一口气。

好像啊。

伊桑曾送给她一幅毕加索的白鸽，作为订婚戒指的替代品。眼前这张彩色照片上的白鸽虽是油画，但与瑶子视作珍宝的素描白鸽无比相似。

毫不犹豫的流畅笔触、鲜明的色彩、白色的鸽子与天蓝色背景形成强烈对比。虽然描绘这只鸽子身体的清晰线条，画中的浅绿色与抽象紫水晶色块，这些都与她的那幅素描不同，但无论构图还是鸽子的表现手法，都带有毕加索的"个性"。

"这是……这张照片是在哪儿拍的？"瑶子抬起头问。

麦蒂并不看她，低着头说："我不知道是谁拍的，不过我母亲带着这张照片。"

"你母亲？"

瑶子重复一遍，麦蒂点点头。

"那照片里的作品呢？也在你母亲那里？"

麦蒂这回摇了摇头。

"以前在她那里，不过现在在我这里。"

瑶子再次看向照片。

若不看到实物，她无法下定论。

不过这幅画拥有毕加索作品的所有特征。构图、色彩、笔触，以及战后毕加索反复描绘的"白鸽"形象。

虽然没看到签名，但有可能只是没有拍到照片里。

关键在于第一印象。

这是毕加索的真迹——瑶子瞬间有了这个感觉。

绘画的真伪鉴定需要由专家经过重重检验，慎重下定论。没有哪样作品能够瞬间完成鉴定。

然而，瑶子曾听一位相熟的鉴定师说，鉴定结果往往与第一印象一致。

大费周章的科学检验和复杂手段，有时都无法胜过专家的直觉。

这是巴勃罗·毕加索的真迹，而且极有可能是尚未公开过的作品。

创作时间可能是战后，而且是一九四九年以后。它与毕加索为巴黎世界保卫和平大会创作的白鸽很相似。从那以后，毕加索频繁创作过多幅白鸽的画作。

直到一九七三年以九十一岁高龄去世，毕加索一生大概创作了七万多件绘画作品。素描作品超过十万件，还有许多随意勾勒送给别人的作品，以及未公开和未发现的作品。

伊桑送给瑶子的那幅白鸽简笔画，虽不知因何创作，但确实是一幅带有签名的毕加索真迹。

这张照片上的"白鸽"油画与之极为相似，若当真是毕加索亲笔创作，又为何会落到麦蒂母亲——然后是麦蒂手上呢？

究竟是他人馈赠，还是偷盗之物，抑或赝品——

麦蒂低头思索片刻，突然又抬起头，用恳求的目光看向瑶子。

"快告诉我，这幅画……是毕加索的吗？"

麦蒂的声音里充满了对真相的期待。瑶子难以掩饰困惑，犹豫地回答："我不是鉴定专家，又没见过实物，所以很难肯定……但如果我的直觉没错，这可能……"

"可能？"

瑶子凝视着麦蒂深邃的黑眸。

"麦蒂，你能告诉我吗？你刚才说这件作品曾为你母亲所有，那你母亲是从哪里得到这幅画的？又是什么时候给你的？"

但麦蒂慌忙避开了瑶子的目光，抿着嘴沉默许久，才嗫嚅着反问道："要是回答了你的问题，能告诉我这是不是毕加索的画吗？"

瑶子凝视着麦蒂，点点头说："嗯……我答应你。"

麦蒂正对瑶子抱膝坐在地上，开始讲述自己的身世。

我的故乡在巴斯克的比斯开省，小镇名叫格尔尼卡。

我父亲是毕尔巴鄂德乌斯托大学的社会学教授，母亲是个普通家庭主妇。我在一个安稳的环境中长大，是个无忧无虑的阳光少女。

然而三十年前——我八岁那年，一切都变了。

我永远不会忘记那个平静又温暖的四月的周末上午。

我们一家三口在餐厅吃早餐。对，我记得当时桌上有刚烤好的面包、巧罗丝和热巧克力，还有母亲最拿手的热气腾腾的玉米饼。

我正在对他们说头天发生在学校的事，父亲母亲都微笑着听我讲。突然，咚咚，咚咚……一阵急促的敲门声传来。父母吃了一惊，看向彼此。我清楚地记得当时母亲的脸就像被冻住了。

咚咚，咚咚！敲门声反复好多次，我还听见一个男人不断叫喊父亲的名字。这下父亲的脸也瞬间失去了血色。

我父母都迟迟没有站起来，好像冰雕一样僵在原地。我心里很害怕，吓得哭了起来。边哭边问"爸爸，怎么了""妈妈，我好害怕""是谁来了"？可他们都没有回答我。

过了一会儿，父亲站起来走向门口，母亲大喊一声，想把父亲叫住，但他还是一言不发地开了门。

立刻有几个穿着制服的男人大步走了进来。他们围住父亲问了几句话，父亲认命地点了点头。

"别走！"母亲大喊道。

父亲回头看了我们一眼。我对上了他的目光，看到眼神中有寂寥，还有欲言又止，以及放弃了一切的悲凉——

那是我最后一次看到"活着的父亲"。

后来我才知道，父亲是个坚定的巴斯克思想家，他公开反对当时支配西班牙的佛朗哥政权，引导了巴斯克独立运动。但是，父亲并没有加入非法组织，一直都以合法身份向政府发出反对的声音。

但为了镇压反抗活动，警察带走了父亲。

我和母亲每天都焦急地等待着父亲归来，但好久以后，母亲收到一份通知，那上面说父亲在接受审问时心脏病发作去世了……

又过了好久，父亲终于回来了……只是躺在棺木中。

我们的邻居害怕被警察盯上,连父亲的葬礼都不敢参加。

本应用来瞻仰父亲遗容的棺木小窗被封得严严实实,棺盖也上了锁。

我现在明白,棺木之所以被封死,是因为父亲的尸体惨不忍睹。父亲一定是被拷打致死的。

下葬前,母亲扑在棺木上,哭得几近发狂。

父亲生前是大学教授,因此母亲应该能领到遗属养老金。可是什么都没有,我们家的收入就这么断了。

于是母亲不得不出去工作。她做裁缝、去面包店打工、帮人洗衣做饭,她一个人身兼数职,为了供我上学而拼命工作。

可是……

母亲不知何时患上了重病。但她对我隐瞒了病情,一直工作到倒下。

一天……对,就是我考上父亲执教的那所大学那天……母亲在工作中病倒,被送进了医院。医生说癌细胞已扩散至她的全身,她活不了几天了。

我感到眼前一黑。

母亲要去世了,我真的要变成孤身一人了——

我无亲无故,又没有钱。好不容易考上大学,却将变成孤身一人。我到底该怎么办?

我抱着卧病在床的母亲拼命哭泣。就像母亲抱着父亲的棺木那般。

母亲的病情日益恶化,我眼看着她渐渐失去意识。

别离很快就要来临。

怎么办……我该怎么办……我真的走投无路了……

没想到奇迹发生了。

陷入昏睡状态的母亲突然醒来，还意识清楚地对守在病床边监测脉搏的医生和护士说，请让我和女儿单独说说话。

"麦蒂，我有件事必须告诉你。"

我擦掉脸上流不尽的泪水，凑到母亲嘴边。

"我要把我珍藏多年的一件宝物送给你。我一直对你隐瞒了这件事，不过有了'它'，你就能得到数千万比塞塔，成为有钱人。

"可是，你不能轻易把'它'转手他人，只有在你决定赌上性命守护一样东西……或守护一个人时，才可以卖掉。

"'它'一定会成为你的守护神，保护你和你最珍重的人。"

说完，母亲就把一张照片给了我。

没错，就是这张照片。

然后，她又把"它"的存放地点告诉了我……她说它被卷起来包在挂历纸里，放在衣橱抽屉最深处。

一口气说完这些话，母亲就安静地离世了，脸上带着好像圣母玛利亚一样的祥和表情。

果然如母亲所说，我在衣橱抽屉深处找到了"它"。

摊开画布的瞬间，我感到……一只白鸽正奋力鼓动翅膀，从敞开的窗户飞了出去。

在宽广天空中翱翔的一只美丽白鸽。

这到底是谁画的？

是谁在画布上描绘了如此生动的白鸽……

我仔细看遍画布的每一个角落，终于在边角上发现了小小的签名。

上面清楚地写着"Picasso"。

怎么可能？

这是巴勃罗·毕加索的画？

我顿时陷入了混乱。

如果这真的是毕加索的画，就应了母亲那句"你就能得到数千万比塞塔，成为有钱人"。

可是，为什么母亲会有毕加索的作品？

莫非这是从美术馆偷来的？所以她才要藏起来，以免被人发现？

我越想越不明白。

只有一件事很清楚。

我不能让任何人知道这幅画在我手上，这点绝对没错。

我要把它藏起来，绝不放手。一如母亲的遗言——

老实说，如果那幅画是毕加索真迹，我很想马上把它卖掉。那样一来，我就能凑到大学学费和今后一段时间的生活费……

"原来是这样……"麦蒂的痛苦让瑶子感同身受，她不禁发出低声喃喃。

想到她经历过这般痛苦才活到今天，瑶子一时不知说什么才好。就算麦蒂把母亲留下的毕加索的画卖掉了，想必也是迫不得已。如果她为了学业和生活不得不这么做，在天堂的母亲应该也会原谅她。

麦蒂一直平静地讲述这个故事，说到这里却闭上了嘴。她低垂的脸宛如一朵白色小花，眼睛盯着地面。不过她的沉默没持续太久，很快她便抬头看向瑶子，重新讲了起来。

我还是决定放弃上大学，准备出去找工作。因为我知道，要想一个人活下去，就只能这么做。

在缴纳入学费用和第一年度学费的最后期限那天，我离开家，准备去大学办理注销手续。就在我准备出门时，收到了一封信，信封上没写寄信人姓名。

我打开一看，里面竟是一张支票……一百万比塞塔，正好是入学费用和第一年学费的总额。开具支票的单位是"巴斯克教育财团"，我从未听说过这个组织。不过信封里还有一封信，信上说："谨代表你去世的父亲，支付教育费。"

那是埃塔首领之一，乌尔写的信。

埃塔与乌尔把父亲视为英雄，因为他引导了巴斯克独立运动，因此，他们主动为已成为孤儿的我提供援助。

我当然知道埃塔是反政府的激进组织，为了巴斯克独立，他们不惜暗杀政府要员，是个冷血无情的恐怖组织。

然而我当时那么年轻，在我眼中，他们才是英雄。

父亲被拷打致死，母亲因此早逝，这些经历让我痛恨佛朗哥政权。埃塔向法西斯政权发起正面挑战，即使在佛朗哥死后，也坚持为了巴斯克独立而战。我一直认为他们的行为是对的。

与埃塔接触改变了我后来的人生。

埃塔成了我唯一的依靠，我后来直接与乌尔见面了。

乌尔的故乡跟我一样，都是格尔尼卡。我们从一开始就被彼此强烈吸引，大学毕业后不久，我就跟他结婚了。

乌尔平时就像普通人一样，过着平常的生活。这么说听起来可能很像借口……但我虽然是他的妻子，却没有参与任何埃塔的活动。

只是……就像他曾经援助过我一样，我也在暗中支持着他。

我跟他结婚十五年，埃塔一直在为巴斯克独立而战，参与了许多次暗杀，还与政府默认的敌对势力"反恐怖主义解放团体（GAL）"发生过冲突。

此外，乌尔还好像着魔一般不断坚持着一个"计划"。

那就是"夺回《格尔尼卡》"。

乌尔把这个当成自己的座右铭。

我父亲写过一本书叫《巴斯克的自由与独立》，这本书的封面就用的《格尔尼卡》。

乌尔常把父亲的这本书带在身边，并像念咒一样呢喃，"我绝对要让这幅画回到巴斯克"。

这幅画不归索菲亚中心，也不归西班牙政府，这是我们巴斯克人的东西。

我们故乡的人流尽血与泪，饱经伤痛和诀别。毕加索是为了安抚他们的灵魂，才创作了这幅画。

若不把画夺回来，毕加索也会死不瞑目——

埃塔多年来一直在秘密收集《格尔尼卡》的信息，耐心等待它从索菲亚中心的墙上卸下的瞬间。

我……我身为乌尔的妻子，一直默默支持着他做许多事……但老实说，我不赞同夺回《格尔尼卡》。

不是吗？就算把《格尔尼卡》抢回巴斯克，又能怎样呢？没有地方展示，还不能让普通人看到。专门租个巨大的仓库一个人欣赏吗？简直愚蠢透顶……我曾用这些话明确反对过他的计划。

其实我心里一直想着的是那幅《白鸽》，母亲留给我的唯一宝物。

我把那幅画藏在了只有我能找到的地方。就算对乌尔，我也没有透露那幅画的事……因为那是母亲留给我的东西。

可是乌尔并没有听我的意见。

"我无论如何都要让《格尔尼卡》回到我们的故乡，如果你有意见……就不再是我的妻子了。"他用疯狂的眼神瞪着我，说了这些话。

然后他还说："你问我拿到那幅画后打算怎么办？还用说

吗？我不会再让任何人触碰到它，不会再让任何人看到它。我要把《格尔尼卡》永远封印在巴斯克，让它远离佛朗哥的噩梦，远离战争的痛苦，让它得到解放。"

我要让那幅画从世界上消失。

第十一章 解放

一九四四年八月十八日，巴黎

透过敞开的窗户传来巴黎圣母院的钟声。

躺在客厅沙发上的朵拉·玛尔撑起上半身，目光投向堆着书本、笔记和各种杂物的桌子，寻找那个金色时钟。

那是正午的钟声。昨天广播和报纸都在热议，法国全境展开了大罢工。若那是真的，今天地铁、出租车、咖啡厅和集市应该全都歇业了。朵拉漫不经心地想着，原来这种时候教堂还会勤勤恳恳地敲钟啊。

她站起来走到窗边，把半掩的窗板完全推开，潮湿闷热的空气涌入室内。

平日听惯的大路上的车马声都消失了，似乎整条街都陷入了死寂。是因为罢工吗？还是如传闻那般，目前控制着巴黎的纳粹与已经进攻到巴黎跟前的联军正在对峙，全城都处在一触即发的紧张气氛中。

门口传来敲门声，把朵拉吓了一跳。

咚咚咚，不多不少，正好三下——是帕尔多。朵拉松了口气，快步走向大门。他们早已约好，朵拉来时敲两下门，帕尔多来时敲三下门，秘书海梅来时敲四下门。若是听到不规则的敲门声，里面的人绝不轻易开门。这已经成了毕加索身边人的默契。

盖世太保曾凶悍地敲门，他们怀疑这里藏匿着犹太画家的同伴，不由分说地把整个房子搜查了一遍。

当时朵拉正好在场，虽然强装镇定，但双腿颤抖得险些无法站立。毕加索一脸平静地吸着烟，心里已对那些连画室边边角角都不放过的盖世太保气愤不已。

其中一个男人发现了贴在墙上的《格尔尼卡》的明信片，一把将其撕下，拿到毕加索面前，面目狰狞地问道："这是你画的？"

毕加索把香烟扔到脚边，吐出一串长长的烟雾，然后回答："不是。那是你们画的。"

巴黎世博会西班牙馆首展《格尔尼卡》时，他也对纳粹军官说过同样的话。

"对不起……我来晚了。外面的店铺全都关着……"门外的帕尔多一看见朵拉便开始道歉，"结果还是没买到报纸，今天好像连报社都休息了……"

"没关系，快进来吧。"朵拉连忙把帕尔多让进屋里。

帕尔多顾不上坐下，就问了一句："毕加索怎么样？"

"把自己锁在卧室里三天了。海梅定时送饭进去，他每次只吃一点……"朵拉叹息一声回答道。

"他身体不舒服吗？"

"可能是精神方面的问题。你三天前来的时候，他不是说了一句'我不逃走，就留在这里'，然后进卧室了嘛。从那时起就没出来过。"

"是吗……"帕尔多无力地说，"我真不该说那些话。"

朵拉一手搭在沮丧的帕尔多的肩上，说："那不是你的错。"

三天前，帕尔多来找毕加索和朵拉，说巴黎很快就要变成德军与联军的决战之地，很有可能卷入战火。他提出不如先离开巴黎避难，自己可以提供协助。

但毕加索断然拒绝了他的提议，坚称自己哪儿也不去，然后就把自己关在了卧室里。

既然毕加索不走，朵拉和帕尔多自然也不会走。这恐怕便是毕加索的打算。一旦巴黎变成战场，战火蔓延到这座画室，那不仅他自己，连朵拉和帕尔多也要受牵连。他明知如此，却还按兵不动。

朵拉打从一开始就知道毕加索极度自恋，可没想到现在满足他的自恋成了要命的事。朵拉倒不认为这是一种不幸，只是也不觉得幸福。

"要是这种不上不下的状况一直持续下去，那也没有办法。换作是谁都受不了啊。"

朵拉呢喃着，仿佛在劝说自己。

没错。

巴黎正处在"不上不下的状况"中。

是继续被纳粹统治，还是得到解放。是遭到破坏灰飞烟灭，还是永远保持灿烂辉煌——

一九四〇年，纳粹德国占领巴黎，将法国政府驱逐出去，完全掌控了这个城市。

德国为成为欧洲霸主而发动的战争还在向世界各国蔓延，已经发展成了世界大战。德国已占领了奥地利和法国，但还要面对北方大国苏联。一直担心被东方和北方的敌国夹击的德国便在本国东部部署了重兵防御，与之相比，在法国西侧（海峡对岸被联军中枢英国控制）的守备兵力就比较薄弱了。联军展开了从北边攻打法国的"佯攻战略",意在看准西侧防守变弱时大举进攻。一九四四年六月六日,联军终于在诺曼底沿岸登陆法国,就是"诺曼底登陆战"。

联军连连击溃德军,逐渐逼近巴黎。当时已经遍布法国全境,尤其在巴黎最为活跃的反德抵抗组织响应联军,展开了激烈的抵抗运动。有传言称,反抗组织准备等到联军抵达巴黎的那一刻大举行动。

帕尔多曾表情紧迫地把这一传言带给了毕加索和朵拉。

"我收到消息说巴黎很快就要爆发抵抗运动。三天内,地铁、法国国家宪兵队、警察、邮局等机构都会开始罢工,紧接着就是全国劳动者总罢工。反抗组织会趁巴黎全市进入瘫痪状态时展开行动。"

毕加索脸上立刻笼罩了不安的阴霾。朵拉则期待又害怕地问道:"抵抗运动能成功吗?联军真的兵临城下了?"

她边问边强烈希望那是真的,可又害怕一旦失败就会酿成无法挽回的后果,巴黎市民搞不好会遭到纳粹残杀。两种感情纠缠在一起,让朵拉感到胸口几乎要被压垮。

"这不好说……"帕尔多含糊地回答,"联军已经逼近巴黎近郊,抵抗运动一触即发,这些都没错。若错过这个时机,恐怕永远无法将纳粹赶出巴黎了……只是我认为,成功概率可能只有一半。不知道希特勒新任命的卫戍司令迪特里希·冯·肖尔蒂茨会如何部署巴黎防御……是否会执行那个命令……"

帕尔多说,希特勒丝毫没有让出巴黎的想法。因为失去巴黎,就相当于失去了法国。换言之,就是向全世界曝光德国的颓势。

"你是说空袭的命令吗?"一直像岩石般沉默不语的毕加索

突然开口道，"如果守不住巴黎，就干脆……将巴黎付之一炬。德军可能会这么干……对，希特勒完全干得出这种事……不是吗，帕尔多？"

"你别这么说，怎么会……"朵拉的表情僵住了，"开什么玩笑，怎么能轰炸巴黎。德国要是干出那种事，联军绝对不会放过他们的。摧毁巴黎可是与全世界为敌啊！"

"他们不是早就与全世界为敌了吗！"毕加索大喊一声。

朵拉猛地一颤，盯着毕加索。那双如同暗夜般漆黑的眸子射出危险的光芒。

"我不认为那个独裁疯子会交出巴黎。他一定会想，要是保不住，就干脆破坏掉。巴黎是我的，谁也别想得到！对吧？帕尔多，你也这样认为吧？"

这回轮到帕尔多陷入沉默了。那沉默仿佛是在肯定，毕加索那骇人的想象绝非幻想。

轰炸巴黎？

这怎么可能……

朵拉觉得仿佛有一只巨大的蜘蛛在背上游走，全身寒毛直竖。

若纳粹真的发动空袭，炮弹如暴雨般落到这座城市……

一切都会被破坏，化作焦土。埃菲尔铁塔、荣军院、新桥、大皇宫、卢浮宫，全都会被毁于一旦。

还有这座公寓……公寓里的毕加索的作品。

所有东西，所有人，都将被炼狱之火化作灰烬。

包括她——包括毕加索。

巴黎会变成格尔尼卡！

"我有个提议。"帕尔多压抑着感情说，"巴勃罗，请你明天一早到玛丽·泰雷兹那里避难，我会派车送你过去。你把生活必需品简单收拾一下……朵拉,你跟我一起,到我家人暂避的瓦兹河畔的欧韦去。我们家在那里有一座乡村别墅,应该不会被德军盯上。好了,请马上准备吧……"

"等一等,帕尔多。"朵拉高声道,"你突然这么说,我怎么准备?另外,这座房子里的画怎么办?"

若扔下不管,极有可能被洗劫,大家都知道世界知名艺术家巴勃罗·毕加索的画室在这里。

"给我一天时间,我会想办法。"帕尔多表情坚毅地回答,"我保证会保护好它们,不让任何人碰。"

让《格尔尼卡》成功逃亡到美国的青年眼中没有一丝闪躲。朵拉低头思考该如何回应。

或许就到此为止了。

要是毕加索去了玛丽·泰雷兹和他女儿那里……或许,自己与毕加索的关系就会从此终结。

这段时间毕加索的态度很奇怪。

若朵拉主动,他还是会抱她,只是给她一种纯粹"男女交合"的感觉,缺少了应有的浓情蜜意。

他态度很冷淡,好像心不在焉,心思早已不知飘到何处。朵拉早已察觉,她与毕加索之间产生了微妙的分歧,她却无法开口问他怎么了。

到底是因为什么?是漫长的战争?还是巴黎被纳粹支配?还是警察随时可能闯进画室,说他的作品是希特勒所谓的"颓废艺术",进而加以蹂躏?抑或对看不见的未来感到焦躁?

莫非……他有新情人了?

朵拉已无法打开毕加索的心,直接读到他的想法。她一心想要挽留毕加索的心意,却知道自己无能为力。

挽留艺术家已经疏远的心,就像圈住已经起飞的候鸟一样。

朵拉本来也不认为自己能永远守住毕加索身边的这个位置。从两人开始交往的那一刻起,朵拉就一直对自己说,这个最接近毕加索的位置,只是暂时属于我。

成为毕加索的恋人,不过是幸运、偶然与种种巧合重合在一起罢了。

最开始的那段时间,她还自负地认为自己与其他女人不同,因为她是艺术家,毕加索爱的是身为艺术家的自己。

然而她很快便发现,这只是自己的错觉。无论她怎么坚持自己是艺术家,在巴勃罗·毕加索压倒一切的才能面前,在这个"造物主"面前,她身为艺术家的存在感都渺小得如同草芥。朵拉并非不自知的浅薄之辈。

她与毕加索已经交往八年了。

其间,朵拉一边烦恼于迟迟不与毕加索离婚的妻子奥尔嘉·科克洛娃、为毕加索生下孩子的玛丽·泰雷兹·沃尔特,一边又对将来必定会出现的"新情人"心生嫉妒。她就像一朵向日葵,徒劳地追逐着毕加索这轮太阳,她自己都感到无比滑稽。

可是,向日葵盛开的仲夏已经过去,无论怎么渴求远去的太阳,区区一朵花,也无力阻挡日落。

我们……可能就到此为止了。

尽管有生命危险,她还是执着于待在毕加索身边。这个渺小的自己让朵拉感到万分悲伤。

她不想与毕加索分离,可是留在巴黎极其危险。正如帕尔多所说,他们应该找地方避难。

帕尔多一定会全力保护这里的作品,会想尽一切办法履行他与毕加索的约定。他就是艺术的保护神,帕尔多·伊格纳西奥。

可是，未来已经——

毕加索一脸忧郁地低着头，随后抬眼看向帕尔多，一字一顿地说："我哪儿都不去。我就留在这里。"

这句意外的决定让朵拉忘却了呼吸。帕尔多也一脸惊诧。毕加索不顾愕然的二人，继续说道："如果他要轰炸，那就炸吧。他尽管炸，我不会逃。绝对不会。"

"不……可是……"帕尔多慌忙开口，"万一这里陷入战火……那可不行。总之请你先到别处去躲一躲，剩下的交给我——"

"我说了绝不逃走。"毕加索加重语气重复了一遍。

"为什么，巴勃罗？"朵拉忍不住追问，"死了不就什么都没有了吗？这样正中希特勒的下怀啊。他不仅痛恨联军将士和反抗组织成员，一定也想把你这样的艺术家也打下地狱。"

"正合我意。"毕加索恶狠狠地说，"他要我下地狱，我就带他一起上路。"

朵拉和帕尔多无言以对。毕加索从桌上拿起德国烟，气愤地捏成一团，扔到脚下。

"你们想走就走，但我绝不离开。我要站在画室窗前看他们轰炸巴黎。"

说完，毕加索就大步走进了卧室。

一九四四年八月二十九日。

大奥古斯丁路，毕加索的画室。朵拉坐在角落里的旧木椅上，独自看着画架上的一张画。

她在注视以自己为模特的肖像画。黄色和绿色的不规则色块组成了"脸"，那张脸仿佛正因痛苦而扭曲，构成了一个咬牙嘶吼的悲哀女人。是一个正因嫉妒而发狂，并不知羞耻的丑陋女人——哭泣的女人。

这就是我，朵拉想。这就是真实的、无从辩解的、真正的我。

毕加索七年前画了这张画，正是创作《格尔尼卡》的时期。那时她与毕加索才交往不到一年，对接近他身边的所有女人都抱有强烈的嫉妒。

特别是玛丽·泰雷兹。她曾经突然上门，与朵拉争论毕加索更爱谁。她痛恨为毕加索生下孩子的玛丽·泰雷兹，与她互相撕扯着头发咒骂，大打了一架。

毕加索当时就在一旁，带着浅笑旁观两个女人为自己争吵。

她早就知道——从一开始就知道。

世上不存在毕加索永远爱慕的女人。无论是奥尔嘉·科克洛娃、玛丽·泰雷兹，还是朵拉……在毕加索眼中都只是一段时光而已。

尽管朵拉早就知道……还是希望那双连心底都能看透的眼睛能专注在自己身上，哪怕只有短短一瞬间。还是希望他能用画笔将自己永远封存在画布中，无论姿态多么丑陋。就算她将化作"哭泣的女人"，永世流传。

这七年间，朵拉的想法渐渐坚定。并且，她从未后悔与毕加索在一起。

战争爆发后，她时时刻刻都在担心毕加索可能被纳粹带走问罪。然而朵拉下定决心不再恐惧，而是与毕加索一直抗争到最后。

因为毕加索是仅凭一支画笔对法西斯发起控诉的男人，是经历痛苦挣扎，孕育出《格尔尼卡》的艺术家。

能与他分享那幅画诞生的瞬间，并将那一瞬间收入镜头，朵拉感到无比骄傲。

没错，那是别人无法做到的事。虽然只是做下记录，但将来一定会有人赞颂般地说，那天，那一刻，朵拉·玛尔站在毕加索身边。

无论那是多么遥远的未来，总有一天，一定会——

透过敞开的窗户传来阵阵枪声。紧接着，欢呼声如同遥远的潮骚，乘风涌了进来。

四天前，巴黎终于解放。联军几乎兵不血刃地入城，德军判断防守困难，正式投降了。希特勒下达了烧毁巴黎的指令，但肖尔蒂茨上将未执行——因为巴黎实在太美丽，他不忍心将其付之一炬。

解放那天正午，埃菲尔铁塔顶上飘扬着床单做成的三色旗。据说是巴黎沦陷那天被迫升起纳粹万字旗的法国消防员，不顾生命危险爬上塔顶，升起了那面旗帜。第二天报纸上还对此做了报道。

为毕加索和朵拉带来"巴黎解放"这一消息的人，依旧是帕尔多。

朵拉一打开门，满脸通红的帕尔多便冲了进来。一直把自己锁在卧室里的毕加索听见帕尔多欢喜的声音，也走了出来。帕尔多激动至极，一把抱住了毕加索，接着又紧紧拥抱朵拉。他宛如受到胜利女神祝福的王子，脸上散发着光芒。

然而，仍处于震惊中的毕加索对帕尔多说："你能马上叫车送我到波舍鲁吗？"

那是玛丽·泰雷兹和他们的女儿住的地方。

转瞬之间，朵拉心中的欢喜冻结了。

帕尔多面露困惑，但马上回答"我知道了"。然后他对朵拉说，我先带巴勃罗过去，等情况稳定了马上回来……

"你会等我吗？等我回来……"毕加索问。

朵拉心中泛起黑暗的迷雾，是愤怒，是悲伤，又更似绝望。可她还是努力挤出灿烂的笑容，回答："嗯，那当然了。快去吧，别在意我。"

我一个人不会有事的。

砰、砰、砰，鸣枪声再次响起，潮水般的欢呼声，还有小号、单簧管和鼓的声音。香榭丽舍大道上开始了欢庆游行。

朵拉抬起低垂的头，眼角滑落一滴泪水。

二〇〇三年五月二十日，西班牙某处

让《格尔尼卡》从世界上消失——

从乌尔的妻子麦蒂口中听到埃塔首领之一的计划，瑶子不禁怀疑自己的耳朵出了问题。

这不就是为了"占有"苦恋之人，不惜将其杀害，被一腔热血操纵的杀人魔的想法吗？

曾有收藏家开玩笑说，死后要把藏品一同敛入棺材烧掉。那样就能……永远将名画据为己有。乌尔的计划正是要将这种妄想变为现实。

巨大的冲击让瑶子感到震颤从脚底一路传到全身，还惊出了一阵骇人的冷汗。脑中仿佛突然刮起暴风雪，变得一片空白。

怎么会——怎么会这样？

他竟要让《格尔尼卡》从世界上消失！

麦蒂一脸沉痛地看着瑶子。瑶子垂头丧气，一时间动弹不得。

不行。这样下去……必须想办法阻止他。

要冷静……冷静下来。我要坚强。

我要保护《格尔尼卡》，保护到底——用尽一切手段。

瑶子一边鼓励自己，一边拼命思考。

昨晚十点多被人从丽兹酒店劫走，一夜过后，麦蒂刚给她带来早餐。这么说来,她已经被绑架了十小时以上。

埃塔究竟会用什么方法胁迫索菲亚中心或西班牙政府,用《格尔尼卡》交换人质?

电话,还是书信,或是电子邮件?为避免暴露藏身之处,他们的信息传递方式可能很复杂,可能向全世界发布了声明。但瑶子转念一想,要成功夺取《格尔尼卡》,他们应该不希望把事情闹大,而会态度谨慎地与西班牙政府展开交涉。毕竟这事关国宝和人命。

西班牙政府必然会将此事告知美国联邦政府。我虽然拥有美国居住权,但国籍还在日本,因此日本政府可能也接到了通知。

埃塔是被联邦政府认定的国际恐怖组织。为确保交涉通畅,同时应对最坏情况,西班牙与美国的外交渠道、各路专家和特种部队应该都出动了。

西班牙政府一开始可能会表现出愿意与埃塔交涉的态度。可是他们一定丝毫没有把《格尔尼卡》交给埃塔的打算。

联邦政府与日本政府会要求西班牙政府以人命为优先展开交涉。当然,西班牙政府应该也会答应全力救援……但只是表面上。

一九八一年,"流亡"MoMA 的《格尔尼卡》终于回到全新的民主国家西班牙。对西班牙来说,它是民主化的标志,是人民绝不屈服于暴力的誓言。若轻易将它交给恐怖分子,相当于西班牙政府在全世界面前向恐怖主义屈服。西班牙政府是绝对不会让此事发生的。

一幅画,还是一条人命?应该救助哪一方?西班牙政府被逼到了悬崖边缘。

而我——我会怎样呢?

乌尔昨晚对她说，"这里或许会成为你的终结之地"。一旦交涉不成功，他定会毫不犹豫地痛下杀手。

不，就算他真的夺取了《格尔尼卡》，我也不一定能活着回去。

不管怎么说，我都……我的性命已经……

瑶子闭上双眼。

她感到"死亡"突然用冰冷的手心抚过她的脸颊。绝望让她全身僵硬。

伊桑。

瑶子在心中呼唤亡夫。

你在哪里，伊桑？你能看见我吗？被紧紧捆绑，无力挣扎的我……

我该怎么办？伊桑，告诉我呀。

我到底该怎么办……

二〇〇一年九月十一日，决定命运的日子。正在世贸中心办公室里工作的伊桑与瑶子天人永隔。

每天凝视着伊桑送给她的毕加索的《白鸽》，在心中呼唤丈夫的名字，让紧紧闭锁的心扉一点点打开了。

不能再这样拖延下去，不能一味沉浸在悲伤的海洋中。

瑶子沮丧的心灵之窗中落下了一只白鸽。她终于想起来了。

折磨弱小百姓的恐怖主义，夺走手无寸铁的人的性命的战争。有一位艺术家，曾经凭借一支画笔，向这种暴行发起抗议。

那位艺术家就是巴勃罗·毕加索。

而他创作的作品就是《格尔尼卡》。

没错。巴勃罗·毕加索的《格尔尼卡》给了我力量。

埃塔基地，半埋在地下、密不透风的斗室。瑶子双手被捆在身后，心中却吹过一阵清风，那阵风把笼罩着瑶子的绝望迷雾一点点吹散了。

反正我的性命已经掌握在他们手上,这一现状无法改变。

既然命运已经有了定论……我只剩下一项使命。

一定要守护到底……守护《格尔尼卡》。

瑶子睁开眼,抬起头,笔直看向麦蒂。

"麦蒂,按照约定,我说说自己的见解……你母亲留下的《白鸽》画作,恐怕是巴勃罗·毕加索的真迹。"

听到"真迹"的瞬间,麦蒂眼中浮现出惊讶的神色。

"真的吗?"她用颤抖的声音问道。

"老实说,只看一眼照片是很难确定真伪……不过,我研究毕加索的画作近三十年了。"瑶子的语气中饱含骄傲和自信。

连麦蒂都不知道为何母亲会拥有这幅画。

搞清楚作品入手的途径,也就是作品来历,能在一定程度上帮助确定画作的真伪。然而这一关键的事实麦蒂却无从知晓。

几乎没有任何可靠线索,仅凭一张旧照片和麦蒂母亲的遗言来辨别真伪,这对专家来说是一种忌讳。

尽管如此,瑶子还是执意越过了底线。因为麦蒂不顾瑶子身为人质的身份,向她坦白了一切,她想回应麦蒂的心意。

一旦乌尔得知此事,后果可能不堪设想。麦蒂冒着受到惩罚的危险向瑶子说出自己的秘密,她的真正意图,瑶子已经察觉到了。

麦蒂也想帮助她——帮助《格尔尼卡》。

"你为什么这样想?"麦蒂追问道。

瑶子并未直接回答,而是说:"能让我再看看照片吗?"

麦蒂又从裤子口袋里掏出了那张旧照片。

布满磨损痕迹的彩色照片看起来年头有点久,但并没有怎么褪色。绘有白鸽的画布就在照片中间，底部还拍到了部分地面，可以据此判断画布并非放在画架上，而是直接摆在红陶砖地板上，靠墙而立。

瑶子仔细打量着麦蒂手上的照片，然后抬起头，肯定地说："我虽然是头一次见到这张照片……不过，它很可能是朵拉·玛尔拍摄的。"

瑶子看出麦蒂倒抽了一口气，马上追问道："你知道朵拉·玛尔吗？她是毕加索的情人，也是一名摄影师……"

麦蒂轻轻点头。

"嗯……用相机记录了毕加索创作《格尔尼卡》全部过程的人……"

"没错。"瑶子说，"毕加索于一九三七年创作了《格尔尼卡》，前一年，朵拉·玛尔开始与毕加索交往，直到一九四五年两人分开，她与毕加索共同生活了九年。她属于超现实主义派，是当时极为罕见的女性摄影师。尽管拍摄了许多艺术写真，她最有名的作品还是记录《格尔尼卡》创作的系列照片……真是讽刺。"

麦蒂全神贯注听着瑶子的话，表情无比认真。瑶子看着她手上的照片，继续道："我不确定朵拉·玛尔是否拍过彩色照片，不过这张照片看起来很像"二战"期间开始在欧洲摄影记者之间流行的柯达克罗姆外偶型反转片。当时彩色胶片还很少见，不过朵拉是喜欢尝试新事物的女性，又是不服输的性格，可能会比任何摄影艺术家都先使用那种胶片。"

瑶子认为照片的拍摄年代极有可能是第二次世界大战结束后不久。"二战"结束前，纳粹占领下的巴黎只能买到一种彩色胶卷，那就是堪称德国国家企业的IG法本公司制造的"新爱克发"（Agfacolor Neu）。朵拉跟毕加索一样痛恨纳粹，很难想象她会使用那种胶卷。因此，这张照片的拍摄时间很可能是能买到美国产彩色胶卷的战后初期。

"起到决定作用的细节……是这张照片下方拍到了一点放置画布的地面，你能看见吗？"

听了瑶子的话，麦蒂点点头。

瑶子注视着照片，肯定地说："拍摄这张照片的地点很可能是大奥古斯丁路七号，也就是毕加索的画室……他创作《格尔尼卡》的地方。"

她明显感受到麦蒂屏住了呼吸。瑶子继续道："朵拉拍摄的《格尔尼卡》的创作过程中也记录下了画室的样子。我在研究《格尔尼卡》时，仔细看过她拍摄的那一系列照片，还曾数次造访至今仍留在巴黎的毕加索画室旧址。毕加索描绘的《格尔尼卡》，以及朵拉拍摄的《格尔尼卡》的照片全在我的脑海里，我可以随时准确地回忆出画面中的每一个角落。当然，也能回忆出它诞生的画室的样子，包括地板的纹路和四处飞溅的颜料的形状。"

这张照片中隐约拍到的地砖，是法国十九世纪初开始流行的六角形无釉砖，上面还滴落了颜料。瑶子看到照片的瞬间，就觉得是朵拉曾拍摄到的大奥古斯丁路画室的地板。

"老实说，这幅画是否为毕加索真迹，不看到实物我无法分辨。但是……"瑶子顿了顿，凝视着麦蒂的双眼说，"你手上有这张照片，我想，这一事实本身就证明了作品是真迹。"

麦蒂一直仔细倾听瑶子的话，此时却闭上了眼睛，一滴泪珠顺着她的脸颊滑落。

麦蒂静悄悄地哭了许久。那些无法说出口的话语变成眼泪，传达到瑶子心中。

我想保护。

我想保护它们，保护毕加索的作品……保护《格尔尼卡》。

保护母亲的心意——

这时，远处传来沉重的脚步声，瑶子和麦蒂同时惊讶地抬起头。

接着是一阵窸窸窣窣的开锁声。

麦蒂忽地站起来小声说："你把这个拿着。"说完她便把那张照片塞进了被反绑着的瑶子的牛仔裤口袋里。

"砰"的一声，大门被推开，一个头戴黑色滑雪帽、身穿黑衣黑裤的大个子男人领着两名同样装束的枪手，大摇大摆地走了进来。

那一定是乌尔了。瑶子身子一僵。

麦蒂快步跑到乌尔身边，用巴斯克语说了几句话，但乌尔根本不听，而是用西班牙语命令瑶子："站起来。今天就是你的死期。"

瑶子面无表情地站了起来，看着滑雪帽底下那双布满血丝的眼睛，用颤抖的声音说："是吗，那太好了。你要杀了我，就说明政府没有答应你的要求。《格尔尼卡》不会落到你手上，对不对？既然如此，我死而无憾。"

瑶子的双腿在轻颤，但她拼命让自己保持镇定。乌尔哼了一声。

"我跟西班牙政府谈好了，他们会给我《格尔尼卡》，但我不能把你交出去，因为你知道得太多了。"

瑶子感到全身的血液都冻结了。

"等等，乌尔！"麦蒂抓住乌尔说，"既然我们能得到《格尔尼卡》，就该把她放走啊。你怎么能——"

"少啰唆！"

乌尔一掌打向麦蒂。麦蒂应声倒地。

"麦蒂！"瑶子忍不住大叫。

乌尔恶狠狠地对倒在地上的麦蒂说："你对这女人说了什么？给人质吃个早餐，你花的时间未免太长了吧？为什么还专程做了玉米饼？你跟这女人是不是有什么关系？"

"不！"瑶子大声说，"她是想理解你的心情，才来找我商量。她只想知道你为什么如此想要得到《格尔尼卡》……"

"哼！"乌尔嗤笑道，"我为什么想得到《格尔尼卡》？你怎么会理解我的心情？"

瑶子直视乌尔的双眼，坚定地说："因为我也一样。"

那双布满血丝的眼睛瞬间瞪大了。瑶子毫不畏惧地继续道："我十岁那年，第一次亲眼看到了《格尔尼卡》。从那时起，我就对它痴迷不已，一路追逐至今。"

《格尔尼卡》让还是孩子的瑶子一步都挪不开。它不再仅仅是一幅画，而成了足以改变她之后整个人生的信物，成了支配瑶子的"宇宙"。

那个宇宙充斥着摧毁一切的热浪，无数支离破碎、伤痕累累的人类和生物匍匐在大地上痛苦挣扎。画中的每个角落都传来令人胆寒的声音——

人们仓皇逃窜时发出的呼喊，炼狱之火熊熊燃烧时的声音，激烈的爆炸声与轰鸣——在那响彻世界终结之声的画面中，同时传出了手握画笔作为武器的艺术家的无声呐喊。

你认为，艺术是什么？

画中传来毕加索的声音。

艺术不是装饰，而是攻克敌人的武器。

我要战斗，要坚决战斗。我要与战争本身战斗，直到它从世界上消失。

凭借一支画笔和一幅画。

融入我的全部心血——

"当时我就决心，要毕生追逐这幅画，读尽与它相关的书籍。我要把它研究透彻，绝不输给任何专家。有一天，我还要将它从索菲亚王后艺术中心带出来，拿到自己策划的展览上展示。我要让全世界都接收到毕加索融入这幅画中的真实信息。"

乌尔不知不觉沉默下来，一言不发地倾听瑶子的话。瑶子直视着他，继续说道："巴斯克获得真正自由的日子。那将是包含巴斯克人民在内的全体西班牙国民，不受任何政治、宗教、民族意识形态制约，不被任何特定单一的思想束缚，获得高度自治权，所有人的文化生活得到保障，过上安稳幸福的生活，并能乐在其中。唯有这样，巴斯克才算真正获得自由……"

滑雪帽下的双眼显露出动摇之色。麦蒂从地上撑起身子，抬头看向瑶子。

瑶子依旧目不转睛地看着乌尔，又说道："法比奥·巴拉奥纳，德乌斯托大学社会学教授，巴斯克独立运动之父。这段让我深受感动的话就来自他的著作《巴斯克的自由与独立》，想必你对那本书已经能倒背如流了吧。"

瑶子在阅读《格尔尼卡》相关书籍时接触到了麦蒂的父亲——法比奥·巴拉奥纳的著作，并对其中一节记忆犹新。

那段话里蕴含了人民渴望自由的呐喊，充满真实的回响。它代表的不仅是巴斯克人民，而是全世界饱受高压统治之苦、渴求民主主义的群众的心声。它跟毕加索试图在《格尔尼卡》中向全世界传达的心声一致，让瑶子感铭至深。

"那本书的封面是《格尔尼卡》,你知道原因吗?因为毕加索希望通过《格尔尼卡》传达的信息,正是巴拉奥纳教授的心声。

"战斗的对象既不是政府,也不是法西斯,而是战争、暴力、憎恨。他们没有武器,要用思想、文化与艺术的力量,靠人们的团结来战斗。

"唯有这样,我们才能得到真正的胜利和自由。"

麦蒂的眼眶里渐渐盈满泪水。乌尔闭上双眼垂下了头。瑶子毅然看着前方做出宣告。

"你想把我怎么样都可以,不管把我带到什么地方,如何折磨都无所谓……可是,请容我说完最后这句话……《格尔尼卡》究竟属于谁……"

乌尔抬起头,微微震颤的目光仿佛在向她询问,它究竟属于谁?

瑶子注视着他的双眼,平静地说:"《格尔尼卡》不属于你,当然也不属于我——它属于我们大家。"

对——这才是真理,是瑶子历经漫长岁月找到的答案。

那幅画从降生的那一刻起就被卷入激烈动荡的时局,然后裹挟着深陷战争的人们的杀意与暴力,带着悲苦的呼喊周游世界,辗转各地。

它被纳粹贴上"颓废艺术"的标签,却依旧向人们揭露出战争的悲惨,发出无声呐喊。

即使后来回归西班牙,它依旧是巴斯克、巴塞罗那、马拉加各地势力不断争抢、试图据为己有的对象。

应该将它从一切束缚中解放出来,让它获得自由。为此,我们必须全力守护它。这是我们的责任。

因为它属于我们大家。

"没有必要夺回《格尔尼卡》，因为它早已属于巴斯克人。同时它也属于在'9·11事件'中深受伤害的纽约市民……属于全世界渴望和平的人。"

乌尔默默地注视着瑶子。瑶子也毅然凝视着他。

就在此时……

一声爆炸的轰鸣响彻四周。房间里的所有人都大吃一惊，齐齐看向门口。

一阵匆忙的脚步声后，另一个头戴滑雪帽的男人冲进房间，用巴斯克语大声叫喊："混账！"

乌尔率先冲出房间，另外几个男人也跟了出去。

"瑶子，跟我来！"

麦蒂趁机解开瑶子身上的绳子，搂着她跑到走廊上。轰、轰，连续传来好几声爆炸声，狭窄的走廊上充满烟雾，眼前一片灰白。

瑶子被烟雾呛到，激烈地咳嗽起来。麦蒂蹲下身子，轻拍瑶子背部。

"坚持住，瑶子。抓紧我。"

"这……出什么事了，麦蒂？这到底……"

"刚才那人在说特种部队冲进来了……别害怕，一定是来救你的。"

瑶子瞬间理解了眼下的事态。当局一定是佯装与埃塔达成协议，同时暗中查出了这个地方，并派特种部队发动了突击。

"跟我来，我带你去找他们。"

麦蒂伸出手，瑶子却挡了回去。

"等等，我一个人去。要是你出去，肯定会被逮捕。"

"即使那样也没关系。"麦蒂坚定地说，"我感到父亲在对我说……时候到了。"

外面不断传来巴斯克语的吼叫声和一阵紧似一阵的枪声。瑶子被麦蒂拉着，闷头穿过狭窄的走廊，沿着楼梯跑上烟雾弥漫的一楼。眼前有扇门开了一条缝，透进阳光。麦蒂转头对瑶子说："我数三声，我们一起从那扇门冲出去，准备好了吗？"

瑶子点点头，麦蒂露出微笑。

"谢谢你，瑶子……能见到你真好。"

一、二、三！

麦蒂猛地推开门冲了出去，瑶子紧跟其后。随后，麦蒂用力挥动双手，奋力喊道："我们放出人质了！这是瑶子！别开枪，这是瑶子！"

笼罩四周的白烟中现出一名全副武装的特种部队成员。他看到挥动双手的麦蒂和瑶子，放低手中的枪械，大声询问："瑶子！你是八神瑶子吗？！"

是日语。瑶子竭尽全力用日语喊了起来。"是！我是八神瑶子！"

啊……得救了！

泪水涌了出来。麦蒂露出如释重负的笑容对她说："太好了，快去——"

然而就在此时，枪声响起，鲜血飞溅出来。麦蒂颓然倒下。

瑶子惊呼一声跪倒在地。血液眼看着染红了脚下，瑶子紧紧抱住麦蒂的身体。

"麦蒂！麦蒂，振作点，麦蒂！"

子弹"嗖"地擦过耳际，特种部队成员抓住瑶子的肩膀，把她拉了起来。"快走！"

"等等！麦蒂她……麦蒂她……"

瑶子疯狂叫喊着,特种部队成员干脆把她抱离了麦蒂身边。
"麦蒂!麦蒂——!"
连绵不绝的交火声和偶尔炸响的爆炸声把瑶子的喊声完全湮没。

终章 重生

一九四五年十一月十六日，巴黎

朵拉·玛尔在红褐色六角地砖上架起三脚架，固定好心爱的禄莱福莱相机。

她连风衣都没脱，直接俯身看着取景窗。

相机里装着美国柯达公司生产的彩色胶卷"柯达克罗姆"，这种昂贵的胶卷尚未普及，是帕尔多·伊格纳西奥帮她搞来的。因为朵拉想拍摄毕加索画室的彩色照片，哪怕只拍一张也好。帕尔多应了她的要求，马上就弄到了胶卷。

大奥古斯丁路，毕加索的画室。由于主人久出不归，这里显得格外冷清。朵拉两个月前与毕加索分开，自然不知他去了哪里。因为要离开很久，屋里的中央供暖也停了，会如此细心的人想必是毕加索的秘书海梅，毕竟这些日常琐事通常都由海梅来负责打理。

朵拉对着取景窗看了一会儿，又直起身来，环顾画室。

眼前有一个大画架，一个小画架，上面都放着画到一半的女人肖像。

丰盈的灰色发丝，长睫毛，大眼睛，左脸上的痣。宛如鲜花般美丽的女人——那不是朵拉·玛尔的肖像。

注视着陌生女人的肖像画，朵拉渐渐露出苦笑。

神经质的面孔或扭曲，或仰天流泪，或咬着手帕哭泣。没错，那个"哭泣的女人"才是造物主毕加索笔下的她。

两人刚开始交往时，画布上孕育出的是更知性、更华丽高洁的肖像画。

哪怕对方已有妻儿，是一位知名艺术家，甚至堪比造物主，但朵拉考虑的只是想跟喜欢的男人随心所欲地生活。这有错吗？画布中仿佛传出了年轻朵拉的奔放细语。

可是，大约一年之后，毕加索的"缪斯"就在画布中渐渐变了容颜。

那段时间，毕加索描绘的朵拉肖像几乎全是"哭泣的女人"。

但朵拉更愿意这样想：我并非自始至终都是"哭泣的女人"，我曾经也是毕加索真正的"缪斯"……

一九三七年，毕加索与朵拉的关系最为亲密。那时他们交往还未满一年，毕加索创作的一幅画又让两人的关系更加紧密、更加特殊——那就是《格尔尼卡》。

朵拉目睹了那幅画的诞生，还将整个过程记录在胶卷中。这件事对朵拉来说性质独特。

朵拉的视线越过放有陌生女人肖像画的画架，看向画室的墙壁，那里层层叠叠放着好几幅已经完成的作品。她眯起眼睛，仿佛想要看透什么。

八年前，她与毕加索在这里听到了"格尔尼卡遭到空袭"的消息。毕加索勃然大怒，撕碎报纸，用力踩踏，随后大失所望，沉浸在悲痛中，最后把自己关进了卧室。

在这种危急时刻，艺术家究竟能做什么？艺术能派上什么用场？毕加索心中或许涌出了这些疑问。

那时，委托毕加索为巴黎世博会西班牙馆创作的人无不担心他会深陷虚无感，无法创作。然而朵拉坚信，毕加索定会重生。

一段时间后，朵拉看到毕加索重回画室，当时这面墙上挂着一块巨大的画布，上面还覆盖着黑夜一般的暗幕。

太晃眼了，毕加索当时说。因为画布太晃眼，所以他盖上了一块暗幕。

扯掉暗幕，底下现出如同雪原的画布。

毕加索在那块画布上倾洒了全部心血，创作出了《格尔尼卡》。

朵拉回忆起那幅画经历的坎坷命运。

《格尔尼卡》诞生八年后，战争终于结束。

可是推翻西班牙共和国政府、建立起军事政权的弗朗西斯科·佛朗哥依旧顽强地活着，西班牙还是没能重回民主的怀抱。

朵拉回想起第二次世界大战宣告结束的第二天——那是她与毕加索分开前不久——与帕尔多的对话。

"那时我们让《格尔尼卡》逃亡出去，真是太好了。"亲手安排了"逃亡"的帕尔多，看着一整版印着"战争结束"几个大字的报纸，感慨地喃喃道，"否则，它恐怕早已遭到破坏。毕竟最害怕那幅画的影响力的人并非佛朗哥，而是希特勒。"

因为毕加索不在场，朵拉便毫不顾虑地说："它可能永远回不到西班牙了……或许毕加索这辈子都很难看到它回归的那一刻。真可惜。明明是自己的东西，却再也见不到了……"

帕尔多露出略显寂寥的笑容。

"是啊……不过，那幅画本来就不是毕加索一个人的东西。这是他本人说的。"

"真的吗？毕加索这么说过？他说它不是自己的东西？"

"对，我以前看过一篇杂志报道。记者问他，《格尔尼卡》是谁的？毕加索这样回答：'至少可以这样说，它不属于我。'"

"那属于谁？西班牙吗？还是已经被推翻的共和国政府？"

听到朵拉追问，帕尔多寂寥的微笑软化成温柔的笑容。

"毕加索并没有明言作品属于谁，不过我有个想法。它……不属于任何人，而是属于我们大家。

"你与我拼上一切保护《格尔尼卡》，现在它又被MoMA收留，受到了全力保护……我们这辈子可能都等不到它回归西班牙的那一刻，但是无论它在哪里，都有人会去保护它。即使在我们死后，也会有人继续保护它。然后……"

帕尔多将饱含希望的目光转向朵拉。

"只要那件作品一直得到保护，一直被传承，就不会失去光芒。《格尔尼卡》会一直向人们传播战争的愚蠢和悲惨，直到永远……"

如今，朵拉独自伫立在大奥古斯丁路静悄悄的画室里，一言不发地凝视着曾经挂着《格尔尼卡》的墙壁。

墙上层层叠叠的作品中，最前面的一幅描绘了一只"鸽子"。

一扇敞开的窗户，那正是大奥古斯丁路画室的窗户。窗外是一片晴空，窗边则停着一只白鸽。

白鸽展开翅膀，仿佛随时都要飞上天空。这只白鸽曾经奄奄一息，被残忍折磨，鲜血满身，就要断了气息。可是它终于得到解放，重振精神，展开羽翼，获得了新生。

再也没有人能束缚它的翅膀，让它痛苦不堪。今后它将在自由的天空中恣意翱翔。

这幅《白鸽》，是毕加索送给朵拉最后的礼物。

我想得到自由。是朵拉用这句话提出了分手。

我再也不希望心情被你束缚，也不想束缚你。

所以我们成全彼此的自由吧……

这是她用尽全力的逞强。

老实说，直到现在她仍旧想与毕加索相伴到死，不，就算死了也想跟毕加索在一起。

可是朵拉知道，毕加索的心早已不属于自己，早已转移到别人身上了。

再跟毕加索在一起，自己定会变成那个"哭泣的女人"。她会大声哭闹，希望毕加索只注视自己，渴求毕加索的爱，整个人陷入癫狂。

她不想变成妨碍毕加索创作的麻烦女人，她想找回一度被自己抛下的"艺术家朵拉·玛尔"。

为此，她只能选择与他分开——在毕加索抛弃她之前，她必须主动分手。

朵拉用名为自尊的利刃，切断了与毕加索相连的红线。

此时，她想趁毕加索离开时，到大奥古斯丁路的画室来归还钥匙。

毕加索告诉她，可以挑一幅喜欢的画带走。

朵拉毫不犹豫地选择了《白鸽》。因为它不是会让她回忆起战争的阴郁静物画，也不是哭泣女人的肖像画，而是正要展翅翱翔的白鸽。

朵拉再次看向架在三脚架上的相机取景窗。

镜头对准了《白鸽》。她对着焦，尽量把画室整个儿收入取景框。六角形的红砖地板上，还残留着毕加索创作《格尔尼卡》时飞溅的黑色与灰色的颜料。

画布中振翅欲飞的白鸽突然模糊。朵拉趁泪水滑下之前屏住呼吸，按下了快门。

圣日耳曼德佩修道院的正午钟声响彻万里无云的秋日天空。

朵拉·玛尔坐在正对修道院的"双叟"咖啡厅的露台座位上。她竖起羊毛大衣领子，啜饮一口温暖的维也纳咖啡，随即闭上眼睛，静静聆听修道院的钟声。

天气真好。都十一月底了，阳光却仿佛眷恋着巴黎，将温暖撒满城市的每个角落。落在眼睑上的阳光让她身心舒畅，全身充满了早已忘却的类似幸福的感觉。

"日安，朵拉。你在午休吗？"

轻柔的声音让朵拉睁开眼。帕尔多·伊格纳西奥就在面前。

"帕尔多……好久不见。"

朵拉接受了帕尔多的亲吻。帕尔多头戴深棕色软帽，身着做工精细的花呢西装，胸口装饰着红色丝绸袋巾。他在朵拉旁边落座，向服务员点了一杯红酒。

"你也来一杯吧？"

朵拉摇摇头。

"哦，这可真稀罕。那要来根烟吗？"

帕尔多从上衣内袋掏出香烟递给她，朵拉还是摇了摇头。他苦笑道："一段时间不见，你怎么开始禁欲了。"

两个月前，朵拉与毕加索分手，曾请帕尔多帮她搞一盒"柯达克罗姆"胶卷。从那以后，两人就没再见过面。今天是朵拉主动把帕尔多叫出来，说有事要跟他商量，希望他过来见一面。

跟毕加索一分手，朵拉就马上把这件事告诉了帕尔多，还说了是自己主动提出的……只是她当时并没有说明原因。

帕尔多一言不发地听完事情经过，然后这样说："无论何时，只要有事就请来找我。不管你将来遇到什么事，我都是你的后盾。"

帕尔多·伊格纳西奥，要是没有这个人，毕加索和她的人生——以及《格尔尼卡》的命运，恐怕会截然不同。

朵拉静静凝视着帕尔多吸烟的侧脸。

"怎么样……一个人生活感觉如何？"红酒端上来后，帕尔多不动声色地问道。

朵拉不禁露出微笑。

"就这么活着呗……今后我打算不只搞摄影，还要搞搞绘画。我现在终于想起自己也是个艺术家了……差不多就这种感觉吧。"

"是吗……那太好了。"帕尔多如释重负地说道。

朵拉沉默了片刻，然后说："我有个东西想请你代为保管。"

说完，她把身边卷成圆筒、状似海报的东西递了过去。

"这是什么？"

帕尔多一问，朵拉便打开挎包，取出一张照片放到桌上，然后说："就是这张照片上的《白鸽》。"

帕尔多将目光转向照片，上面拍下了一幅在一片晴空下展开羽翼的白鸽的画。

"这是……"帕尔多困惑地看向朵拉。

朵拉也看着他，说："我怀孕了。"

帕尔多的困惑很快变为惊讶。朵拉淡定地说了下去。

"前几天我才发现自己怀孕了。孩子已经四个月大，只能生下来，但我并不打算让毕加索认这个孩子，我不想背着毕加索孩子的母亲的身份度过余生。但我希望自己的孩子过得幸福。

"我知道这个要求很任性……帕尔多，但这是我最后的请求。我希望日后你能把我的孩子带到西班牙，找一对没有孩子的夫妻领养。届时，我希望你把这幅《白鸽》也一起交给他们。"

她用微微湿润的红褐色眸子注视着帕尔多。

帕尔多再次将目光转向照片里的《白鸽》，一动不动地坐了好一会儿。朵拉一直用恳求的目光凝视着他。

"你知道的，朵拉。"帕尔多说，"我曾对你说过，今后你不管遇到什么事，我都是你的后盾。"

朵拉看着帕尔多，点了一下头，随后脸上绽放出如同秋日暖阳的微笑。

桌上的维也纳咖啡早已凉透。

圣日耳曼德佩修道院的钟声再次响起。街上来往的行人，奔跑的儿童，推婴儿车的母亲，细语亲昵的恋人，他们都过着各自的人生。

坐在重获新生的巴黎一角，朵拉·玛尔决心要活下去。

二〇〇三年六月五日，纽约

咔嗒，清脆的响声，金黄色的吐司从吐司机里跳了出来。

瑶子打开煎锅盖，黄色蛋饼松软膨胀。她将黄油刀插到蛋饼下方，动作笨拙地翻了个面，一瞬间，熟悉的香味四溢。

曼哈顿切尔西区的一间小公寓里，瑶子正在准备早饭。若换作平时，她会在上班路上绕道咖啡摊买咖啡和百吉饼，带到办公室边看邮件边吃。不过今天，她一改平日的习惯，想用心地吃一顿早餐。她一边想着要做什么呢，一边在白衬衫外面套上围裙，走进了厨房。不是为别人，而是专为自己做的早餐，虽然简单朴素，但这样的事她已经好久没做了。

今天早上，瑶子一睁开眼睛就感觉到身体里充满不可思议的活力，还不由得嘟哝了一声"肚子好饿"。以前可从未体验过这种感觉，她忍不住在床上笑了起来。随后她又喃喃自语道，好想吃刚出炉的玉米饼啊。

这三个星期起起伏伏，发生了太多事情，她一直处于极度紧张和压力中，导致没什么食欲，体重一下子掉了七公斤。

原本她还担心怎么以这种状态迎接"那个日子"呢。然而，今天清晨的自己宛如新生般充满了能量。她便放下担忧，心想船到桥头自然直，愉快地做起了上班的准备。

"那个日子",今天就是备受期待的"那个日子"。

"9·11"惨剧发生后,作为策展人的自己究竟能为饱受伤害的纽约市民做些什么?能为全世界对恐怖主义与战争说"不"的人民做些什么?经过苦苦思索,瑶子终于得出一个结论。

她能做的事情只有一件,那就是通过艺术,向人们传播反战和反恐的讯息。仅此而已——正如巴勃罗·毕加索所做的。

为了抗议恐怖主义与战争暴力等负面连锁事件,为了祈祷世界和平,瑶子策划了"毕加索的战争展"。今天下午两点就是试展会和开幕式了。

"那个日子"——不,为了"这个日子",瑶子用上了全部心血和热情,才走到了最后。她暗自发誓:绝不停步,绝不回头。把随时都会侵入心房的不安拒之门外,总算迎来了"这个日子"。

她拼上了性命,这么说一点都不夸张。

昨天展览一切准备就绪后瑶子才回到公寓,已是凌晨三点。

她冲了个澡,打算躺下来休息一会儿,却迟迟无法入睡。在床上辗转反侧,一直回忆刚刚结束的展厅布置,又想到这三个多星期发生的事,以及失去伊桑的这一年零九个月间自己遇到的种种经历,瑶子感到胸口异常沉重。

再这样下去,就得顶着一张幽灵似的脸参加开幕式了……可是瑶子越着急就越睡不着,最后她干脆睁开眼,看向拉下了百叶帘的窗边,凝视着那幅《白鸽》。

无数个难以入眠的夜晚,《白鸽》都在旁边守护着瑶子。打起精神来,不要认输。画中的白鸽固然说不出这些话语,但它那静静展开翅膀的姿态仿佛在宣称:我要起飞。

不被任何人束缚,不受任何制约,我要自由飞翔。

因为这是我的使命——

凝视着画里的白鸽，沉睡的帷幕渐渐滑落。瑶子不知不觉进入了香甜的睡眠，然后在闹钟响起五分钟前，自然地清醒了。

往吐司上抹好黄油，铺上两片生菜，再把刚做好的蛋饼夹在中间，用菜刀一切两半。

咖啡机传来液体滴落的声音，紧接着是馥郁的香气。广播里缓缓流淌出吉他弹奏的波萨诺瓦旋律。

瑶子把咖啡倒入马克杯，放在餐桌上。坐下后她先合起双手，用日语轻声说了一句："我开动啦。"

时钟显示八点整，广播员开始快速播报早上的重要新闻。

今天最值得瞩目的新闻，就是MoMA QNS将于明天开幕的名为"毕加索的战争"的展览。

本次展览汇集了多幅二十世纪最伟大的艺术家巴勃罗·毕加索融入了反战思想的作品。毕加索凭借一支画笔，与战争和暴力形成的恐怖作战，可以说是一位毕生都在以"艺术"倡导反战的艺术家。这次展览应该能让观众通过毕加索的作品，重新认识艺术的力量，同时对和平展开思考。

本次展览的最大悬念，便是那幅世纪性问题之作《格尔尼卡》究竟能否展出。众所周知，一九三七年西班牙内战正酣之际，纳粹对格尔尼卡发动空袭。毕加索对此十分愤怒，一口气完成了高三百五十厘米、宽七百八十厘米的大作《格尔尼卡》。第二次世界大战期间，该作品被运至美国，参加了当时在MoMA举办的"毕加索回顾展"。其后，该作没有马上回到在军事政权掌控下的西班牙，而是在MoMA继续展出了四十二年。这是资深纽约客都熟知的历史。

后来,《格尔尼卡》还是回到了西班牙,一直被保存在索菲亚王后艺术中心,从未被移动过。为让《格尔尼卡》参加本次展览,MoMA策展人八神瑶子向索菲亚中心提出请求。

八神瑶子是目前全美最受关注的女性。交涉期间她遭到恐怖组织绑架,最终生还,并预计出席本日在MoMA QNS召开的新闻发布会。

《格尔尼卡》是否能与八神瑶子一道重返纽约?目前主办方还在坚持"无可奉告"的说法,而根据马德里发来的消息,索菲亚中心的《格尔尼卡》展厅正处于不开放状态。那也就是说,我们可以抱以期待。

那么,本周末,世纪性问题之作能否回到纽约,敬请各位移步MoMA,亲身验证。

纽约皇后区MoMA QNS周边安排了不少警备人员,人和车辆出入都要经过严格检查,现场气氛十分紧张。

员工出入口附近已被媒体团团包围,不仅是美国,世界各地的媒体都来了。他们的目标只有一人——八神瑶子。

五月十九日,瑶子被意图夺回《格尔尼卡》的恐怖组织"埃塔"绑架,在组织基地度过一夜后经特种部队营救。

当时瑶子立刻被送往医院,两天后出院。媒体齐齐涌到医院,追问绑架经过和营救过程。但瑶子只对西班牙政府表示了感谢,并对美术馆相关人员表达了歉意,除此之外什么都没透露。

因此大家都盼着今天再次露面的瑶子。

瑶子乘坐的轿车来到MoMA QNS侧门,为躲避媒体追逐,

MoMA专门为她安排了车辆。她从后座走下来的瞬间一片闪光灯亮起，记者们此起彼伏的提问声跟着响起。

"瑶子，请你说句话！"

"你们会展出《格尔尼卡》吗？！"

"《格尔尼卡》平安入库了吗？！瑶子，请回答！"

瑶子目不斜视、一言不发地走进美术馆，随即走向自己的办公室。她顾不上跟同事打招呼，一进房间就重重地坐到办公椅上，长出了一口气。

不知何时握紧的双手，举到眼前看，还在颤抖。尽管她努力放松，但还是无比紧张。

今天早上醒来时心情明明那么清爽，感觉一切都会顺利。

事到如今，她却开始惧怕自己"策划"的事情过于大胆了……

瑶子交叠颤抖的双手按在额头，然后闭上眼。手心里都是汗。她拼命告诫自己，不要乱想。

不要去回忆。眼下只关注试展会就好，只考虑如何让活动完美结束……

一旦内心出现缝隙，意识就会飘走，她会再次陷入两周前刚刚经历过的恐惧中。

担任MoMA策展人的日本女性遭到恐怖组织绑架并生还，这个消息瞬间传遍了全世界。

西班牙特警突击埃塔总部后，虽然成功救出人质，却因激烈枪战导致两名埃塔成员死亡，双方合计六人负伤。而帮助瑶子到达获救地点的埃塔首领之妻麦蒂，却没有出现在任何媒体上。

一想到麦蒂拼上性命救了自己，瑶子就感到胸口传来撕裂般的疼痛。可是现在她只能默默祈祷——祈祷她还活着。

竟然发生了如此严重的事件,"毕加索的战争"恐怕无法开展了。瑶子已经做好心理准备,准备接受这次失败了。

没想到——

MoMA 与索菲亚中心代替瑶子发表声明,表示要合力克服这次危机,保证展览顺利开幕。这也是为了表达绝不向恐怖主义屈服的态度,是 MoMA 的最终决断。

MoMA 的这一决断无疑也包含了瑶子的上司蒂姆·布朗,以及露丝·洛克菲勒的坚强意志。

得知这一决定的瞬间,瑶子就完全抛弃了细碎的感情,为了展览拼命工作,没有时间停下来思考了。

她无论如何都要把展览办起来。无论遇到什么事,既然决意举办,就要奋战到底。这是 MoMA 的准则,也是 MoMA 的态度。

瑶子想到了 MoMA 的第一任馆长阿尔弗雷德·巴尔策划的传奇展览"毕加索:艺术四十年"。

为了 MoMA,为了露丝,为了在"9·11"惨案中备受伤害的纽约市民,为了在战争和恐怖袭击中牺牲的人们,也为了伊桑。

在展览成功开幕前,瑶子命令自己绝不能示弱,绝不能恐惧。

咚咚,传来一阵轻柔的敲门声。

趴在桌子上的瑶子猛地抬起头,说了一声"请进",办公室的门悄然开启。

来人是身穿黑西装、胸前装饰着红袋巾的帕尔多·伊格纳西奥。瑶子立刻露出笑容,站了起来。

"啊,帕尔多!欢迎你。"

瑶子走过去,帕尔多亲切地搂住了她瘦削的身体,那种感觉就像与远在家乡的父亲重逢,瑶子胸口一热。

"谢谢你专程来,我问问理事会接待室是否空着。"

瑶子边说边拿起内线电话的听筒,却听到帕尔多说了一声"不用了"。

"我马上就走。今天你才是主角,想必很忙碌吧。"

随后,他又好像心怀秘密的少年,闪闪发光的双眼看着瑶子,说:"我来只是想把一样东西给你。"

"给我?"

帕尔多点了一下头,把手里的黑色圆筒递了过去。

瑶子盯着圆筒看了一会儿,随后恍然大悟,打开盖子,拿出里面的东西。

是一张卷起的画布。瑶子屏住呼吸,用颤抖的双手将画布展开。

眼前出现了一只雪白的鸽子。

画家的画室,敞开的窗户,窗外无垠的蓝天。

一只白鸽正展开双翅,要飞向那片自由的天空。

我要起飞。

不被任何人束缚,不受任何制约,我要自由飞翔。

因为这就是我的使命——

"麦蒂……"瑶子喃喃道,泪水已止不住涌出眼眶。

为何把这幅《白鸽》带来给瑶子?帕尔多什么都没说,也没询问瑶子为何流泪。他只是用慈祥的目光看着瑶子,并温柔地搂住了她颤抖的双肩。

等她好不容易止住泪水,帕尔多把手搭在瑶子的肩膀上,低声耳语:"还有一样东西,我也想交给你。"

帕尔多抽出口袋里的红色手帕,让瑶子把手伸出来。瑶子顺从地摊开右手。

帕尔多在她的掌心上方抖了一下手帕,一个东西落下来。瑶子看着它。

红色的小纸片——是一颗"红色泪珠"。

瑶子抬头看向帕尔多。帕尔多则用调皮的目光回视瑶子。

"这是很久以前毕加索给我的,全世界最小的'作品'。"说完他便露出了微笑。

下午一点半,MoMA QNS报告厅开门迎客。

早已迫不及待等在门前的记者们如同决堤的洪水,霎时涌了进去。摄影师为了抢到好镜头一鼓作气奔向前方,展开了用折叠椅圈地的战斗。记者们捧着笔记本和笔记本电脑,一个挨一个在带有托板的椅子上落座。

展厅仍旧大门紧锁,流程是先在报告厅召开面向媒体的发布会,然后试展会才正式开始。

记者们都满怀期待,因为他们终于要知道《格尔尼卡》会出现在会场的哪个位置,还是说MoMA最终并没借到《格尔尼卡》……

报告厅前方设有演讲台,旁边安装了巨大的投屏设备。主讲人八神瑶子会在那里公布本次展览将要展出的作品,并进行简单说明。

记者们的椅子上事先放好了印有"毕加索的战争"字样的资料袋,详细介绍了展览的情况。但资料中到处都找不到"格尔尼卡"这个词,也没有任何毕加索的作品的配图。记者们翻开文件后顿时骚动起来。

这么看来,莫非……还是没借到?

报告会定在下午两点开始。露丝·洛克菲勒和帕尔多·伊格纳西奥提前五分钟从会场后门进场。在工作人员的带领下,两人走到最前排的中央席位上落座。

下午两点整，会场前方连接休息室的大门打开，全场顿时安静下来。

头一个出现的是 MoMA 的馆长艾伦·爱德华，接着是绘画雕刻部门的策展主任蒂姆·布朗，坐满会场的记者们都屏息静气地等待"主角"登场。

片刻之后，身穿白衬衫、黑西裤的八神瑶子出现了。整个会场爆发出热烈的掌声。瑶子略显紧张地走到最前排，坐在蒂姆和露丝中间。

有人从后面戳了她一下，她回过头，发现是《纽约时报》的记者凯尔·亚当斯。凯尔朝她挤了一下眼睛，瑶子也冲他露出微笑。

绑架事件发生后凯尔马上飞到了马德里，不是以记者的身份，而是朋友。

急忙赶到医院的凯尔没带相机、录音笔和电脑，他奋力推开挤在门口的记者，高喊着"我是瑶子的老朋友，请让我见她一面"。但最后瑶子是出院后才见到凯尔的。看见瑶子的那一刻，凯尔终于如释重负地呼了口气，然后对她说："别管《格尔尼卡》了，你还活着，这就够了。"

昨晚，瑶子正在进行展品的最终确认时，凯尔打来了电话。这位挚友以无比开朗的声音说："瑶子啊，我有个问题，演讲台设在哪边？我会努力坐到你的正前方，哦对，我还会带摄影师来，能帮我搞到好位置吗？"瑶子忍俊不禁，终于笑出声来。

四月，召开"毕加索的战争"新闻发布会的前一天，凯尔也打来电话，说了完全一样的话。只有一点不同——这次他没问《格尔尼卡》是不是很难借到，而是向朋友表示了祝贺。

"无论遇到什么困难，你都绝不放弃，不断挑战。我为你感到骄傲。你的努力与热情造就了这次展览,伊桑一定也很高兴。"

瑶子由衷地对凯尔说:"谢谢你,凯尔。你要好好看着我。"

发布会开始,首先是MoMA的馆长艾伦·爱德华上台演讲。

"今天承蒙各位前来,我表示由衷的感谢。上回我们把各位请到这里,告诉大家五月二十三日,MoMA QNS将举办'毕加索的战争'特别展。各位请看看日历,今天是什么日子?六月五日?别开玩笑了。MoMA不可能说谎,是日历说谎了。"

会场一阵沸腾,艾伦的风趣让现场气氛很快缓和下来。露丝、帕尔多和蒂姆也笑着。当然,瑶子也笑了。艾伦耸耸肩,继续说道:"对,您没看错,今天是六月五日,日历不会说谎,但我们也不会说谎。开展日期之所以延后,是出于几个理由。不过关于那些理由,各位恐怕知道得比我还清楚吧。所以我在这里就不做解释和说明了。"

会场重归静寂。瑶子挺直身子,倾听馆长的讲话。

"我更想说说本馆策展人八神瑶子,她凭借不屈的精神,促成了这次策展。一年零九个月前,瑶子以九月十一日侵袭纽约的惨剧为契机,决定开展这个项目。我至今还对那天记忆犹新。她在理事会上头一次提出想策划一个展览,名叫'毕加索的战争'。'想搞清楚在深受恐怖主义伤害的纽约市民面前,在被无辜卷入战争的百姓面前,艺术究竟能做什么,那不正是毕加索终其一生都在思考的主题吗?我身为一个纽约的美术馆的策展人,希望通过这次展览提出问题,并给出解答。毕加索说过艺术绝非装饰,而是与战争、恐怖及暴力对抗的武器。以发展的眼光审视这句话,或许可以说:艺术是人类自省愚蠢过错、铭记和平愿望的媒介。保护艺术,将艺术流传给后人,就是我们MoMA的使命。'这是瑶子当天对理事会说的话。"

会场依旧是一片寂静。馆长的每一句话都说进了瑶子的心中。

"今天，八神瑶子的不懈努力，和巴勃罗·毕加索永不褪色的艺术表达力，终于汇集在一起，成就了这次展览的成功开幕。我希望能与在座各位分享这一喜悦。再强调一遍……啊不，我的讲话还是到此为止吧，各位更想知道的事，还是请策展人亲自说吧。瑶子，轮到你了。"

会场爆发出排山倒海的掌声。瑶子站起来走向演讲台，两人郑重握手后艾伦下了台。

瑶子走向演讲台时会场里的所有人全部起立，掌声久久未歇。闪光灯不停亮起，快门声响彻大厅。

瑶子直面前方，一刻都没有挪开视线。

"首先，本次展览能够成功开幕，多亏了在座各位的合作与支持，为此我要表示由衷的感谢。"

瑶子静静地开口，掌声如同潮水瞬间退去。所有人重新落座，不想漏掉瑶子说的每个字。

"艾伦·爱德华馆长一直耐心地引导我们，为我们提供活跃的舞台。我要感谢他刚才的亲切话语。我也记得他在那次理事会上说的话。'瑶子，这个项目很值得做，而且只要你坚持不懈，就一定能成功。'这番话给了我无限勇气，多亏了他，我才能坚持不放弃，终于走到今天。"

掌声雷动。艾伦站起来，转向后方，轻轻挥手回应众人的掌声。

"策展部主任蒂姆·布朗是我的上司，是一直激励我前进的人，也是第一个理解这次展览的人。若没有他在背后支持我，这个项目恐怕很难成功。我要向他表示感谢。"

蒂姆也学艾伦的样子，转身面对会场，调皮地挥起了手。会场众人又为蒂姆响起热烈的掌声。

"为举办'毕加索的战争'这个展，我们得到了世界各国的美术馆和策展人的理解，以及他们慷慨出借的许多毕加索作品和珍贵资料。在此我要对他们表示郑重的感谢。"

一提到出展作品，会场气氛瞬间变样了。

整个报告厅里的人都想从瑶子的口中听到一句话——

瑶子低下头，做了个深呼吸，很快又重新目视前方，说："本次展览的最大支持者，就是 MoMA 的理事长露丝·洛克菲勒女士。她深刻理解本次展览的意义和难度，并为其实现倾尽全力。若没有她，就不可能有本次展览。我要对她表示由衷的尊敬和感谢。谢谢你，露丝。"

会场第三次爆发出掌声。露丝并没有站起来，也没有挥手，不过她双眼含泪，一直注视着聚光灯下的瑶子。

等掌声平息下来，瑶子继续说道："六十多年前，五月的一天，有一艘从法国开来的定期邮轮停靠在纽约哈德逊码头。MoMA 第一代馆长阿尔弗雷德·巴尔与一名十一岁的少女在岸边翘首期盼游轮的到达。那位少女就是露丝·洛克菲勒。游轮上有个年轻人，将会成为她一生的挚友。那位青年名叫帕尔多·伊格纳西奥，他为躲避西班牙内战搬到巴黎，结识了毕加索和当时毕加索的情人朵拉·玛尔，之后拼上性命保护了这两个人和毕加索的作品。他绝对是一位伟大的人。"

坐在露丝旁边的帕尔多眉头一松，露出微笑。瑶子也冲帕尔多笑了笑，继续说道："帕尔多陪同那艘邮轮上的作品，从大西洋彼岸远道而来。那件作品是受到阿尔弗雷德·巴尔的邀请，专程渡海而来，即将在 MoMA 举办的全美第一场毕加索回顾展中展出的名作。作品的名称就是《格尔尼卡》。"

话音刚落,会场便宛如风息浪止的大海般安静。瑶子做了个深呼吸,开口道:"'毕加索的战争',我策划这场展览,是想在这个充满憎恨,不断孕育战争与恐怖袭击的世界中,创造一个探讨和平的契机。

"第二次世界大战期间,毕加索用一支画笔展开战斗。他用作品证明,画笔的威力胜过枪炮,胜过空袭。我希望人们能再次关注毕加索留下的信息,希望与大家分享艺术的力量。为此,我迫切希望能在本次展览上展出《格尔尼卡》。

"我十岁那年,在 MoMA 第一次见到《格尔尼卡》,受到了难以言喻的冲击。我很害怕,很悲伤,可是无法移开目光。从那个瞬间起,我就在不断追逐毕加索与《格尔尼卡》,直至今日。

"众所周知,《格尔尼卡》参加了巴尔策划的美国第一场毕加索回顾展后,又在 MoMA 持续展出了四十二年,也可以说被保护了四十二年。借出那件作品时,毕加索本人向巴尔提出的唯一条件,就是在西班牙找回真正的民主前,绝不能将《格尔尼卡》归还。MoMA 一直贯彻了巴尔与毕加索的约定,成为《格尔尼卡》的庇护之地。

"我上大学时,MoMA 举办了一次毕加索的大型回顾展,之后,《格尔尼卡》归还给了恢复了民主的西班牙。从那以后它便在马德里的索菲亚王后艺术中心展出,绝不借给任何美术馆或展览馆。

"可是,我无论如何都想借到《格尔尼卡》。因为若没有它,'毕加索的战争'这个展览就无法成立。因为《格尔尼卡》包含了对战争、恐怖和暴力的憎恨,包含了对无辜牺牲者的哀悼,包含了毕加索的全部心血和感情。

"当然，我知道这是一件艰难的事。

"交涉过程极为困难，我做了力所能及的全部努力，最终还是意识到这个愿望不可能实现，就快要放弃了……我十分痛苦，这时，有个人对我说，她有个好主意。而提出那个惊人计划的正是露丝·洛克菲勒。若不是她提出那个惊人的计划，不是她亲自动员相关人士促成，这件事最终可能会以失败告终。"

会场骚动起来，记者们都无法判断瑶子这番话的走向。

八神瑶子究竟在说什么？

《格尔尼卡》究竟借出来了，还是没借出来？

"瑶子，我能说句话吗？"

举手发言的人是凯尔。看来就连瑶子的老朋友也看不出她想说什么。

"请讲。"瑶子马上回答道。

凯尔清了清嗓子，开门见山地问："说到底，《格尔尼卡》现在究竟在哪儿？"

瑶子注视着凯尔的双眼。

"在回答这个问题前，我希望各位回忆一件事。"

说着，她的目光扫过整个会场。

"今年的二月五日，鲍尔国务卿在联合国安理会大厅发表了讲话。当时他背后有什么——或者说没有什么，各位是否还记得？"

坐满会场的听众面面相觑，议论纷纷。

"背景是一块暗幕。"凯尔高声说，"本应在那里却没有出现的正是《格尔尼卡》。"

瑶子点点头，随后用清晰有力的声音说："那天的那个时刻，为了某些人的利益，必须盖住那幅画。而现在，我们把它拿回来了——因为它必须在那里。"

随后瑶子指向讲台旁边的屏幕。

空白屏幕变为一片漆黑。会场内的骚动越来越大，所有人的视线都集中在屏幕上。

好像是在另一处的直播画面。屏幕上先是显示出镜头里的"黑暗"图像，不一会儿，镜头一点一点回缩，黑暗渐远，开始出现轮廓。当镜头停止移动时，那片黑暗已经成了一块巨大的黑色长方形。

黑色的长方形挂在墙上，地上是红色地毯。长方形右侧是万国旗帜，前方有个演讲台，上面装饰着以北极为中心的世界地图以及橄榄叶交织而成的徽章。

凯尔专注地看着屏幕，小声呢喃道："这里是……联合国安理会大厅？"

露丝露出悠然的微笑，帕尔多则在她旁边满意地点点头。

瑶子看向正前方，仿佛在眺望遥远的星辰。

"请把暗幕揭开。"

会场的每一个人都屏住了呼吸。"哗啦"一声，屏幕中央的黑色长方形滑落在地。

暗幕之下并非挂毯，而是一幅恢宏的画卷。

那正是《格尔尼卡》。

主要参考文献（不分先后）

《毕加索的战争：〈格尔尼卡〉的真相》罗素·马丁著，木下哲夫译，白水社，二〇〇三年

《格尔尼卡物语——毕加索与现代史》荒井信一著，岩波新书，一九九一年

《格尔尼卡：毕加索描绘的不安与预感》宫下诚著，光文社新书，二〇〇八年

《格尔尼卡返乡——毕加索的祈祷》柏仓康夫著，日本放送出版协会，一九八一年

《格尔尼卡——毕加索对祖国的爱》艾伦·赛尔著，松岛京子译，富山房国际，二〇一二年

《毕加索 I：神童》约翰·理查德逊著，木下哲夫译，白水社，二〇一五年

《毕加索的世纪：立体主义从诞生到转型的时代，1881—1937》皮埃尔·卡邦努著，中村隆夫译，西村书店，二〇〇八年

《毕加索：剽窃的理论》高阶秀尔著，筑摩学艺文库，一九九五年

《毕加索：天才的世纪》玛丽·洛尔·贝尔纳德克/波尔·德·布西著，高阶秀尔兼修，高阶绘里加译，创元社，

一九九三年

《毕加索与情人朵拉：巴黎1940—1950年代的肖像》詹姆斯·罗德著，野中邦子译，平凡社，一九九九年

《宴会年代：美好年代与法国先锋派的起源》罗杰·夏塔克著，木下哲夫译，白水社，二〇一五年

《疯狂岁月：二十年代的巴黎》威廉·韦泽著，岩崎力译，河出书房新社，一九八六年

《爱丽丝·B.托克拉斯自传：我在巴黎结识的天才》格特鲁德·斯坦恩著，金关寿夫译，筑摩书房，一九七一年

《与海明威漫步巴黎》约翰·利兰德著，高见浩编译，新潮社，一九九四年

《现代绘画史：从戈雅到蒙德里安（上、下）》高阶秀尔著，中公新书，一九七五年

《阿尔弗雷德·巴尔与纽约现代艺术博物馆的诞生：美国二十世纪美术研究》大坪健二著，三元社，二〇一二年

《发言：美大规模恐怖袭击与二十三位思想家》中山元编译，朝日出版社，二〇〇二年

《美帝的悲剧》查默斯·约翰逊著，村上和久译，文艺春秋，二〇〇四年

《9·11：美国没有资格复仇！》诺姆·乔姆斯基著，山崎淳译，文春文库，二〇〇二年

《毕加索的爱与苦恼——通向〈格尔尼卡〉的道路》展览会图录，京都国立近代美术馆、东京东武美术馆，一九九五年——一九九六年

《毕加索：五种主题》展览会图录，波拉艺术博物馆，二〇〇六年

《遭到破坏的城市肖像——格尔尼卡、鹿特丹、东京……》展览会图册,群马县立近代美术馆,二〇一三年

The Genesis of A Painting: Picasso's Guernica, Rudolf Arnheim, University of California Press, Berkeley, Los Angeles, London, 1962

Picasso Rewriting Picasso, Kathleen Brunner, Black Dog Publishing, London, 2004

Picasso's Weeping Woman: The Life and Art of Dora Maar, Mary Ann Caws, A Bulfinch Press Book, Little, Brown, and Co., Boston, 2000

Picasso: Life with Dora Maar: Love and War 1935-1945, Anne Baldassari, Flammarion, Paris, 2006, exhibition went to: Germany, Spain, United States, France, Great Britain, Japan and Switzerland

Picasso: Tradition and Avant-Garde 25 years with Guernica, exhibition at Museo Nacional del Prado / Museo Nacional Centro de Arte Reina Sofía, Madrid, 2006

Picasso: Black and White, edited by Carmen Gimenez, Delmonico Books, New York, 2012, exhibition at Solomon R. Guggenheim, New York, The Museum of Fine Arts, Houston

Matisse Picasso, exhibition at The Museum of Modern Art, New York, 2003, Les Galeries Nationales du Grand Palais, Paris, 2002-2003, Tate Modern, London, 2002

Picasso's Paris: Walking Tours of the Artist's Life in the City, Ellen Williams, The Little Bookroom, New York, 1999

Art In Our Time: A Chronicle of The Museum of Modern Art, edited by Harriet S. Bee and Michelle Elligott, The Museum of Modern Art, New York, 2006

Picasso: El Guernica, Miranda Harrison, Scala Publishers, London, 2003

El Picasso de Los Picasso, Carmen Gimenez, eshibition at Museo Picasso Málaga, 2003-2004

Picasso 1936. Empremtes d'una Exposición, exhibition at Meseu Picasso, Barcelona, 2011-2012

Encounters with the 1930s, exhibition at Museo Nacional Centro de Arte Reina Sofía, 2012

The Collection. Museo Nacional Centro de Arte Reina Sofía: Keys to a Reading (Part I), collection catalogue of Museo Nacional Centro de Arte Reina Sofía, 2010

（※）PP.49-50的新闻报道参考《纽约时报》二〇〇三年二月一日文章：Iraq I: The UN will come around to the Bush-Blair view By David M. Malone，由本书作者改编而成。

协作

春日芳晃（朝日新闻社）

金成隆一（朝日新闻社）

Jay A. Levenson (The Museum of Modern Art, New York)

Richard Gluckman (Gluckman Tang Architects, New York)

Irene Martin (Dallas)

Karina Marotta Peramos (Museo Nacional del Prado, Madrid)

Lucia Cassol (Museo Thyssen-Bornemisza, Madrid)

Rosario Peiró (Museo Nacional Centro de Arte Reina Sofía)

Anna Guarro (Museu Picasso, Barcelona)

Pep Subirrós (Barcelona)

José Lebrero (Museo Picasso Málaga)

Lucía Vázquez García (Museo Picasso Málaga)

Hans Ito (Paris)

纽约现代艺术博物馆（纽约）

普拉多美术馆（马德里）

索菲亚王后艺术中心（马德里）

毕尔巴鄂古根海姆美术馆（毕尔巴鄂）

毕加索博物馆（马拉加）

毕加索博物馆（巴塞罗那）

格尔尼卡和平博物馆（格尔尼卡）

毕加索博物馆（巴黎）

双叟咖啡馆（巴黎）

朝日新闻社纽约分部（纽约）

联合国总部（纽约）

群马县立近代美术馆（高崎市）

本书为基于史实的虚构故事。
二十世纪登场人物中，
除虚构人物帕尔多·伊格纳西奥及露丝·洛克菲勒外，
其余皆为真实人物。
二十一世纪登场人物皆为虚构人物。
虚构人物不存在特定原型。

本作首次连载于《小说新潮》二〇一五年八月号

"ANMAKU NO GERUNIKA" by Maha Harada
Copyright © MAHA HARADA 2016
All rights reserved.
Original Japanese edition published by SHINCHOSHA Publishing Co., Ltd.
This simplified Chinese language edition is published by arrangement with Shinchosha Publishing Co., Ltd. through East West Culture & Media Co., Ltd., Tokyo.
Simplified Chinese edition copyright: 2019 New Star Press Co., Ltd.
All rights reserved.
著作版权合同登记号：01−2019−0239

图书在版编目（CIP）数据

暗幕下的格尔尼卡／（日）原田舞叶著；吕灵芝译．——北京：新星出版社，2019.7
ISBN 978−7−5133−3589−8

Ⅰ．①暗… Ⅱ．①原… ②吕… Ⅲ．①长篇小说－日本－现代 Ⅳ．① I313.45

中国版本图书馆 CIP 数据核字（2019）第 097453 号

午夜文库
谢刚 主持

暗幕下的格尔尼卡
（日）原田舞叶 著；吕灵芝 译

责任编辑：王　欢
特约编辑：赵笑笑
责任校对：刘　义
责任印制：李珊珊
封面设计：人马艺术设计·储平

出版发行：新星出版社
出 版 人：马汝军
社　　址：北京市西城区车公庄大街丙3号楼　100044
网　　址：www.newstarpress.com
电　　话：010−88310888
传　　真：010−65270449
法律顾问：北京市岳成律师事务所

读者服务：010−88310811　service@newstarpress.com
邮购地址：北京市西城区车公庄大街丙3号楼　100044

印　　刷：北京美图印务有限公司
开　　本：910mm×1230mm　1/32
印　　张：10.75
字　　数：157千字
版　　次：2019年7月第一版　2019年7月第一次印刷
书　　号：ISBN 978−7−5133−3589−8
定　　价：48.00元

版权专有，侵权必究；如有质量问题，请与印刷厂联系调换。